KB079017

최학의 문필 반세기

# 숲으로 난 작은 길

# 숲으로 난 작은 길

초판 1쇄 발행 2023년 12월 29일

**지은이** 최학
**펴낸이** 이재욱
**펴낸곳** (주)새로운사람들
**디자인** 김명선
**마케팅·관리** 김종림

ⓒ최학, 2023

**등록일** 1994년 10월 27일
**등록번호** 제2-1825호
**주소** 서울 도봉구 덕릉로 54가길 25(창동 557-85, 우·01473)
**전화** 02)2237-3301 **팩스** 02)2237-3389
**이메일** ssbooks@chol.com

ISBN 978-89-8120-660-4(03810)

*책값은 뒤표지에 찍어 있습니다.

최학의 문필 반세기

# 숲으로 난 작은 길

최학 지음

새로운사람들

[머리말]


그가 다녀갔다. 열여덟의 어린 군인. 어제저녁 내가 현관 앞에 내놓았던 비닐봉지가 밤새 사라지고 없다. 봉지에 담은 물건이라곤 고작 담배 두 갑과 캔 커피 하나뿐이다. 그는 과자나 과일보다 담배와 커피를 더 좋아했다. 캔 뚜껑을 딸 줄 몰라 당황해하던 그의 모습이 떠오른다. 아무튼 고참에게 죄 빼앗기지 않았으면 좋겠다…. 눈을 들어 뒷산 봉우리를 쳐다본다. 숲에 가려 성곽은 보이지 않지만, 쉰 명에 가까운 병사들이 성안에 기거하고 있다. 황산벌의 본영을 지원하는 병참기지 황산성이다. 가파른 산길이긴 하지만, 걸음을 재촉하면 내 거처에서도 20분이면 동문에 닿을 수 있다.

아침부터 아랫마을 쪽에서는 말발굽 소리가 요란하다.

텃밭을 돌아 나오다가 나는 뒤늦게 마당 장독 위에 얹힌 장갑 한 켤레를 발견한다. 낡고 때 묻은 면장갑. 그의 것임을 알 만하다.

나는 장갑을 내 작업복 뒷주머니에 꽂고 다시 산을 올려다본다.

진눈깨비가 내린다.


2023년 그믐, 계룡산 황산성 기슭에서 저자 씀

[ 차례 ]

## 둘째 마당
## 돌을 돌대로 두기

**셋째 마당**
**후쿠오카 역사박물관의 김밥**

첫째 마당
과수원 너머에 누운 강

# 유년의 봄 길을 일러주던 시 한 편

꽃등인 양 창 앞에 한 그루 피어오른
살구꽃 연분홍 그늘 가지 새로
작은 멧새 하나 찾아와 무심히 놀다 가나니
적막한 겨우내 들녘 끝 어디메서
작은 깃을 얽고 다리 오그리고 지나다가
이 보오얀 봄길 찾아 문안하여 나왔느뇨
앉았다 떠난 아름다운 그 자리에 여운 남아
뉘도 모를 한 때를 아쉽게도 한들거리나니
꽃가지 그늘에서 그늘로 이어진 끝없이 작은 길이여
　　　　-유치환 '춘신(春信)'


어린 시절부터 나는 추상의 언어를 구체적인 물상으로 바꾸어 보는 일을 그렇게 어렵게 여기지 않았다.

절망이란 무엇인가?

그것은 내가 정 들여 키우던 한 마리 흰 양을, 둘째 형 장가가는 날이라고 해서 동네 아저씨를 불러 목 따는 일이다, 이틀을 꼬박 나물죽을 먹었건만 이 저녁 또한 큰형수가 죽을 끓이는 모습을 보는 일이다, 며칠간 서울형 집엘 다녀온다고 떠난 어머니가 두 달 석 달이 지나도 돌아오지 않는 일이다.

…절망이 그러하듯이 희망이란 말 또한 얼마든지 간명한 사상

(事象)으로 환치할 수 있었다. 신작로를 지나 과수원 길을 관통하고 강을 건너는 그 고적한 하굣길을 드물게 눈깔사탕과 동행할 수 있는 것, 남몰래 내가 봐 둔 강가 자갈밭의 종달새 둥지에서 어린 새끼들이 한껏 노란 주둥이를 내밀고 있음을 보는 것, 별나게 내가 마음 두고 있던 여자애가 오늘따라 국어 시간에도 국사 시간에도 나를 돌아보며 웃어주는 것….

그 시절, 겨울은 혹독하게 춥고 길었다. 한기와 배고픔. 솜이불을 덮어쓴 채 자고 또 잠을 자도, 콧물을 흘리며 햇볕 드는 담벼락에서 해바라기를 하며 기다려도 좀체 끝날 성싶지 않던 것이 그 겨울이었다. 하여 절망의 끝 자락쯤에서 불현듯 찾아오는 봄은, 말 그대로 경이 자체였다.

그 무렵, 내가 다니던 중학 과정의 농림학교는 일제 패망과 함께 폐광이 된 코발트 광산 바로 아래에 조개 딱지처럼 엎드려 있었는데, 나는 그곳에서 수업받는 일밖에도 닭장 일을 해서 학비를 벌었으며 교사에 달린 관사에서 잠을 잤다. 내가 돌봐야 하는 닭들은 2백 명이 채 안 되는 학생 수보다 월등 많았는데 이 닭들이 봄의 기척을 느끼는 것은 사람보다 훨씬 빨랐다.

문득 녀석들의 구구댐 소리가 전에 없이 요란해지고, 그들 꽁무니가 빼어내는 따끈한 계란의 숫자가 늘어난다 싶으면 벌써 봄은 창밖 화단까지 번져 와 있었던 것이다.

힘겹게 광산을 넘어오던 햇살 또한 하루 다르게 빠른 몸짓을 보이면서 우물가 얼음장들을 내쫓았다.

그날, 나와 같은 근로학생으로서 교무실 사환 일을 하던 종화가 읍내에 심부름을 갔다 오던 길에 표지가 새빨간 책 한 권을 사 왔다. [사랑하였으므로 행복하였네라], 유치환의 시문집이었다.

'이거 한 권만 있으면 연애편지 쓰는 것은 일도 아니다.'

그가 멋쩍게 흰 이를 드러낸 듯싶다. 입학 때부터 일등만 해서 나로서는 한 번도 그의 성적을 능가할 수 없게 만들었던 종화, 그는 어느새 내가 모르는 시인의 시를 암송할 뿐만 아니라 시인의 연애 사건까지 꿰고 있어서 다시금 나를 절망시켰다.

다음날, 나는 이 책을 빌려 내 일터인 닭장으로 갔다. 먹이를 나눠준 다음, 여느 때 마냥 사료 가마 쌓인 데 올라가 가장 편안한 자세로 드러누워 책을 읽었다. 사랑하는 이를 부르는 낮고도 낭랑한 목소리… 뜻을 새길 수 없는 말들이 군데군데 있었지만, 그런 것은 아무런 문제도 되질 않았다.

얼음장을 뚫고 나온 냇물이 냇돌을 어루만지고 나리꽃 줄기를 쓰다듬으며 흘러가는 듯한 그 이쁘고도 슬픈 음성을 어찌할거나! 편지와 시가 구분되지 않는 글에 한 번 빠져 들고부터는 수천 마리 닭들이 내는 소란스러운 소리마저 먼 데의 산울림처럼 아득하기만 했다.

그리곤 마침내 나 자신이 한 여자아이를 찾아 부르듯 찔끔찔끔 눈물을 짜내곤 말았다.

세상의 고달픈 바람결에 시달리고 나부끼어/ 더욱 의지 삼고 피어 헝클어진 인정의 꽃밭에서/ 너와 나의 애틋한 연분도/ 한 망울 연연한 진홍빛 양귀비꽃인지도 모른다./ 사랑하는 것은/ 사랑을 받느니보다 행복하나니라….

창을 타고 들어오는 말간 햇살도, 그 빛 속에 부유하는 작은 깃털마저도 눈물겹지 아니한 것이 없었다.

어른이 되면 이렇게 애틋하게 사랑하면서 이렇게 예쁜 시들을 읊는구나. …그러고 보면 어린 날의 내 이런 고단쯤이야 정말이지 봄날 직전에 뿌리는 진눈깨비와 무엇 다르랴. 나는 책을 품은 채 광산으로 올라갔다.

양지바른 쪽, 진달래 꽃나무며 싸리나무가 우거진 그곳에 앉으면 나뭇가지 사이로 저만치 학교 운동장이 빤히 내려다보이고 고개를 돌리면 인적 없는 폐광의 건조물들이 고성(古城)의 첨탑처럼 삐죽삐죽 바라다보였다. 벌써 상수리나무 가지마다 아가 손 같은 새 잎을 틔워내고 신날래꽃은 꽃대로 황홀한 봄볕을 삼싸고 있었다.

이제 막 눈 터 나온 어린 이파리가 참하고 무리 이룬 꽃잎의 그 요연한 자태가 눈부시다고 해도 실은, 그것들이 햇빛과 한몫 어우러져 지상에 떨군 그늘만큼은 못하다는 것을 나는 진즉부터 알고 있었다. 그 곱사함, 그 맑고 깊음, 그 꿈결 같은 부드러움…그렇지 않아도 신록의 그늘이 가지는 비의(秘意)에 몸살을 앓으며 턱없이 산중을 헤매던 나는 이 봄날, 애틋한 사랑의 원망 끝에 마침내 언어의 적소(適所)에 들앉고 말았으니 그것이 바로 '춘신(春信)'이었다.

계절의 새로운 국면을 전개하는 것은 언제나 자연 전반이지만 인간의 그에 대한 인식은 어차피 초점화를 통할 수밖에 없다.

따라서 작은 멧새 한 마리가 꽃가지 그늘에 앉았다 떠나는 이 찰나의 포착을 통해 봄의 전체 형국을 파악하는 이 시야말로 전형적인 시 양식의 하나이겠지만 어린 시절에 내가 접한 감흥은 결코 그런 것이 아니다.

지금 읽으면, 선비류의 자연 완상(玩賞)의 문취도 물씬 풍기지만 당시에는 이 또한 물외의 것이었다.

체질적으로 익혀버린 '보오얀 꽃그늘'의 신비감과 아동의 고적감에서 터득한 '아쉬운 한들거림'의 언어적 상면에서 얻은 경이는 넉넉히 한 생애를 관통할 수 있는 것이었기 때문이었다.

겨울 들녘 끝에서 신고(辛苦)의 나날을 보냈던 작은 멧새 한 마리기 꽃기지 그늘에서 '무심히' 놀디 감에 봄이 기지는 진정한 희망성을 엿보며 그와 같은 끝없는 작은 길이 있는 한 내 삶은 그렇게 왜소할 수만은 없겠다는 이해가 그 봄날에 있었음을 그립게 추억하는 것이다.

&lt;2002. 문학사상 단행본&gt;

# 역사와 역사소설

소설에서 이루어지는 서사담론은 결국 과거 시간의 것이다. 미래는 아직 대면치 못한 시간이기에 존재 자체가 성립하지 아니하고 현재의 시간 또한 무한 분할되는 것이기에 일정한 틀을 갖추지 못한다. 현새란 단지 과거의 연속신싱에 있는 찰나의 한 지점에 지나지 않는다.

따라서 현재에서 현재로 이어지는 사건이란 언어상으로만 가능할 뿐 존재론적인 것이 아니다. 소설의 전통적 기술에서 과거 시제를 쓸 수밖에 없는 이유도 여기에 있다.

과거 시간을 통습한 문명사적 용어가 역사다. 과거 시간으로 빨려들고 있는 지금 이 순간순간이 다 역사에 포용될 수 있지만 삼라만상 전부가 과학에 포착되지 않는 것처럼 과거 시간의 모든 일들이 역사의 그물망에 포획되는 것은 아니다.

역사가 과학적 학문이 되는 토대에는 '의미 있는 선별'과 그에 따른 '의미 있는 해석'이 있기 때문이다.

'의미'의 기준은 늘 현재에 있다. 과거에 있었던 어느 한 사건이 오늘날에도 흡사히 발생한다거나 나아가 그것이 교훈과 반성의 단초를 제시한다는 등의 명목이 곧 '의미'가 될 수 있다. 대체로 이러한 선별과 해석은 역사가의 몫이다. 당연한 얘기지만, 역사가의 안목과 경향은 선별보다는 해석에서 더 뚜렷해진다.

E. H. 카아가 예로 든, 런던의 한 거리에서 일어난 스미스 씨의

교통사고를 다시 언급하고자 한다. 해질녘, 흐린 가스등이 켜져 있는 거리를 건너던 스미스 씨는 길 한복판에서 문득 흡연의 욕구를 느끼곤 주머니에서 담배와 성냥을 꺼냈다.

그러나 성냥개비 두 개 세 개를 버렸지만, 담배에 불을 붙이지 못했다. 그 순간 건물을 돌아 나오던 자동차가 길 가운데의 스미스 씨를 보지 못하고 그대로 치고 말았다.

일견 단순한 사건이지만 사고 발발의 원인을 찾고자 하는 역사가들은 저마다 다른 의견을 제시한다.

A. 전방주시를 태만한 운전자 때문이다. B. 스미스의 흡연 습관이 사고 원인이다. C. 성냥의 질을 나쁘게 한 성냥공장 책임이다. D. 가로등을 개선하지 않는 런던 시장 탓이다. …이렇듯 각기 '의미 있는 해석'을 하는 이들이 역사가이며 오늘날 우리가 읽는 역사책도 이들의 저작 중 하나일 뿐이다.

역사소설은 역사 자체가 아니며, 역사소설가는 역사가의 업적에 도움을 받지만, 선별과 해석의 모양새가 전혀 다르다. 소설가는 역사에서 소재를 취하면서도 의미보다는 '이야기의 가능성'에 더 관심을 기울이며, 해석보다는 '보여주기'에 더 집중하기 때문이다.

스미스 씨 교통사고의 경우, 소설에서는 어떤 양상을 보일까?

간명하다. 작가는 오히려 그가 왜 길 가운데서 강렬한 흡연 욕구를 가졌을까? 택시 운전자는 무슨 일을 겪었고 심리상태가 어떠하였기에 전방 주시를 제대로 하지 못하였을까? 이런 등등의 문제에 집중할지언정 가로등이며 성냥 같은 것에 주목하는 경우는 거의 없다. 또한 작가는 역사가 마냥 교통사고를 줄이기 위해 거리의 가로등을 재정비해야 한다거나 운전자 교육을 더 철저히 해야 한다는 식의 주관적 해답을 제시하지는 않는다.

사건의 앞뒤 모습을 생생히 그려 보여주어 문제를 제기만 할 뿐 답을 제공하지 않는 것이다. 문제의 심각성 혹은 그 해결책 등은 독자가 느끼고 찾아보게끔 할 따름이다.

따라서 카아가 선언하는 것처럼, 역사가 A가 여타 B, C, D보다 우수한 연구가란 가치 부여도 역사소설가한테는 해당하지 않는다. 카아의 역사 인식에는 분명한 목적론이 있다.

역사 연구 또한 오늘보다 더 나은 내일을 만드는 데 이바지해야 한다는 것이다. 교통사고로 열 명이 죽는 오늘보다는 일곱 명이 죽는 내일이 더 발전된 사회란 것이 그의 인식인바 스미스 씨 교통사고의 주원인을 운전자의 과실로 보는 A 역사가의 손을 들어줄 수밖에 없는 것이다.

그러나 문학의 특성이 그러하듯 역사소설은 이러한 목적론 자체를 위험시한다. 체제와 사상은 그 자체의 선악을 떠나서 개인의 자유의지, 욕망을 억압할 소지가 다분히 있기 때문이다.


과거 사실에 대한 진실규명은 가능한 일인가?

1593년 봄의 일이다. 일본군에게 함락됐던 서울이 수복되자 대신들 일부가 먼저 도성에 돌아왔다. 그 사이 성종, 중종 두 임금의 능침인 선정릉이 일본군의 손에 파헤쳐졌음을 알았다.

성종의 능에는 남은 것이 하나도 없었지만, 중종의 능에서는 바싹 마른 시신 하나가 발견됐다. 전쟁 중에도 끊이지 않았던 당쟁은 이때부터 더 격화됐다.

이 시신이 중종의 것이냐, 아니냐 하는 시비였으며 남인의 유성룡은 임금의 시신일 가능성이 크다는 데 무게를 뒀고, 서인인 성혼은 일본군의 눈속임이라는 주장을 굽히지 않았다. 당시의 과학 수

준으로는 도저히 결론을 낼 수 없는 사안을 두고 양쪽 진영은 반년 이상을 다퉜고 결국 시신은 다른 곳에 버려지고 말았다.

과거 사실이라는 것이 대개 이런 식이다. 과거뿐이랴! 거짓말까지 탐지해 낸다는 오늘날에도 어제의 일, 오전에 있었던 일에 대한 진실규명조차 간단하지 않다.

이 와중에 사건의 본체는 사라지고 드러나는 것은 그를 둘러싼 자들의 이기심, 욕심, 편견, 오만, 거짓 같은 것들뿐이다. 소설이 겨냥하는 바는 이들 인간의 삶 양식을 생생하게 그려내는 그 자체이지 사건의 진실규명이 아니다.

역사책에서는 가능치 않지만, 좋은 역사소설에서 우리는 유성룡의 한숨 소리와 함께 그의 내면의 목소리를 들을 수 있으며, 성혼의 손 떨림을 보고 그의 자조 어린 독백도 들을 수 있다.

독자는 그 생동하는 인물들을 통해서 사건의 실상을 짐작해 볼 수 있고 문제의 해법에 대해 나름의 생각을 펼칠 수 있다. 소설로 그려진 유성룡이 과거에 실존했던 유성룡과 얼마나 근사한가는 작가의 관심 밖 일이다.

<2018. 서울「문학의 집」강연록>

# 사실(史實)과 역사소설

영화 <사도>를 봤다. 극중 이야기는 처음부터 박진감 있게 펼쳐지는데 그것은 쏟아지는 비를 맞으며 세자가 일단의 무사들을 거느린 채 칼을 빼어 들고 궁궐의 후미진 곳을 걸어 나가는 장면에서 비롯되는 것이기도 했다. 짐작한 바대로 이는 세자가 아버지 영조를 시해하기 위한 거동이었음은 영화의 중반쯤에서 밝혀진다.

마침내 세자는 경희궁의 영조 침전까지 이르렀지만, 아버지가 세손(정조)을 앞에 앉혀 놓고 정답게 얘기를 나누는 모습을 보곤 걸음을 돌리게 된다.

–이쯤에서, 스크린을 응시하던 나로서도 궁금증을 가지지 않을 수 없었다. 저 장면이 역사적 사실에 근거한 것인가, 아니면 영화를 만든 이들의 상상에 의한 것인가?

왜냐하면 사도세자가 생전에 아버지 영조를 살해할 의도가 있었고 그러한 행위를 했다는 근거가 있다면 그 자체가 대역무도에 해당할 수밖에 없다는 생각에서였다.

다음날 관련 자료들을 찾아 읽어봤다. 결론으로 말하자면 사도세자가 아버지를 죽인다는 기세로 칼을 들고 나선 적은 있지만, 영조가 있는 경희궁을 범했다는 기록은 어디에도 없다는 것이었다.

그래서 나는 나 자신부터 역사소설을 쓸 때마다 가지는 사실(史實)과 상상적 허구의 경계에 대한 문제를 다시금 생각해보지 않을 수 없게 된다.

역사소설이란 과거의 특정한 사실에 작가의 상상력을 결합하여 새롭게 구성한 픽션이다. 따라서 역사와 역사소설은 엄연히 구분될 수밖에 없으며 역사가와 역사소설가의 역할과 작업 방식도 크게 분별되지 않을 수 없다. 그러나 복잡다기한 과거 사건의 인과를 밝히고 나름의 질서를 부여한다는 점은 일면 동일시될 수 있다.

　주지하다시피 역사가가 개입되지 않은 '과거의 총체'로서의 역사는 존재할 수도 없을 뿐만 아니라 의미도 없다. 우리 앞에 펼쳐지는 역사적 사실이란 순수한 과거 형태 그대로가 아닌 역사가의 개성적인 해석과 정리를 거쳐 나온 사실이기 때문이다. 그러므로 과거 사실을 어떻게 해석하고 체계화하느냐에 따라서 한 역사가의 학문적 깊이는 물론 정신적 위상까지도 알 수 있게 된다.

　역사소설은 일차적 사료뿐만 아니라 이들 역사가의 학문적 업적에 크게 도움을 받게 되며 여기에 작가적 상상력이 가미되어 생성된 성과물이다. 따라서 어떠한 과거 사실을 채취, 여하히 형상화했느냐에 따라 한 역사소설가의 성격도 규명될 수 있다. 이렇듯 어떠한 역사가 혹은 역사소설가로 규정짓는 잣대가 곧 역사의식, 역사관이며 이는 과거 사실을 대하는 개인의 의식 양상이기도 하다.

　이러한 역사의식은 역사적 사실을 단순한 과거 사실 자체로 보느냐, 아니면 현재와 연결된 과거 사실로 이해하느냐에 따라 구분될 수밖에 없다.

　오늘날의 '살아있는 역사' 개념과 함께 기본 조건으로 요구당하는 것이 곧 "현재를 이해하는 열쇠로서 과거를 지배하고 이해해야 한다."(E. H. 카아)는 점이다. "역사소설의 작가는 지나친 조작이나 억지에 의지함 없이 그가 그려내는 과거가 바로 현재에 사는 독자의 절실한 관심거리가 되도록 해야"(백낙청 '역사소설과 역사의식’) 한다는 말도 같은 표현에 지나지 않는다. 결국 역사가에 의해 해석되는 역사나 작가에 의해 결구되는 역사소설은 다 같이 현실 감각의 규제 속으로 들어와야 한다는 전제이기도 하다.

물론 오늘날 우리가 흔히 접하는 역사소설이라고 해서 모두가 ‘역사적 우의성’을 띠는 것은 아니다. 개중에는 복고적 아취 혹은 강사적(講史的) 의도에 의한 것도 있고 또 어떤 것은 대중소설의 일종으로 오락적 흥취만을 추구하는 경우도 많기 때문이다.

단순한 개인적 취향 혹은 당대 상업주의와 연관된 이런 부류의 역사소설은 과거를 통한 현재의 인식이란 규제 속에 들기는커녕 오히려 현실도피와 밀접한 연관이 있다.

한편, 역사소설을 씀에 있어서 사료(史料)의 천착과 그에 대한 엄정한 고증은 필수 불가결의 것인가, 아니면 작가의 임의적 변용이 가능한가? 상상의 가미와 함께 그 변용이 가능하다면 그 폭은 어느 정도인가? 이는 역사소설론에서의 해묵은 논의이면서 현재도 여전히 첨예한 관심사가 된다.


홍경래 난이 진행 중이던 임신년 2월 6일의 날씨에 대해서 관변 사료인 [진중일기(陣中日記)]는 다음과 같이 적고 있다. ‘아침에 눈 내리고 저녁에 갬(早雪暮晴)’

-작가는 이 기사를 읽고서도 필요에 따라 이 날의 날씨를 ‘아침부터 밤늦게까지 비가 내렸다.’고 쓰면 어떤가? 이는 사소한 문제 같지만 이내 큰 문제와 결부되기 쉽다. 역사 사실에 없는 가공의 인물 설정은 물론 과거 사건에서 중요한 역할을 한 인물을 임의로 배제하는 일, 그리고 역사적 결과에 대한 주관적 해석 등도 이런 사소한 문제에서 비롯되는 경우가 적잖기 때문이다.

필자는 역사소설에서의 사료 변용은 제한적으로 가능하다고 본다. 특히 앞에서 예로 든 일기 같은 것은 사료의 구속을 받을 필요가 없다고 보는 것이다. 그날 비가 왔는가, 눈이 왔는가 하는 문제는 홍경래 난의 전개 과정에 전혀 영향을 미치지 않는 것이기 때문이다. 실패한 난을 성공한 난으로 꾸미는 것은 역사의식 이전에 진실을 반하는 거짓으로 이와는 별개의 문제가 될 수밖에 없다.

풍속의 재현 문제도 마찬가지다. 과거 현실을 생생하게 그린다고 해서 작가가 과거의 재현에 과도히 골몰할 필요는 없다는 생각이다. 특히 언어, 관습, 의식주를 그리는 데 있어서 작가는 당시 현실에 동떨어지지 않도록 조심은 해야 하지만 완벽을 기한다는 태도는 지양해야 한다는 뜻이기도 하다.

완벽한 과거의 재현은 가능치도 않을 뿐만 아니라 필요하지도 않다. 고려시대를 배경으로 하는 소설에서 라디오, 커피를 등장시키는 것이 난센스이듯이 현재의 소설을 쓰면서 굳이 고려의 언어를 찾아 쓰겠다는 것도 난센스에 속한다.

어떤 의미에서 역사소설을 쓰는 이에게 있어서 사료가 풍부하다는 것은 불행한 일일 수도 있다. 풍부한 사료가 오히려 작가의 상상력에 제약을 주거나 작업의 양을 늘려 주고 실수의 조건을 많게 하기 때문이다.

<2015. 한국문협 「한국인문학」>

# 예술가의 자기체형(自己體刑)적 삶
## --토마스 만 [토니오 크뢰거]

소설가는 왜 소설을 쓰며 시인은 왜 시를 짓는 것일까? 그리고 소설과 시, 즉 문학이라는 것은 독자에게 얼마만 한 영향을 미칠 수 있는 것인가? 문학 작업에 대한 이러한 원초적 의문은 아직도 나에게 남아 있다. 소설가임을 자서한 지가 어느새 15년이 돼 가건만 애초부터 가졌던 이러한 의문에 대해서 나름대로 자신 있는 답을 갖지 못한다는 안타까움, 곤혹감이 크다. 그러면서도 거듭 쓰고 뭔가 만들어 보겠다며 궁리하고 있으니!

인식과 창조로 대변되는 예술가의 삶은 타인의 삶보다 얼마나 더 의미로울 수 있으며 예술가의 삶이 또 다른 일상의 삶과 타협할 수 있는 고리는 어떤 것일까. 예술가는 자신의 인식과 창조적 삶에 대한 맹목적인 우월감 대신 타인의 상습적 삶에 대한 조롱과 멸시를 보내는 것은 아닐까. 또한 그러한 우월감을 가지고서도 자신이 조롱해 마지않는 세속적 삶에 대한 동경과 선망을 표하는 아이러니를 범하는 일은 더 많지 않은가.

문학을 업으로 삼은 작가의 이러한 자기 분석적인 고뇌와 갈등은 어제오늘에 시작된 것이 아니고 한두 작가의 것도 아니지만, 자기 형벌 같은 그 고단과 동통은 끔찍스러운 것이 아닐 수 없다.

더욱이 범상치 않다고 여긴 자기 재능이 실은 평평범범에서 한 발짝도 벗어나지 못한 것임을 확인할 때, 타인의 삶까지 바꿀 수 있다고 여긴 자신의 문학이 실제로는 자기 구원 거리조차 되지 못한다는 사실을 거듭 인식할 때, 그러면서도 스스로 떨어져 나온 세속적 삶에 대한 질시와 멸시의 눈은 한층 깊어질 때, 이러한 자기 체형은 더욱 그악스러워지는지도 모른다.

[토니오 크뢰거]는 예술가의 이러한 자기 체형적 삶을 가장 고백적으로 드러낸 작품이라고 할 수 있다. 대학 때이던가, 당시 나는 작가도 뭐도 아니었지만 작가가 되겠다는 꿈이 있었고 나름대로 작가 흉내도 내고 있었는데 그 때문이었을까, 우연히 잡은 이 소설을 읽고는 현기증을 느낄 정도의 충격을 받았다.

뭐랄까, 그때의 감정을… 서럽고 놀랍고 부끄럽고 아련하고… 남의 작품을 읽으면서 눈물을 흘린 것은 그때가 처음이고 끝이었다. 북구의 쓸쓸한 해안 마을에서 어린 시절부터 사랑하고 동경했던 잉게 홀름과 한스 한젠의 신나는 무도를 어둠 속에서 구경하고 혼자 자기 방으로 돌아와 베개를 적시는 토니오 크뢰거의 모습은 그 후에도 오래 내 뇌리에 각인돼 있었다.

섬약한 체질의 토니오. 그는 그가 동경해 마지않은 사내다운 친구 한스 그리고 사랑스러운 잉게 홀름과 가까이하고자 예술의 길에 들었다고 할 수 있다. 그 방면에 재능을 보인 토니오는 점차 남의 찬탄을 받는 작가가 돼 갔지만, 그 사이 그가 잃어가고 있었던 것은 범용의 즐거움이었다. 인식과 창조의 삶은 다른 어느 것도 허용치 않았기 때문이다. 그 범용에의 선망이 없다면 이렇게 소외되고 쓸쓸한 삶도 괜찮다.

그러나 인간사가 어디 그러한가.

'잠을 자고 싶은데 춤을 추자고 한다.' 이것이 예술가의 한 속마음이며 바깥사람들의 예술가에 대한 한 태도이기도 하다. 그래서 토니오의 자조적 한탄이 나오는 것이다.

"즉 너희들 금발의 씩씩하고 복된 사람들 때문에 쓰라린 마음을 안고 외롭게 떠나온 것이다. 누구이건 지금 내게로 와야 할 것이 아닌가! 잉게보르크가 지금이야말로 와주어야 할 것이다. 그리고 내가 사라졌다는 걸 알고 몰래 나를 따라와서 어깨에 손을 얹고 말해야 할 것이 아닌가. 자, 여러분 있는 데로 가세요! 기운을 내세요! 저는 당신이 좋은 걸…."

우리나라로 치면 중편소설에 해당할 적은 분량의 작품이지만, 토마스 만의 이 작품같이, 예술가의 인간적인 고뇌, 일상 속으로 뛰어들지 못하고 관찰자로서 오직 방관만 해야 하는 인간적인 고통이 이렇게까지 악착스럽게 포착된 작품은 그 유래를 찾아보기 힘들 것이다.

<1988. 현대문학>

# 위수령(衛戍令)과 데뷔작 [폐광(廢鑛)]
--나의 문단 등단 시절

내가 대학 2, 3학년에 재학 중이던 1971, 72년은 그야말로 박정희 정권에 의해 민주주의의 조종(弔鐘)이 울리던 시기였다. 1971년 가을, 박 정권은 서울 일원에 위수령을 발동하여 대학들을 휴교시키고 다음 해 1972년 10월에는 전국에 비상계엄령을 선포한 가운데 유신(維新) 헌법을 통과시켰다.

위수령이 발동되던 날, 다른 대학들은 다 멀쩡했지만 내가 다니던 고려대학만 한순간에 군인들에게 완전히 점령당했다. 무장한 군인들이 강의실마다 최루탄을 던져 넣었으며 놀란 학생들이 비명을 지르며 옥상으로, 도서실로 달아났다. 나 또한 서관 5층 다락방으로 달아났지만, 최루가스를 견디지 못하고 이내 뛰어나왔다.

방독마스크를 쓴 군인들은 층계에 쏟아져 내려오는 학생들을 곤봉으로 내려치고 군홧발로 걷어찼다. 건물 밖으로 튕겨 나오면 도열한 군인들이 짐짝처럼 군용차 위로 내다 꽂았다. 그렇게 실려 간 곳, 당시 남산에 있던 수도경비사령부였다. 그곳에서도 온종일 시멘트 바닥에 머리를 처박고 있어야 했다. 해 진 뒤, 간신히 집으로 돌아가기 전까지도 우리 모두는 왜 이런 치도곤을 당해야 하는지 이유를 알지 못했다.

다음 날부터 우리 대학은 군인들 차지였다. 교문에는 위병들이 지키고 서서 출입을 통제했으며 군용차들이 즐비한 운동장에서는 학생들 대신 군인들이 공 차기를 하고 있었다. 강의실에 뒀던 책가

방을 교문 앞에서 찾아가는 일도 일주일 후에나 가능했다.

휴교 조치는 다음 해의 봄까지 이어졌다. 그 뒤 2학기 개강은 정상적으로 이루어졌지만, 강의는 오래 지속되지 못했다. 시월 어느 날 떨어진 청천벽력 같은 비상계엄령 선포 때문이었다. 살벌한 시국, 끝 모를 휴교… 화사한 가을 햇살을 마주하고 있어도 전신이 이유 없이 시리고 아팠다. 북아현동 언덕바지의 문간방 하나를 빌려 동생과 자취하고 있던 나는 이 대책 없는 나날을 견딜 수 없어 가방을 꾸렸다. "신춘문예라도 해봐야겠다." 동생에게 말했다.

신촌 로터리에서 시외버스를 타고 강화로 가는 도중에도 심임한 군경의 검문검색이 계속됐다. 몽골군에게 쫓겨 강화로 달아나던 고려 사람들을 떠올렸다. 강화 전등사에서 한 주일 만에 만든 나의 신춘문예 응모작 [전등신화(傳燈神話)]의 이야기도 결국 이런 삼엄함과 그 가운데서 희망의 '등불' 하나 전하기에 관한 것 이상이 아니었다. 동아일보사로 보낸 이 소설은 용케 최종심까지 오르긴 했지만, 당선의 문턱을 넘지는 못했다. 신춘문예 당선 통지는 뒤늦게 경향신문사 쪽에서 날아왔지만, 동아일보 심사평만 본 몇몇 친우들은 다음을 기대한다는 격려 엽서를 보내주기도 하였다.

문단 등단 40년이 다 돼 가는 나를 두고 요즘도 굳이 내 처녀작을 들먹이며 '발광' 작가라고 놀려먹는 선배, 또래 문인들이 있다. 그러나 남의 작품명을 멋대로 고쳐 부르는 것쯤은 남의 이름자를 엉터리로 부르는 것에 비하면 차라리 약과일 수 있다. 왈, '최호'의 데뷔작 [발광]쯤에 이르면 기실 나는 할 말이 없어지고 마는 것이다.

1973년도 경향신문 신춘문예에 당선작으로 뽑힌 내 작품 제목은 정확히 [廢鑛(폐광)]이다. 이 '폐(廢)'자가 꽤 까다롭다고 할 수 없음에도 불구하고 '흥미율율' 식으로 읽으면 영락없이 '발'자가 돼 버리는 것이다. 사실, 나는 당선작이 지상에 발표된 며칠 뒤부터 "선생님의 작품 <발광>을 잘 읽었습니다." 운운의 이른바 팬레터를 여러 통 받기도 했다.

작품은 '하기(河基)'란 필명으로 발표되긴 했지만, 작가 이력 난에는 분명 '崔熇'란 본명이 밝혀져 있었으므로 이런 유의 팬레터는 또 어김없이 작가 이름을 '최호'로 읽을 수밖에 없었다. 이름 얘기가 나왔으니 말인데, '熇'이 글자는 옥편에서조차 '효' '호' '혹' '고' '학' 등으로 읽힌다. 이들 음독 중에서 우리 아버지 혼자서 '학'으로 읽는다고 요량하신 탓에 내 이름이 '최학'이지 '최효'로 읽는다 해도 오독은 될 수 없는 것이다. 내가 이름표기만큼은 한글 전용을 고집하는 이유도 여기에 있다.


나의 신춘문예 당선작이자 데뷔작인 [폐광]의 초고(草稿)는 대학 국문학과의 정규과목인 '소설창작론' 시간에 이루어졌다. 대학 교정에 아직도 최루가스가 가시지 않던 1972년 가을이었다. 담당 교수였던 정한숙(鄭漢淑. 소설가) 선생님은 3학년 2학기 3학점짜리의 이 강좌를 수강생들의 소설 짓기, 소설 읽기로 다 때우셨다. 한 명 한 명 학생을 지목해서 너 아무 날까지 단편소설 한 편 지어와서 읽어라, 이런 식이었다.

당시에는 프린터도 복사기도 제대로 없던 때여서 지은이는 원고지에 쓴 작품을 직접 읽고 다른 학생들은 귀담아듣는 수밖에 없었다. 소설 한 편을 읽고 듣다 보면 삼사십 분이 훌쩍 지나가는데 그동안 선생님은 창가에 따로 빼놓은 책걸상에 앉아서 조는 양 눈만 감고 계셨다. 소설 낭독이 끝나면 토론과 선생님의 강평이 붙는데 이것도 기껏해야 10분, 20분이었다. 선생님 쪽에서 보면 얼마나 편한 강좌냐 싶었다.

아무튼 나는 강의가 시작된 날 자청해서 첫 번째로 내 작품을 발표하기로 했다. 대학에 들어온 이래 소설 비슷한 것을 두세 편 써 보긴 했지만, 남들에게 보일만한 것이 못됨은 내가 더 잘 알고 있었다. 이 기회에 제대로 된 소설 한 편을 써서 선생님과 친구들을 깜짝 놀라게 해주고 싶다는 욕심도 없지 않았다.

한 주일 넘게 밤잠을 설쳐 가며 원고지와 씨름했다. 일제 때 건설된 내 고향 땅의 쿠반트 광산과 일 년여 내 형이 입원해 있었던 마산의 결핵병원이 소설의 무대가 됐다. 수업 시간에 맞춰 작품을 완성했는데 나름으로 이 정도면 됐다는 자족감도 있었다.

학과 친구들 앞에서 작품을 읽을 때는 내가 먼저 내 이야기에 빠져들기도 했다. 친구들도 내 소설에 감동한 것일까. 내가 자리에 돌아와 앉을 때까지 강의실 안에는 무거운 적막이 흘렀다. 그리고 나는 선생님의 강평을 기다렸다. 경탄과 상찬과 말씀이 이어질 것임을 의심치 않았다.

"야, 최학이 네 소설, 그건 수필도 아니야."

잠시 뜸을 들인 선생님의 입에서 나온 말씀이었다. 처음 나는 내가 잘못 들은 것이 아닐까 귀를 의심했다.

"왠지 알겠어? 첫 문장부터 엉터리니까 그래."

선생님이 내 소설의 첫 문장을 칠판에 옮겨 적었다. '바다는 저만큼 멀리 밀려 나가 있었다.' 문제의 첫 문장이 이랬다. 선생님이 말씀을 이었다.

"봐봐, '저만큼'이 도대체 얼마만큼이냐, 십 리냐 백 리냐? 아님 5킬로 3킬로?"

망치로 뒤통수를 얻어맞은 듯한 충격이란 말은 이런 때 쓰는 것인 듯싶었다. 그 뒤 선생님이 어떤 말씀을 더 했는지도 알지 못했다. 강의실을 나오는 때엔 친구들이 나를 위로하기도 했지만, 귀에 들어오는 말이 없었다.

　　참담함, 억울함, 노여움… 이야기의 결구가 어떤지 인물들이 어떻게 그려지고 있는지 등에 대해선 한마디도 하지 않고 문장 하나만 가지고 전체를 매도하는 선생님을 도저히 이해할 수 없었다.

　　한 달 뒤, 작품을 교내 잡지에 실을 때는 첫 문장을 '바다는 미역섬 너머까지 멀리 밀려 나가 있었다.'로 고치긴 했지만, 선생님에 대한 원망만큼은 조금도 누그러뜨리지 않았다. '수필도 아니다.'라는 그 언사만큼은 도무지 받아들일 수 없었기 때문이다.

　　꽤나 글줄이나 쓸 줄 안다고 까불거리는 녀석은 애당초 기를 확 죽여 놔야 물건이 된다는 선생님의 속정을 헤아리기엔 그때 나는 너무 어렸다.

　　희한한 일이었다. 선생님에 대한 원망이 그렇게 컸음에도 불구하고 신춘문예 당선 통지를 받았을 때는 왜 또 선생님의 얼굴이 제일 먼저 떠올랐을까? 휴교령에서 곧장 겨울방학으로 이어진 대학 교정은 여느 때보다 더 적막했지만, 선생님은 복도 끝 방에 그대로 앉아 계셨다. 이미 소식을 접하고 계셨던 선생님이 예의 그 득의만만한 음성으로 말씀하셨다.

　　"그 봐, 내가 고치라는 데 고치니깐 되지…."

　　신춘문예 당선의 기쁨을 가질 수 있었던 것은 순전히 내 아우의 덕이라고 해도 과언이 아니다. 강화에서 돌아온 후에도 아직 시간은 남아 있었다. 한 편의 응모작만으로는 조금 불안했던 터라 [폐광]도 조금 손을 봐서 다른 신문사에 던져야겠다고 마음을 먹었다.

그런데 막상 작업을 시작하고 보니 영 재미가 없었다. 새로운 맛이 전혀 없었기 때문이다. 결국 원고지 열 장 정도를 써나가다 손을 들어버렸다. 내가 배낭을 메고 친구들과 강원도로 떠난 사이 내 방에서 뒹굴던 아우가 나머지 부분 전부를 교지에서 그대로 베껴 신문사에 보내 버렸다. 그래서 앞뒤 필체가 틀리는 것은 물론 사용한 원고지 종류만 다섯 종이나 됐다.

신춘문예 당선은 운두 따라야 한다는 말을 나는 믿는 편이다. 경향신문의 심사위원은 박영준, 안수길 두 분 선생님이셨다. 심사평에도 언급된 바 있지만, 작품이 아무리 좋아도 작가의 태도에 문제가 있다면 당선을 시킬 수 없다는 것이 박영준 선생님이었고 이를 말린 분이 안수길 선생님이셨다.

"박 선생은 언제 원고지 쌓아놓고 작품을 썼수? 이 사람이 얼마나 형편이 어려웠으면 원고지도 제대로 못 구해 이렇게 했겠수?"

당신이 직접 하셨다는 말씀을 안 선생님으로부터 전해 들을 적엔 나도 모르게 등짝으로 진땀이 흘렀다.

그 사이 세월이 참 많이도 흘렀다. 마당의 파초 이파리를 내다보면서 '머리에 피도 안 마른' 녀석에게 윈스턴 담배를 권하시던 안 선생님도, 북아현동의 작은 한옥 툇마루에 앉아 계시던 박 선생님도 그리고 우리 정한숙 선생님도 이승에 계시질 않는데 나는 어느새 그때 그분들보다 더 늙은 나이가 됐다.

&lt;2011. 한국작가교수회 「소설시대」&gt;

# 즐거운 셈법

수년 전부터 대학에서 가장 자주 쓰이는 말 중의 하나가 '고객 중심의 교육' '현장 맞춤형 교육'이란 것이다. 고객은 다름 아닌 등록금을 내고 수업받는 학생이며 현장은 나중 그 학생들을 부려 먹을 기업체다. 그러니까 이제 대학도 학생들이 원하고 또 기업체들이 요구하는 교육을 해야 한다는 것이다.

그럴싸한 풍조처럼 보이지만 막상 여기에 문학교육을 대입하고 보면 난감한 점이 한둘 아니다. 학생들이 바라는 문학교육이란 어떤 것인가? 문학의 현장이 독자라고 한다면 독자들의 비위를 맞추는 문학교육을 해야 한단 말인가?

이러다 보니 교수들 입장에서는 '좌판식 교육'이란 자조적인 말들이 나오지 않을 수 없다. 시장 한 구석에 좌판을 놓고 고무신을 팔다가 장사가 안 되면 그것을 걷고 대신 낫이나 호미를 차려놓고 손님을 부르고 또 몇 달 안 가 그것도 잘 팔리지 않으면 두부나 콩나물 같은 반찬거리를 차리는 것이 장사 수완인 것처럼 대학 교육도 바뀌고 말았다는 것이다.

대학에서의 좌판 주기는 길게 봐서 10년이라는 말도 있다. 소비자들이 좋아할 만한 물건을 골라 10년 정도 판을 벌여 보다가 다른 품목으로 넘어가야 그나마 수지가 맞는다는 뜻이기도 하다. 이런 까닭에 학과며 전공의 이름이 하도 자주 바뀌어 교수도 자기네 학과 이름이 헷갈린다고 하는 웃지 못할 풍경이 빚어지기도 한다.

소속 대학에 중부권 대학 중에서도 가장 먼저 문예창작과를 차렸다가 10년 만에 문을 닫은 경험을 가진 나로서도 그 장바닥에서 가진 애환들이 적지 않은 편이다.

뒤늦게 좌판을 차린 대학들이 손님이 없는데도 불구하고 판을 접지 못한 채 '미디어'니 '콘텐츠'니 하는 희한한 이름들을 문학 앞에 붙인 채 아직도 호객행위를 하는 모습들을 보면 차라리 일찌감치 판을 접은 내 쪽이 다행이라는 생각도 든다.

이후 10년 남짓은 외국인 학생들을 불러다 앉혀 놓고 '한국어'를 가르쳤다. '한류' 덕에 중국인 유학생들이 주 고객이었는데 이것도 10년이 고비였다. 그 사이 드문드문 다른 이들의 좌판에 불려 가서 품앗이 삼아 소설창작 수업을 하기도 했는데 바뀐 세태 탓에 예전만큼 흥이 나지는 않았다.

고객들의 성향도 많이 달라져 있었는데 소설 쓰기를 선택한 그들을 목적별로 나눠 보면 크게 두 가지 유형이 될 듯싶다.

하나는 소설창작에 대해 장래를 위한 장식물쯤으로 치부하는 부류며 다른 하나는 자신의 재능이나 노력과 무관하게 등단만을 꿈꾸는 이들이다. 싹수가 보이나 싶어 전문작가의 길을 모색해 보라고 권할라치면 전자의 경우 야릇한 미소를 지으며 절레절레 고개를 젓기가 일쑤다.

대학원에 진학해서 적당히 논문을 쓰고 학위를 받아 강단에 서겠다는 것이 그들의 꿈인데 '소설 쓰기'는 그 과정에 필요한 도구에 불과하다는 인식이다.

후자는 문단 등단을 입신양명의 지름길인 양 오해하는 이들인데 더 터무니없는 일은 한두 편 습작을 거치고는 곧장 여기저기에 투고하기에 바쁜 양태를 보이는 것이다.

다 그런 것은 아니지만, 젊은 세대들의 소설에 대한 이러한 경박한 태도는 결국 우리 소설의 질적 저하를 더 부추길 수 있다는 점에서 우려된다. 그리고 따져보면 기성세대들, 특히 나처럼 문학교육의 현장에 서 있었던 이들의 책임이 크다.

주변 여건이 좋은 편은 아니지만, 대학에서의 문학교육이 견실히 제 자리를 지킬 수 있도록 교육계와 문단이 함께 지혜와 노력을 모을 필요가 있는 것도 이 때문이다.

올여름이면 나도 어느덧 정년이 되어 대학의 교단을 떠난다. 벌써 하나씩 학교 내 방의 물건들을 치우면서도 나는 원래부터 내가 소설쟁이였음을 지극히 다행스럽게 생각한다.

자신의 일거리를 갖지 못하는 흔한 은퇴자들과 달리 나는 비로소 내 일에 온전히 매달릴 수 있는 시간을 맞이한다는 설렘과 여유를 가질 수 있기에 더욱 그러하다.

셈 놀이만 해봐도 썩 기분이 괜찮다.

하루에 열 장씩만 쓰자. 주 5일만 일하자…. 그러면 한 달에 200장, 일 년에 2천 장이 훌쩍 넘는다. 두툼한 장편소설을 해마다 한 권씩 낼 수 있게 되는 것이다. 작가가 아니었다면 내가 어찌 이런 즐거운 셈법에 빠질 수 있겠는가!

&lt;2015. 한국소설&gt;

# 과거 시간과 동반(同伴)
## --동리문학상을 받으며

내 텃밭에도 무서리가 내렸다. 폐허의 성터가 있는, 계룡남맥 끄트머리의 황산 기슭이다. 단 한 번의 서리 내림에 그 청청하던 토란잎부터 속절없이 땅바닥으로 주저앉았고 고춧잎, 가지 잎들이 검은빛으로 쪼그라들었나.

그렇다고 해서 모든 작물이 그렇게 맥없이 스러지는 것은 아니었다. 김장 때를 기다리는 무, 배추, 대파 그리고 케일 같은 소채들은 서리쯤이 대수냐는 듯이 되레 오기 서린 푸름을 뽐낸다.

먼저 스러지든 훨씬 훗날 사그라지든 시간 차는 별 의미가 없는 듯싶다. 자연이 허락한 시공에서 그동안 꾸려온 삶을 되돌아보면서 남은 시간을 제대로 단속해야 함을 일러주는 것이 이맘때의 텃밭이 내게 주는 교훈이다.

내 문학의 처음부터 오늘까지 역사라는 과거의 시간과 함께 했다. 현재가 아슴푸레하고 황당할수록 오히려 과거가 더욱 명료해지는 경험도 자주 갖는다.

소설 [고변(告變)]과 함께 한 시간도 마찬가지다. 4백 년 전 인사들과 같이 먼 길을 걷고, 그들의 얘기에 귀를 기울이며 또는 어울려 박주 잔을 나누는 시간이야말로 다시금 내 설렘과 감개를 되찾는 복된 때임을 잊지 않는다. 과거를 빌려 오늘을 헤아리겠다는 헛된 욕심도 더 이상 갖지 않는다. 하여 나의 남은 시간도 과거와의 여전한 동반이면 족하다.

등단 후 여러 해 동안 낙백의 신세를 면치 못하던 때, 졸작 [서북풍(西北風)](1980년 한국일보 장편소설 공모)을 당선작으로 뽑아 어깨를 떠밀어준 분이 김동리 선생님이다. 꼭 마흔 해가 지나서 그분의 이름이 걸린 상을 받는 감회가 크다. 의기소침 말라는 또 한 번의 부추김이리 여기며 앞길을 걸어볼 요량이다.

길고 지루한 이야기를 읽어 준 심사위원들과 기념사업회 분들께도 감사드린다.

&lt;2019. 제22회 동리문학상 수상 소감&gt;

# 그때를 아십니까?

이름 없는 신인 작가의 소설책이라고 해도 출간만 되면 3천, 5천 권이 어렵잖게 팔리던 때가 있었다. 그러니 작품은 있는데 책을 내지 못해서 걱정하는 작가가 있을 수 없었다. 더더욱 작가가 제작비를 싸 들고 출판사를 찾아가서 책 좀 내달라고 사정하는 경우는 상상조차 하지 못했다.

시와 소설, 평론 등 재미없는 내용만 싣고 있는 문학잡지가 한 달에 2~3만 부 고정적으로 팔려나갔다.

문학도들만 읽는 것이 아니었다. 학교의 국어 선생님에게는 수업을 진행할 수 있는 필수 교본이었고 법대생, 공대생마저 이를 사 봐야 뭔가 아는 체를 할 수 있었다. 제법 조숙한 티를 내려면 고등학생들도 이를 옆구리에 끼고 다녀야 했다.

서울역에서 염천교에 이르는 그 짧지 않은 길가에는 저녁마다 헌 책을 파는 리어카 상인들이 카바이드 조명등을 켠 채 불야성을 이루었다. 쌓아놓은 헌 책 중에서도 가장 인기 있는 것은 한두 달 전에 나온 문학 잡지들이었다.

돈이 없어서 새 책을 사지 못한 학생들은 때를 셈해 그곳에 가서 최근호를 붙잡으려 경쟁을 벌였다.

대형 출판사들은 5년, 10년을 주기로 수십 권짜리 한국문학전집이며 세계문학전집을 내놓았다. 신문 전면에 전집 광고가 도배하는 일이며 외판원들이 달동네 집의 대문을 두드리며 문학책을 사라고 조르는 일이 전혀 이상하지 않았다.

입시학원도 몇 없던 그 시절, 고등학교 교실에는 수학 문제, 영어 문제를 푸는 학생들 못잖게 소설책, 시집을 읽는 이들이 흔했다. 그렇게 아등바등하지 않아도 대학에 갈 수 있었기 때문이다. 그 무렵 고등학교마다 가장 인기 있는 연중행사 중 하나가 '문학의 밤'이었다. 나중에 의과대학, 농과대학에 갈 학생들까지 무대에 나와 제가 쓴 시를 낭송하고 수필을 읽었다. 차례가 끝나면 무슨 큰 일을 했다는 양 친구들이며 원정을 온 타교생들까지 쑥스럽게 꽃다발을 내밀곤 했다.

당시 이들 행사에 단골로 초대되는 손님이 박목월, 김동리, 서정주 같은 분들이었다. 아이들의 작품 낭송이 끝나면 간단하게 강평하고 격려를 하는 것이 이분들의 역할이었는데, 관중들 가운데는 이들을 뵈려고 먼 시골에서 온종일 차를 타고 온 학생도 없지 않았다. 그 시절 이분들이 누린 대중적 인기는 요즘의 동방신기며 슈퍼주니어가 누리는 인기와 흡사했다면 너무 과장이 심한가.

근래의 그 흔한 축제들처럼 중소도시에서도 철마다 문학강연 행사가 열렸는데 이분들이 나타나면 시민회관이며 예식장의 전 좌석은 물론 통로까지 관객이 찼기 때문이다.

'문학의 시대', 더러 내가 학생들에게 그 시절을 소개할 때 감히 붙여 보는 명칭이 그것인데 돌이켜봐도 결코 호랑이 담배 피우던 때의 얘기는 아니다.

60년대에서 70년대 초에 이르는 그 시절, 아직도 다들 가난하고 배고프던 때인데 한 사회가 어쩜 그렇게 문학에 경도될 수 있었는지, 기이하고도 휘황한 한 추억으로 내게 소중하게 남는다.

자동차도 핸드폰도 인터넷도 프로 스포츠도 심지어 컬러텔레비

전마저 없었기에 그것이 가능했다는 통설의 일정 부분은 인정하지만, 나는 여타의 해석도 보태고 싶다. 그것은 곧 조선시대부터 이어져 온 우리네의 전통적 인문주의적 삶 태도가 상업 사회의 도래 직전에 마지막 찬란한 낙조(落照)로 피어났음을.

가능하지도 않으려니와 감히 나는 꿈꾸지도 않는다. 문학의 부흥 말이다. 그러나 문학의 추억마저 잃어버리고 지워버린 지금 우리는 무슨 꿈을 꿀 수 있는지 자문해 보고 싶은 마음은 크다.

<2009. 한국교직원신문>

# 소설가 국회의원

20여 년 전, 내가 문단에 나오던 무렵만 해도 나 스스로 '소설가'가 직업이 될 수 있다는 생각은 거의 하지 못했다. 다른 문제는 차치하고서도 소설 쓰는 일 자체가 생계 수단과는 상당한 거리가 있음을 알았기 때문이다.

그러나 세상이 바뀜과 더불어 당초에 내가 가졌던 이러한 생각도 상당한 수정이 불가피하게 됐다. 힘들게나마 소설가라는 이름 하나를 갖고서 용케 생계를 꾸리고 아이들 학비를 감당할 줄 아는 이른바 전업 작가들이 내 주위에도 여럿 있기 때문이다. 비록 그들 대부분이 순전히 소설로만 벌이를 하는 것이 아니라 오히려 다른 잡일(?)에서 더 큰 도움을 입는다는 것은 알고 있지만 아무튼 그것도 소설가이기에 가능한 일이니까 문제가 될 성싶지 않다.

예전보다 본격소설 독자가 엄청 늘어난 것도 아니요 크게 원고료가 오른 것도 아닌 처지에서도 전업 작가의 수효는 지금도 계속 늘고 있다. 대중사회의 팽창에 걸맞게 작가들의 대중문화권에의 편입, 유입이 확산한 결과라고 보면 이도 결코 신기한 현상이라고 할 수는 없다.

대중매체의 영향력 증대와 그에 따른 상업주의의 심화 확대는 소설문학 자체의 질적 변화와는 무관하게 '잘 팔리는' '유명한' 작가도 대량으로 생산해 낼 수가 있게 된 것이다. 그리고 이는 곧 저급한 정치문화와도 손쉬운 결탁을 가능케 한다.

근래, 보도에 오르내리는 소설가 출신의 예상 국회의원 입후보자만도 네다섯은 되는 것 같다. 우리나라의 전체 소설가가 500명 안팎(1994년 말, 문협 통계 483명)이라고 할 적에 1%에 달하는 이 숫자는 타 직종이나 분야에 비해 엄청난 비율이 아닐 수 없다.

2천 명에 가까운 시인 쪽에 몇 명의 예상 후보가 거론되고 있는지 비견해 보면 더욱 쉽게 알 수 있다. 인기 있는 대중작가가 이 시대의 총아가 됨은 여기서도 증명이 된다.

소설가라고 해서 국회의원이 되지 말라는 법은 없다. 되레 얼마든지 좋은 일수 있다. 그러나 분명한 점은, 그들이 소설가라는 이름으로 정치에 참여하고 유권자의 손을 잡는 데도 그 이름이 유용하다 해서 거듭 쓰는 동안에는 우리 문학사의 업적과 품격까지 한몫 빌려 쓰고 있다는 점이다.

그 고마움을 제대로 알고서 앞으로의 나랏일을 잘해 주면 좋겠다는 뜻에서 이런 사설을 푼다

<1994. 조선일보 일사일언>

# 신춘문예에 응모하는 이들에게

이맘때, 신춘문예 작품공모 광고가 도하 각 신문의 지면을 장식하면 나 또한 까닭 없이 가슴이 설렌다. 명색이 소설가가 된 지 스무 해가 훨씬 지났고, 신춘문예 응모작 중에서 어느 것이 더 나은지 골라 뽑는 심사의 일을 한 지도 여러 번인 처지에서 새삼스레 '문단 데뷔' 운운의 광고에 마음 쓸 일이 없는데도 옛사랑을 추억하듯 그렇게 가슴 설레고 하는 것이다.

지나간 청춘에 대한 몹쓸 그리움 탓이라 여긴다. 그 격정의 시대에 겪은 절망과 환희가 모두 신춘문예로 대표되는 내 문학과 한 고리가 되어 있었던 탓이라 여긴다. 대학 3학년, 당시 나는 세상 물정 모르는 철부지 젊은이이면서 벌써 세상 다 산 애늙은이이기도 했다. 창창한 앞날에 대한 꿈같은 기대가 있는가 하면 어느새 뻔한 인생에 대한 예감으로 한없는 허무에 젖기도 했다. 그 현란한 감정을 담아낼 그릇이라곤 내게 문학밖에 없었다.

캠퍼스마저 봄부터 군인들에게 점령당해 있었다. 그 여름, 나는 원고지와 몇 권의 책이 든 보따리를 들고 강화도 전등사로 들어갔다. 신춘문예에 응모할 소설을 쓰기 위해서였다. 몽고 군에게 쫓긴 고려인들이 외진 섬에서 불경을 판각하던 심정으로 나는 그 산사에서 원고지를 메꿔 나갔다. 일탈을 위해서 적막한 산사에서 치르는 혼자만의 통과의례, 그 참담한 고통 속에서 가지던 내밀한 열락(悅樂)까지도 나는 아직 생생히 기억하고 있다.

문단 데뷔는 결코 입신출세의 길이 아니다. 문학이 그만한 세속적 권능이 있다고도 여기질 않는다. 흔히 말하듯 문단 데뷔는 단지 이제 본격적으로 문학 공부를 해도 괜찮다는 일종의 면허에 지나지 않는다. 문학을 통한 자기 연마의 출발점에 선다는 의미 이상의 뜻이 없는 것이다. 그 때문에 데뷔를 위한 글쓰기, 모범답안 작성하듯이 쓴 글은 글로써 의미가 없다.

　덜 세련될지라도 작품에서는 신인다운 패기가 보여야 하고 쓴 이 나름의 고뇌와 열정이 그대로 쏟아져야 한다. 당선만을 목적으로 한다면 소설 한 편을 갖고 이 사람 저 사람한테 보여 가며 한 해 동안 꼬박 다듬고 고치기만 해도 될 수 있다.

　그러나 삶의 격정과 그 여과의 과정을 거치지 아니한 그러한 작품은 전혀 생명력을 지니지 못한다. 문학이 곧 삶이라고 하는 명제는, 오늘날과 같은 부박한 세태에서 새롭게 작가가 되겠다고 애쓰는 젊은이들이 더 절실하게 생각해봐야 할 명제라고 생각한다.

　신춘문예 당선! 그 환희의 한 순간을 거쳐 나는 지금 어디쯤 와 있는가? 부끄러움과 회한, 그리고 가없는 절망의 심연 한가운데서 망망한 문학의 대해(大海) 저편을 넋 놓고 바라보고만 있지는 않은가.

　<1998. 경향신문>

# 소설가 양산에 대한 유감

　근래 더 심한 경향을 보이는 문인의 대량 배출 현상에 대해서도 수요와 공급이라는 경제원리만을 적용한다면 별문제가 없을 수 있다. 그러나 수요의 면은 차치하고 공급의 측면만 찬찬히 들여다보아도 이러한 원리가 순조로이 작동하고 있지 않음은 쉬 알 수 있다. 즉 수요와 무관하게 일방의 공급만 과다히 이루어지는 곳이 특이하게도 우리네 문단이기 때문이다.

　지난달 한국소설가협회가 펴낸 [한국소설]의 부록에 등재된 회원명부를 보면 소설가 숫자만도 500에 달하고 있다. 물론 이 숫자가 소설가의 전부는 아닐 것이다. 비회원이라 해서 명단이 빠진 이들이며 지방문학지, 동인지 등에서 '소설가'로 활동하는 이들까지 포함한다면 7~800에 이르지 않을까 여긴다.

　해방 전 우리 문단의 전체 문학인 수가 100명이 못 됐던 데 비해 소설가만도 500명이 넘는다 하면 정말 대단한 확대요 팽창이 아닐 수 없다. 인구를 비롯하여 그만큼 우리의 산업이며 문화가 확대 발전하였으니 소설가의 대량 증가도 시대변화에 따른 당연한 현상이라고 볼 수 있다.

　작가의 양적 팽창만큼 우리네 소설문학이 발전을 이루었는가는 하는 점은 접어두고, 이 많은 소설가들이 다들 어디서 어떤 수련과 등단의 과정을 거쳤으며 어떤 소설들을 써내면서 계속 소설가 행세를 하고 있는가 하는 점이 이 명부를 들여다보면서 가진 내 솔직한 궁금증이었다. 나 자신 스무 해 넘게 문단 구석에 이름자만 걸어 둔 채 변변한 소설 하나 내놓지 못한 처지이기에 자기 모멸적 심정에서 가지는 관심사일 수도 있었다.

게다가 장래 소설가가 되겠다는 학생들을 상대하여 허구한 날 창작 수업을 하는 '훈장'의 입장에서도 이는 지대한 관심거리가 아닐 수 없는 것이다.

문단의 양적 팽창이 악화의 양화 구축이라는 또 하나의 경제 말처럼 우리 문학의 저급화에 이바지한다는 우려의 소리가 있은 지는 벌써 오래됐지만, 소설계 쪽은 그래도 그런 소리가 덜했던 것이 사실이다. 시(詩)야 아무도 모르게 써 놓으면 진짜 아무도 모르지만(?), 초등학생, 중학생도 읽고 평할 수 있는 게 소설인데 소설 갖고 장난질이 되겠는가 하면서 느긋이 지내왔던 곳이 소설 문단이었다. 그런데 이제는 시 소설 장르 구분 없이 이런 우려의 말들이 통용케 되었으니 대단한 시대 변전이라고 아니 할 수 없다.

물론 한 작가가 어떤 과정을 거쳐 등단했는가 하는 점은 중요하지 않을 수 있다. 등단의 형식보다는 작품이 중요하기 때문이다. 작품만 좋다면 어떠한 형식의 등단이든 그것은 전혀 문제 될 것이 없다. 그러나 소설의 기본 양식은커녕 기초 문장조차 제대로 되지 않은 소설이 이런저런 지면을 장식하고 나아가 상업주의에 편승하여 대중에게 영향을 미치는 경우를 적잖이 보는 처지에서는 자못 등단의 형식 자체에도 따가운 시선을 보내지 않을 수 없게 된다.

일 년 내내 소설 한 편 게재한 일이 없는 시 전문지에서 어떤 일인지 신인 소설가만큼은 해마다 꼬박꼬박 내놓아 우리 소설 문단을 살찌운다. 얼마나 중앙의 횡포가 심했고 그에 대한 원한이 사무쳤든지 지방 자치 시대란 말이 나오기 무섭게 지방문학지마다 우리 소설가는 우리가 뽑는다고 다투어 '등용문'을 만들어 댄다. 일 년에 한 번 책을 내면서 소설가는 두세 명씩 데뷔시킨다. 그뿐인가. 장편 한 편 들고 '벼락같이' 나오는 신인은 또 얼마나 많은가. 이러니 절로 소설가가 쏟아질 수밖에 없다. 작품의 검증은 오로지 독자에게 맡겨질 뿐이다.

작품이 게재되고 심사평이 실려 있다고 해도 작품을 보는 데는 별 도움이 안 된다. 뽑은 이의 이름조차 밝혀져 있지 않은 경우가 허다하고 심사평, 추천의 말이란 글도 꼼꼼히 읽어 보면 뽑힌 작품처럼 허황하기 짝이 없는 경우가 많다. 평 자체가 무슨 소린지 모를 말들로 채워져 있고 문장마저 비문투성이이기 때문이다.

이러한 파행적 작가 양산 현상은 문단 데뷔 그 자체를 무슨 벼슬이라도 되는 양 여겨 데뷔 자체에만 급급하는 개인의 욕심과 그를 통해 부수적 이득을 얻고자 하는 매체 및 지도자의 어긋난 양식이 야합하여 이뤄낸 것이 사실이다.

유행이랄 수 있는 각 대학의 문예창작과 신설, 창작 교실의 급증에서 보듯이 작가가 되고자 하는 이의 수효가 계속 증대 일로에 있고 그만큼 작가가 양산되고 있는 저간의 사정에 대해서도 얼마든지 긍정적인 관점을 가질 수 있지만, 그것만으로는 다른 저편이 가지는 병해까지 온전히 덮을 수는 없다고 생각한다. 그 병해 또한 문학인 자신의 양식에 직결되는 문제이기에 밝은 데서의 공개적 논의 자체가 주저돼 온 것도 사실이다.

'제 작품 하나 똑똑히 쓰면 되지 뭘 그런 데까지 신경 써?' 해 버리면 만사의 시비가 없어지지만, 대중에 대한 바른 문학교육의 확대란 측면에서도 이제는 애써 사람들이 나서서 이런 논의를 공개적으로, 지속적으로 끌어갈 필요가 있다고 본다.

우리네 소설 문단도 이제 질적 양적으로 확대될 만큼 됐으니 소설가의 구분도 더 세분화할 필요가 있을 것 같다. 일본 문단의 예를 원용해서라도 문예소설 작가, 기업소설 작가, 스포츠소설 작가, 청소년소설 작가 등으로 나누어 명칭을 붙일 필요가 있다고 여기는 것이다. 작가의 등위, 우열을 보이기 위한 의도가 결코 아니다. 보편적 문학교육이 전혀 진일보하지 않은 상태에서 독자에게 간편한 선별력을 제공하기 위해서도 작가 스스로 또는 지면 자체가 이러한 구분 호칭을 쓸 필요가 있다고 보는 것이다.

이는 직업 작가로서의 독자에 대한 마땅한 봉사이기도 하다. 독자의 취향과 욕구가 다양해지면 다양해질수록 작가와 작품도 다양화되게 마련인데 그에 따른 몰가치적인 작가의 세분(細分) 명칭이 새로 생겨나는 것은 자연스러운 일이다. 그런 점에서도 진즉에 추리작가란 명칭을 자랑스럽게 쓴 우리네 추리작가들의 태도는 하나의 본이 될 수 있다고 여긴다.

&lt;1999. 한국소설&gt;

# 37년 전의 약속

김 교수님.

참으로 오랜만에 인사 올립니다. 40년 가까운 세월을 흘려보내면서, 더러 예전 초등학교 시절의 방학 숙제를 떠올리듯 가끔 교수님을 생각하긴 했지만 '인사'는 엄두조차 내질 못했습니다. 그곳에서 잘 계시겠지요? …이런 치렛말은 모두 생략하겠습니다. 교수님은 이미 '그곳' '계시다.' 등등의 언어들과도 전혀 무관하실 테니말입니다. 따라서 제 인사는 단지 제 혼자의 회억이고, 저 자신에게 들려주는 독백에 지나지 않을지도 모릅니다.

1980년의 어느 봄날이었습니다.

그 전 해, 한국일보사가 우리나라 사상 초유인 1천만 원의 원고료를 내걸고 장편소설을 공모한 일이 있었지요. 대상은 기성작가와 신인을 망라하는 것이었습니다. 1973년 모 신문사의 신춘문예에 단편소설이 당선되어 문단에 발을 들여놓고 있던 저는 그 몇 년사이 작품 발표의 지면조차 제대로 얻지 못한 채 낙백(落魄)의 시간을 보내고 있었지요.

그런 때에 광고를 보곤 결심했습니다. 좋다, 다시 공개경쟁에 나서 보자…무명 신인 작가의 설움을 씻을 호기라고 생각했던 것입니다. 당시 서울의 한 조그만 잡지사에 근무하고 있던 저는 동료직원들의 양해를 얻곤 반년 넘게 소설 쓰기에 매달렸습니다.

신촌의 와우아파트라고 아시죠? 어느 날 한 동(棟)이 와르르 무너져서 세상을 떠들썩하게 했던 아파트. 제가 그 아파트의 단칸방 하나를 얻어 살고 있었습니다. 갓 돌 지난 딸애가 엉금엉금 제게로 기어 오면 발로 아이를 밀어내면서 원고 칸을 메워 나갔지요. 그렇게 완성한 작품이 홍경래의 난을 소재로 한 장편 역사소설 [서북풍(西北風)]이었습니다.

운 좋게 그 소설이 당선되었습니다. 신문 한 면 가득히 심사평, 당선소감, 인터뷰 등 저에 관한 기사가 실린 다음날부터 세상이 달라지더군요. 작품을 들고 가도 거들떠보지 않던 문학지 편집자들이 서 먼저 연락을 해서 직품을 달라지 않나, 미리 장편 출판올 계약하자면서 출판사 사장들이 번갈아 찾아오질 않나…(교수님 생전에는 문자 메시지 같은 것도 없어서 모르시겠지만, 요즘은 이런 문장 뒤에는 꼭 'ㅎㅎ' 혹은 'ㅋㅋ' 같은 이상한 부호를 붙인답니다. 옛사람들이 쓰던 '가가(呵呵)'와 흡사합니다.)

아무튼 저는 그 덕에 화곡동에 마흔두 평 단독주택을 마련했으며, 전업 작가의 길로 나선다고 출판사도 때려치웠습니다.


매일 [서북풍]이 신문에 연재되고 있던 그해, 교수님으로부터 뜻밖의 엽서를 받았습니다. 좋은 역사소설 거리가 있어서 작가에게 주고 싶다고 하셨습니다. 교수님의 존함은 전부터 알고 있었기에 저는 놀라움과 반가움을 금치 못했습니다.

화신백화점 옆에 있던 '종로다방'이었던 걸로 기억합니다. 교수님을 뵈었습니다. 단아한 모습에 말씀도 적으셨지요. 뒤늦게 셈해 보건대, 그때 교수님은 쉰을 갓 넘긴 연세였고 저는 겨우 서른에 올라선 철부지였습니다. '

온전히 기억하지 못합니다만, 그때 주신 말씀의 대강은, 여러 해

동안 '기축옥사(己丑獄事)'에 관한 연구를 해봤는데 연구할수록 여기에 숨겨진 이야기가 많음을 알게 되었다. 중요하고도 흥미로운 이 이야기를 논문으로는 생동감 있게 독자에게 전할 수가 없다. 누군가 역사에 관심 있는 작가가 이를 소설로 형상화해주면 좋겠다…그러면서 관련 저술이 든 노란 봉투를 제게 넘겨주셨지요. '역사가는 위대한 작가가 될 수 없지만, 작가는 위대한 역사가가 될 수 있다.'는 말을 인용하시며 저를 부추겨 주시기도 하셨습니다. 그날 선선히 제가 그 일을 해보고 싶다고 말씀드렸던 것도, 저 또한 이전부터 이 사건에 소설가로서 관심이 있었기 때문이었습니다.

1589년 전주에서 정여립이 반란을 꾀한다는 고변이 있었고 이로써 수백 명이 희생당한 옥사의 실상이 무엇이냐에 대해서는 학계에서도 그동안 논란이 많았던 것이 사실입니다. 여기서 송익필 등의 음모론을 실증적으로 제기한 최초의 현대 역사가가 바로 교수님임은 누구도 부인하지 못합니다.

서경덕, 이황, 기대승, 이이, 조식 같은 선학(先學)은 물론 정철, 유성룡, 이발, 김성일, 이산해, 김장생, 조헌, 허엽, 허봉, 김우옹, 성혼 등 조선 중기의 내로라하는 명사들이 죄 이 사건에 관련돼 있었기에 이를 소설화하는 일은 곧 우리 역사소설의 한 정점을 긋는 일이며 그 작업은 지난하고 시간이 많이 소요될 수밖에 없다는 사실도 저는 당시에 예상하고 있었습니다. 하여 교수님께 약속을 드리고서도 저는 쉬 작업에 들 준비를 하지 못했던 것입니다.

그러나 딴 짓거리하며 세월을 허비하는 가운데도 그 약속은 무슨 채무인 양 제 심중에 남아 무게를 더해 갔던 것도 사실입니다. 10년이 더 지나서였습니다. 홀연 교수님이 세상을 떠나셨다는 놀라운 소식을 접했습니다. 뒤늦게 사실을 안 저는 장례에도 참석하지 못한 죄스러움에 한동안 몸을 떨었습니다. 돌아가시기 두 해 전 쯤이었던가요? 교수님은 또 한 번 제게 서신을 주셨지요. 대전에 내려갔다는 소식을 들었는데 잘 지내느냐? -그런 안부의 글이었지만, 저는 마치 질책하시는 것만 같아 답장조차 드리지 못했습니다.

15년 전쯤 됩니다. 더 이상 미룰 수 없다고 여겨 방학을 맞아 안동 지례마을에 들어갔습니다. 산골 한옥 뒷방에 들앉아 한 주일 꼬박 컴퓨터 자판을 두들겨 5백여 장을 만들었는데 다 부질없는 짓이었습니다. 한 달 후, 읽어 보고 주저 없이 지워버렸기 때문입니다. 2005년 교환교수로 중국 남경에 가 있는 동안은 전초(前哨)작업이라 여기며 화담 서경덕에 관한 장편소설 한 편을 완성했습니다.

교수님, 종로다방에서 만났던 그 새파란 작가가 어느새 교수님보다 더 긴 세월을 대학 교단에 있다가 재작년 정년을 맞았습니다. 그리곤 소설을 쓰겠다고 충청도 연산 산골에 임시 거처도 하나 마련했습니다. 첫해를 어영부영 보낸 뒤, 올봄부터 이야기를 시작했는데 지난 주말 1,300장을 넘겼습니다. 2,500장은 돼야 마무리가 될 듯합니다.

일단 이야기를 주재하는 동안은 퇴계, 율곡 같은 이도 사료를 근거로 제 의도껏 주물러 볼 요량입니다. 제가 이미 율곡 죽은 나이보다 17년을 더 살고 있기에 어려운 일은 아닐 것입니다.

1584년에서 1589년, 이 5년의 과거 시간에 몰입돼 있는 요즘의 나날이 제겐 경이입니다. 제 거처에서 5분만 걸어 나가면 김장생이 걸었던 길을 만나고, 차로 10분만 나가면 정여립이 머물렀던 절간 마당에 섭니다.

아, 그래서 누군가가 저로 하여금 이맘때 이곳에 있게 했구나,

싶은 생각마저 들 때가 많습니다. 명랑하게 들려오는 매미 소리, 새소리도 제겐 16세기 말의 것이 됩니다.

성패는 뒷전으로 돌리겠습니다. 내년 봄날, 상하 두 권짜리 소설책을 존경하는 교수님 묘소에 놓을 수 있다면, 종로다방에서 드렸던 제 약속을 지키는 것이 된다고 여기겠습니다.

<2017. 월간 「브라보 마이라이프」>

※주: 김 교수는 사학자 고 김용덕(전 중앙대) 교수임.

# 팽나무 숲의 총잡이와 소설 쓰기
## --정년을 맞는 소회


그날 동네 꼬맹이들은 죄 동구 밖 팽나무 숲 그늘에 모였다. 스무 명은 족히 될 성싶었다. 읍에서 나왔다는 아저씨 둘이 아이들을 줄지어 앉혔다.

'자~자, 꼬맹이들은 앞쪽에 앉고 큰 놈들은 뒤쪽에 앉아, 알았지?'

…이 더운 날 흰 와이셔츠에 양복저고리까지 걸친 걸 보면 아저씨들은 분명 읍내의 큰 교회에서 나온 이들이 분명했다. 전에도 이런 일은 여러 번 있었다. 앞으로 열심히 교회에 나오라는 아저씨들 따라 찬송가 몇 구절을 부르고 나면 공책과 연필, 운 좋으면 초콜릿까지 얻어걸릴 수 있었다.

땅바닥에 퍼질러 앉은 아이들이 잔뜩 기대에 찬 눈빛으로 아저씨들을 보고 있는 사이 한 아저씨가 먼저 '왜 이리 덥지?' 하면서 천천히 양복저고리를 벗었다.

그 순간 아이들은 모두 제 눈을 의심했다. 그리곤 신음조차 내지 못한 채 얼음덩이처럼 굳어 버렸다. 아저씨의 어깨를 한 바퀴 두르고 겨드랑이 아래로 내려온 건 벨트. 주황색 가죽 벨트에 달린 권총집이며 거기 삐죽이 고개를 내민 빛나는 권총 손잡이까지 똑똑히 바라볼 수 있었다.

뒤이어 다른 아저씨도 저고리를 벗었는데 그도 마찬가지였다.

권총이었다! 만화나 영화에서만 봤던 권총의 실물을 내 동네에서 우리 눈으로 똑똑히 볼 줄은 아무도 상상치 못했다.

두 아저씨가 우리 앞에 굳건히 다리를 벌리고 섰다. 좀 전처럼 웃음 띤 얼굴이 아니었다. 노여움을 가득 묻힌 낯빛, 무서운 눈초리… 금방이라도 빵빵, 우리를 향해 총을 쏠 것만 같았다. 나는 나도 모르게 두 손을 움켜쥔 채 몸을 바르르 떨었다. 요란한 매미 소리도 귓전에 들리지 않았다.

한 아저씨가 우리를 향해 무거운 음성으로 말했다.

"우리는 경찰서에서 나온 아저씨들이다. 우리가 왜 너희를 여기 불러 모았는지 알겠지? 지금부터 내가 묻는 말에 바로 대답하지 않으면 모조리 경찰서로 끌고 갈 것이다, 알겠어? 응, 그저께 저녁 여기 동네 앞을 통과하는 미군 열차에 돌멩이 집어 던진 놈, 누구야? 돌 던진 놈 있지, 어느 놈이야?"

순간 나는 숨이 턱 막혔다. 옆자리 경호가 바르르 몸을 떨었고 내 앞의 용수가 흠칫 놀라며 어깨를 곤두세웠다. 쟁쟁한 적막이 흐르는 사이 다른 아저씨가 말했다.

"허, 요놈들 봐라. 말을 않겠다 이거지?"

그가 가볍게 오른손을 옮겨 제 권총집을 쓰다듬는 순간이었다.

"얘가 그랬어요! 얘가 돌 던졌어요!"

누군가 바락 소리를 질렀다. 뒤쪽이었다. 아이들의 눈이 그쪽으로 쏠렸다. 등하교 때마다 곧잘 우리에게 제 책보자기를 떠맡기던 민호였다. 그가 온몸을 떨면서 제 옆의 경수를 가리켰다.

"넌 안 그랬니? 너도 했잖아! 얘, 얘도 돌 던졌어요. 나만 아니에요!"

튕기듯 일어난 경수는 민호뿐만 아니라 제 앞뒤 애들까지 한꺼번에 짚었다. 그게 신호였다. 스무 명의 아이들이 저마다 발광하듯 제 동무들을 고발하기.

마침내 내 단짝 경렬이가 나보다 먼저 나를 가리켰고 나 또한 약간이라도 늦으면 죽을세라 앞의 용수를 지적했다. 그리곤 누가 먼저랄 것도 없이 '앙~' 울음을 터뜨렸으며 이내 팽나무 숲은 아이들의 울음소리에 묻혔다.


내 어린 시절을 보낸 그 산골 마을 앞에는 경부선 철길이 있었다. 전쟁이 끝난 지 얼마 되지 않은 때였는데 해가 질 무렵이면 미군들을 잔뜩 태운 군용열차가 마을 앞을 통과했다.

열차가 오기 전부터 철둑 이편저편에 서 있던 마을 아이들은 열차가 다가오기 무섭게 두 팔을 흔들어대며 '기브 미 쪼꼬레또!'를 외쳐댔다. 그러다 보면 실제로 열차에서 초콜릿이며 오렌지가 던져지기 일쑤였고 때로는 뚜껑을 따지 않은 C-레이션을 통째로 얻어걸리는 횡재를 할 때도 있었다.

그 무렵 난생처음 본 일회용 종이컵, 플라스틱 스푼 등에 대한 놀라움은 지금도 생생하게 기억할 수 있다.

그런데 오래지 않아 열차를 탄 미군들의 숫자며 그들이 던져주는 '물건'의 양이 눈이 띄게 줄어들기 시작했는데, 그때부터 동네 아이들은 예사로 기차를 향해 팔을 쭉 뻗으며 감자를 내지르기 시작했다.

미군들 또한 감자로 응수해 오자 급기야 돌멩이를 던지는 지경까지 이르렀던 것이다.

형사들이 돌아간 뒤, 아이들은 누구 하나 동무를 찾는 법 없이 뿔뿔이 흩어졌으며 이후 골목을 달음박질하는 아이들의 소리조차 한 달 넘게 사라졌다.

　많은 또래의 아이들이 통학 열차를 타고 대구를 내왕하며 중학교에 다녔지만, 나는 폐광이 있는 산 아래의 농림학교에 다녔다. 비인가 중학 과정의 이 학교 교실엔 아이들 숫자보다 닭들이 더 많았다. (빈 교실이 다 닭장이었다.) 아이들은 영어 수학을 공부하는 시간보다 더 많은 시간을 고추 모종 내기, 깻잎 따기, 염소 키우기, 하천 부지 개간에 동원됐다. 따로 닭장 관리를 책임진 나는 틈날 때마다 사료를 주고 닭똥을 치웠으며 자전거 뒷자리에 계란을 싣고 자갈 많은 신작로를 달렸다.

　볕 좋은 날이면 유치환 시집이며 '보물섬' 같은 책을 들고는 닭들을 피해 폐광으로 올라가기도 했다.

　일제 때 코발트를 캐냈다는 이곳엔 고대의 성전 같은 건조물들이 군데군데 서 있었고 그 속에는 끝도 깊이도 알 수 없는 캄캄한 갱도들이 미로처럼 뻗어 있었다.

　더러 애들과 함께 관솔불을 켜서 갱 안으로 들어가 보면 인체의 해골이며 뼈다귀들을 어렵잖게 발견할 수 있었다. 낙동강 전선에서 전투가 한창이던 때 보도연맹 사람들을 집단으로 학살한 현장이었다는 사실은 훨씬 뒤 내가 고향을 떠난 뒤에 알았다.

　명색이 학교에 다니고 있었지만, 그때도 나는 여전히 배가 고팠고 입을 것이 마땅찮았으며 앞날은 암담하기만 했다. 양은그릇에 담긴 흰 쌀밥을 간장에 비벼 먹는 꿈을 꾼 날에도 나는 계란을 싣고 읍내에 갔으며 구판장에 그것을 넘긴 뒤에는 또 하릴없이 4학년 때 짝꿍이었던 수리조합장 딸이 살고 있는 기와집 근처를 몇 바퀴 돌다가 호롱불 켜진 대밭 아래 초가로 돌아오곤 했다.

시간 맞춰 역으로 가면 통학 열차에서 내리는, 교복 입은 그녀를 먼 데서라도 지켜 볼 수 있었지만, 내겐 그럴 용기조차 없었다.

고등학교 입학 자격 검정고시 합격증을 쥔 뒤 나는 무작정 서울로 가는 밤 열차를 탔다. 그리고 그날 내 옆자리에 앉았던 못된 아줌마를 지금도 잊지 않는다.

점심 저녁을 건너뛴 아이가 혼자 꼬르륵 소리를 내며 옆자리에 앉아 있는데도 그녀는 삶은 계란 네 개를 차례차례 혼자 다 먹었다!

다음 날 아침 용산역에 내린 나는 멀리 인왕산만 바라보며 독립문까지 타박타박 걸어 형님의 셋방을 찾아 들었다.

형들 덕에 서울의 고등학교에 입학할 수 있었던 것은 내 생애의 행운이었다. 간신히 교복을 걸치고 책가방을 들고 학교에 다녔지만, 아직 미래에 대한 꿈을 가질 처지는 아니었다.

공부와 무관하게 대학 진학을 할 만한 집안 형편이 아니었기 때문이다. 닥치는 대로 책을 읽고 더러 글을 쓰기도 했지만, 문학을 해보겠다는 뜻을 가졌던 것은 아니었다.

등록금 적은 국립대학 역사학과를 지망했다가 보기 좋게 떨어지곤 낭인(?) 생활을 했다. 입시학원에 가는 대신 2본 동시상영의 싸구려 영화관을 전전했으며, 노모의 성화에 못 이겨 두 차례 공무원 시험을 보기도 했다.

다음 해 간신히 대학에 적을 올려놓고는 가정교사, 무허가 학원 선생 등을 하며 학비를 벌었다.

대학은 학기 중에도 수시로 교문을 닫았기에 출석 일수를 걱정할 일은 드물었다.

간혹 선배들에게 끌려가서 통일, 노동, 매판자본 등등의 얘기를 듣기도 했지만, 내 앞가림도 못하는 주제에 그런 거창한 담론들이 내 귀에 들어올 턱이 없었다.

지하 유인물을 펴낸 주모자로 오인을 받아 성북경찰서 취조실에서 하룻밤을 자는 때에는 까닭 없이 그 어린 날 팽나무 숲의 광경이 생생히 살아났다. 더 이상 형사들이며 권총조차 무섭지 아니한데 수치심이 온몸을 감싸왔다.

갈래머리를 한 뽀얀 피부의 조합장 딸아이가 보고 싶었다. 마흔넷에 청상이 되어서 아들 아홉을 홀로 키운 어머니가 세상을 떠난 그해 가을, 종로 3가의 한 찻집에서 그 여자아이를 만났다. 그런데 딴 애들 몰래 지우개를 쥐어주던 그녀의 손길 하나까지도 나는 똑똑히 기억하고 있는데 그녀는 나에 대한 기억이 전혀 없었다.


몹시 소설이란 걸 쓰고 싶었던 것이 그즈음이었던 듯싶다. 정한숙 교수 담당의 '소설창작론'의 과제를 닷새 만에 완성했다. 바닷가 결핵환자 요양소가 이야기의 주 무대로 돼 있지만, 거기엔 내 고향의 코발트 광산은 물론 동구 밖 팽나무 숲과 조합장 딸아이까지 다 들어가 있었다.

생전 처음 단편소설의 분량을 채운 그 소설이 그해 겨울 한 신문사의 신춘문예 당선작이 돼 버리고 말았다.


올해가 내 정년이다. 8월 말일자로 나는 34년간 몸담았던 대학의 교단을 떠나는 것이다.

친구들 대부분이 50대 초·중반에 직장을 떠난 것에 비하면 나는 '참 길게 해먹은' 셈이다. 쥐뿔의 학위조차 없는 내가 일찌감치 대학 강단에 설 수 있었던 것도 다 문학 덕이었다. 정년 10년을 남겨

놓고는 중국을 비롯한 외국 학생들만을 상대로 한국어와 한국문화를 수업했으며, 그 인연으로 중국 백주(배갈)에 대한 관심과 공부를 갖게 되었다. 백주 관련 책을 내고 바깥으로 백주 강의를 다닌 것도 그 때문이있다.

퇴직 후에도 나는 서울집에만 머물지 않기로 마음을 먹는다. 계룡산 줄기 끝에 앉은 농가 한 채를 빌려 일주일에 사나흘을 거기서 지내기로 한다. 텃밭을 가꾸고 소설을 쓰고 또 좀 더 깊이 중국을 공부하면서 내 여생을 보내고자 한다.

부끄럽고 고단했던 내 어린 날의 시간들이 내 인생의 남은 세월에서도 각성과 용기의 원천이 돼 줄 것으로 믿고 있다.

<2015. 브라보 마이라이프>

# 서울 한 땅에 남은 유치한 문학적 분위기를 위해

문학적 담론을 위한 분위기와 공간이 별달리 있을 턱이 없다. 그런데도 대중들은 쉬 '이런 데서 뭔 문학 얘기를 하고 그래?' '여긴 퍽 문학적인 분위기야.' 같은 말들을 하는데 그들이 말하는 장소와 분위기가 여하한 것인가는 대체로 짐작이 간다.

음악과 그림이 적절히 배경이 되는 정갈한 찻집쯤은 젊은 세대들한테나 어울릴 법하다. 정리돼 있지 않지만 너저분하지 않고 골동품 같은 가구들이 있어 꽤 고완적(古玩的) 아취가 느껴지고 퇴폐적인 낙서들이 벽면을 장식하고 있는 공간쯤을 떠올리는 경우는 제법 나이를 먹은 쪽이 될 성싶다.

보나마나 이 또한 우리나라 근대문학을 장식한 낭만파 문인들이 남겨준 유산의 하나다. 전통사회의 문인들이 문객들을 맞이하던 사랑채며 그들의 흥과 우의를 도모하던 기방은 도저히 이런 분위기와 거리가 멀기 때문이다.

절제의 미학에서 개방의 미학으로 전환하는 과도기를 담당했던 이들 낭만파 문인들이 던져놓은 퇴폐적 염세적 분위기는 그 나름으로 상당한 의미가 있다.

심정의 개방, 욕망의 개방은 이러한 절대 기준의 낭만주의적 포즈에서도 어느 정도 가능하기 때문이다. 그리고 그 개방 욕구는 각박한 현대에서도 여전히 완강하며 그리고 이러한 낭만주의적 처방 또한 일정한 유효성을 지닌다.

종로에 피맛골이라는 골목이 있다. 길은 좁고 땅바닥은 젖어있기 일쑤다. 이편저편이 모두 음식점인데 간판들은 무질서하고 음식 냄새가 코를 진동한다. 말 타고 다니는 귀하신 양반네가 큰길을 오가는 꼴을 보기 싫어한 서민들이 일부러 뒷골목을 택해 다녔다는 데서 이 골목 이름이 유래하는데 21세기 디지털 시대에도 이 골목길만을 고집하는 사람들이 적지 않다.

피맛골 주변의 땅 한 평 값은 얼마나 될까. 20층 30층 건물을 지어 올리면 그 가치가 천문학적으로 늘어날 텐데 아직도 코딱지 같은 집들이 이마를 맞대고 남아 있는 것이 놀랍고 신기하다. 그리고 너무너무 자랑스럽다.

아니나 다를까. 놀람과 신기, 자랑은 그리 오래 가지 않는다. 벌써 무교동-청진동 사이의 골목은 동강이 나버렸고 그 자리엔 매머드 건물이 우람하게 버텨 섰다.

바로 이 자리에 지극히 문학적(?)인 술집 하나가 있었다. 상호도 그럴싸하게 <시인통신>이다. 간판이 하도 작고 출입문이 출입문 같지 않아서 한두 번 가봤던 사람도 집을 못 찾아 헤매는 경우가 많았다. 1, 2층 모두 합쳐도 열 평이 될까 말까. 열 명이 끼어 앉기 어려운 아래층 자리보다는 2층이 차라리 여유가 있었다.

판자를 주워 아무렇게나 조립한 듯한 탁자가 있고 그와 비슷한 의자에 언제 만들었는지 알 수 없는 퇴락한 방석이 얹혀 있는 그곳엔 철 지난 문학 잡지들이 구석구석에 쌓여 있으면서 문학적 분위기를 북돋우기도 했다.

그리고 더 문학적인 것은 사방 벽면뿐만 아니라 천정까지 빈틈없이 채워져 있는 낙서들이었다. 사실 이 집의 기본 맥주 안주인 대구포도 별미지만, 이들 낙서보다 썩 괜찮은 안주는 드물다는 것이 내 생각이었다.

유식을 자랑하는 한시(漢詩)에서부터 세상 빈정대는 욕지기까지 그만큼 감칠 맛 나는 낙서들이 많았다는 뜻도 된다. 낙서마다 서명이 있는데 그 중엔 내가 알 만한 선후배 동료 문인의 이름도 적지 않다는 점도 재미있다.

80년대 초, 한 선배 문인을 좇아 처음으로 이 집의 삐걱거리는 나무 층계를 올랐던 나는 절로 나오는 웃음을 참지 못했다. 요즘도 이런 유치한 분위기의 술집이 서울 한복판에 남아 있단 말인가. 그 유치한 즐거움 때문에 온몸이 근질거릴 정도였다.

그리곤 맥주 한 잔을 들고 낙서 감상에 들어갔는데 놀랍게도 내 은사님 성함이며 친한 선배들 이름이 툭툭 눈에 들어오질 않는가. 00년 0월 00일, 그 선배들이 선생님을 뫼시고 2차로 이 집에 들렀다가 흔적을 남긴답시고 써 갈기셨구나!

한촌(寒村)의 이름 없는 바위벽에서 퇴계 선생의 명각(銘刻)을 발견한다 해도 이보다 더 반가울까. 그 유치한 선배들 때문에 또 한 차례 웃음을 흘리지 않을 수 없었다.


그런데 희한한 일이었다. 시간이 지날수록 이 유치한 분위기가 점점 친숙해지면서 편해졌다. 취기 탓도 있었지만, 문학 자체가 이런 유치한 본성에서 시작된 것인데 나는 30년 넘게 문학을 하면서 굳이 그 유치함을 격외(格外)의 것으로 치부했다고 자성하기도 했다. 아래층 틈 좁은 화장실을 빈번히 오가는 수고마저 감내할 수 있게 된 나는 이윽고 그 집은 나올 때마다 나 스스로 볼펜을 꺼내 벽면 구석에 낙서 한 줄을 쓰는 유치한 짓거리를 마다하지 않았다.

그 후 나는 광화문 근처에서 사람을 만나는 때면 자주 이 집을

찾았다. 더러 아는 문인을 마주치는 불편함도 있었지만 편안한 기
분으로 맥주 한두 병을 마시기엔 이 집처럼 편한 데가 없었다. 화
통한 남정네처럼 서글서글한 성격을 가진 집 주인(한귀남 씨. 수필
가)이 부담 없고, 주인을 '어머니'라고 부르면서 술집 일을 도맡아
하는 '총각'(다들 이렇게 불러서 나도 그를 총각이라 부른다)도 어
질고 착하기만 해서 도무지 불편함이 없었다.

　어느 때는 서울서 돈벌이하느라고 고생하는 제자들을 이끌고 이
집을 찾았는데 문예창작과 졸업생들답게 녀석들은 단번에 이 집의
문학적 분위기에 반해 버렸다.

　그날은 때마침 기타 치는 노인네도 나타나서 신나게 흘러간 유
행가를 연주해 주어서 선생과 제자들이 한통속이 되어 뽕짝을 부
르면서 떠나온 먼 땅의 강의실을 그리워할 수도 있었다.


　2002년 무렵이었던 듯싶다. 무교동 재개발 계획에 따라 이곳 피
맛골과 함께 '시인통신'이 사라진다는 소식을 들었다.

　나 또한 아쉬운 마음 하나로 한 여사가 내미는 피맛골 개발 반대
서명지에 사인을 했지만 수백 명 문화 인사들의 연명지(連名紙)가
경제 논리를 이길 수 있는 것은 아니었다. 무교동 시인통신은 그렇
게 굴삭기의 굉음과 함께 사라졌다.

　뒤늦게, 한 여사가 같은 이름의 술집을 인사동에 새로 냈다는 소
식을 들었지만, 내 걸음은 좀처럼 그곳까지 미치지는 못했다. 인사
동에서 모임을 가진 뒤 딱 한 번 골목 안쪽의 그 집을 찾아간 적은
있지만 분위기가 워낙 달라 오래 앉아 있지도 못했다.

　한 해 동안의 외국 생활을 마치고 서울에 돌아왔을 때, 어느새
나보다 더 단골이 된 제자 녀석들이 시인통신이 청진동으로 옮겼

다면서 나를 인도해 주었다.

해장국집 <청진옥> 옆 골목으로 들어가서 마주한 키 낮은 기와채. 번드레함보다 수줍음을 앞세운 집 모양새가 마음에 들었고 무교동을 시늉 내듯이 벽면을 장식한 사진들이며 낙서들이 낯설지 않아서 좋았다.

대강 낙서들을 둘러보아도 이젠 문인들보다 문학적 분위기를 좋아하는 이들이 더 많이 이곳을 찾아옴을 짐작할 수 있었다.

김병총(작고. 소설가) 선배를 비롯하여 그 예전 무교동 시인통신을 장식하던 선배분들 여럿이 이미 술잔을 들지 못하는 처지가 되어 버렸으니 이 또한 아쉬우면서도 자연스러운 현상으로 받아들일 수밖에 없다.

그러면서도 내 선생님이 찾던 술집을 내가 찾아가 마시고 또 그 뒤를 내 제자들이 찾아가 술잔을 기울이며 사람살이의 고단함을 말하고 향수처럼 문학을 떠올리는 이런 대물림의 술집이 아직 서울 바닥에 건재함을 어찌 다행으로 여기지 않을 수 있을까.

하여, 내 선생님과 선배들이 그러했듯이, 우리 스스로 그런 장식이 되어 서울 한 땅에 유치한 문학적 분위기로 남는 것도 술버릇치고는 괜찮은 버릇일 듯싶어 내가 포함된 소설가 열두 명의 달거리 모임도 이제는 이곳 청진동에서 이루어지고 있다. 내가 더 유치한가, 시인통신이 더 유치한가? …이런 놀이 속에서 나와 내 친구들이 더욱더 오래 술잔을 비울 수 있기를 바랄 따름이다.

<2007. 문학나무>

# 과수원길 너머에 누운 강
--내 문학의 원형질

1.

　그 무렵, 5일장이 서는 날이면 나는 학교가 파하기 무섭게 중방동의 장터로 내달렸다. 딴 애들처럼 먹을거리 볼거리가 많아서 장터로 달려가는 것은 아니었다. 그곳에 가면 아침 일씩 집을 떠난 어머니를 만날 수 있었다. 몇 시간 만에 다시 어머니를 만나는 일이 반갑고 기쁘기보다 내겐 되레 멋쩍고 성가신 일이었지만, 나는 어머니를 보러 그렇게 달려가지 않을 수 없었다.

　쉰 나이의 어머니는 어시장 어귀에서 멸치와 참기름을 파는 뜨내기 노점 상인이었다. 됫박도 아닌 종지에다 한두 줌 멸치를 담아 팔거나 박카스 병 같은 작은 병에 참기름 몇 방울을 나눠 파는 것도 장사라고 할 수 있는지 몰라도 아무튼 어머니는 몇 푼 푼돈이라도 번다고 장날이면 어김없이 그곳에 앉아 있었던 것이다. 새벽녘 어머니가 갖고 나선 장사 밑천은 한 포대가 채 안 되는 멸치와 정종 큰 병 정도의 참기름뿐이었다.

　막상 어머니를 돕는다고 나 또한 장터 모퉁이에 책보자기를 깔고 앉지만, 장사를 돕는 것보다 어머니를 감시하는 일이 더 중했다. 아직도 어설픈 뜨내기 장사꾼에 지나지 않는 어머니는 멸치 몇 종지를 팔기도 전에 술에 취해 있는 때가 더 많았기 때문이다. 점포(?)는 옆자리 나물장수한테 맡기고 어물전 뒤의 선술집에 가서 막걸리 사발을 비우는 어머니를 어떻게 할 것인가. 제대로 술을 마실 줄도 모르는 어머니는 막걸리 한 사발이면 금방 취해서 몸의 중심을 잡지 못했다.

그쯤은 창피한 일도 아니었다. 물건을 팔고도 셈을 못 하기 일쑤요, 아무나 붙잡고 하염없이 사설을 풀거나 훌쩍훌쩍 울음까지 우는 모습은 차마 어린 내기 볼만한 것이 아니었다.

자식들에게 보리밥 한 술이라도 먹이겠다고 굳이 장터까지 나선 어머니인데 왜 술을 마시고 왜 그런 추태를 보이는지 나는 도무지 이해할 수 없었다. 내가 어머니의 치맛자락을 붙잡고 장터에 앉아 있다고 해서 사정은 크게 나아질 것이 없었다.

뉘엿뉘엿 해가 기울라치면 어머니는 무슨 핑계를 대거나 혹은 기척도 없이 자리를 뜨고 만다. 그러면 초등학교 4, 5학년짜리가 대신 멸치와 참기름을 팔 수밖에 없다. 학교 동무들한테 그런 모습을 보이는 것쯤은 얼마든지 참을 수 있었다.

내 간절한 소망 하나는 엄마가 취하지 않는 것뿐인데 어머니는 어김없이 나를 배반했다. 휘청거리는 걸음으로 나타난 어머니는 사람들 많은 데서 나를 껴안고 볼을 비비거나 노래도 아닌 노래를 불러 끝없이 나를 창피하게 만들었다.

죽고 싶도록 창피하고 그만큼 어머니가 밉다 해서 어머니를 장터에 버려두고 나 혼자 집으로 돌아갈 수는 없는 일. 머잖아 깜깜한 밤이 닥치고 강과 철둑을 건너는 시오리 길이 장터와 내 집 사이에 놓여 있었기 때문이다.

어느덧 번잡과 소요가 썰물처럼 떠나간 장터에서 팔다 남은 멸치를 보자기로 묶고 참기름병을 바구니에 담는 때에도 어머니는 막걸리 한 잔만 더 갖다 달라고 성화였다.

그날은 휘영청 달이 떠서 다행이었다. 장터를 벗어나 자갈 많은 신작로를 따라서 가다 보면 상방동(上方洞)에 이르게 되고 그곳 갈림길에서부터 양쪽으로 탱자나무 울타리가 쳐진 안 부자네 과수원 길이 뻗어 있다.

남천(南川) 강은 과수원길 너머에 엎어져 있다. 휘청거리는 어머니를 부축한 채 단둘이서 그 길을 걷는다. 손에 든 보따리가 너무 무거워서, 장에서 겪은 일이 하도 창피해서 내가 쉼 없이 어머니를 욕하는 사이에도 어머니는 어머니대로 넌 모른다, 넌 모른다고 하면서 그 노래 같잖은 노래 부르기를 그치시 않았다.

한말(韓末)과 일제강점기까지도 퇴계 학맥의 마지막 계승자로 영남 일원에서 이름을 떨친 성주(星州)의 유학자 제서(濟西 李貞基) 선생의 귀하디귀한 셋째 딸로 태어나 자란 내 어머니가 대구 원대의 최 진사 집으로 시집을 갈 때까지만 해도 훗날 이렇게 경산 시장의 참기름 장사꾼으로 전락해 술에 취한 채 초등학교 다니는 여덟째 아들의 부축을 받으며 과수원 길을 걸으리라 상상이나 했으랴.

만사가 시세 탓이라 해도 박복한 어머니의 운명이었다. 형편 좋은 선비 집에서 태어난 덕에 시집올 때까지 논밭일 한 번 해보지 않은 어머니는 열일곱 살에 제서 선생이 가장 사랑하는 제자와 혼례를 올렸는데 시집은 시집대로 한말에 3대 성균진사(成均進士)를 냈다고 자랑해 마지않던 집안이었으니 더욱 그렇다.

일제를 거치며 집안 살림이 어떻게 흩어졌고, 땅 한 마지기도 없으면서 왜 굳이 남천 금곡(金谷) 산골로 이주하게 되었는가 하는 이야기는 여기서 할 필요가 없을 성싶다. 한학(漢學)만이 공부의 전부로 알았던 내 아버지는 아들만 아홉 낳아놓고 쉰도 안 된 나이에 급히 세상을 떠났다. 남천 삼성동의 과수원집을 떠나 경산 옥실

(옥곡동)의 쓰러져 가는 초가로 이사한 것도 그다음의 일이었다. 내 나이 다섯 살이었다.

경산농예기술학교의 설립자의 한 사람이며 국어 교사로 있던 큰형 혼자서 열두 식구를 먹여 살리기엔 너무도 힘에 부쳤다. 시래기죽조차 제대로 먹지 못하는 자식들을 그냥 두고 볼 수 없다 해서 어머니가 직접 멸치 참기름을 들고 나선 것이 장사의 시작이었다.

달빛에 젖은 강물을 건너던 때, 어머니는 미끄러운 바닥 돌을 디디곤 한 순간 중심을 잃었다. 참기름병이 박살 났고 내가 어머니를 붙잡는 통에 멸치 포대와 책보자기가 물결을 타고 떠내려갔다. 다 끝났다! 자갈밭에 퍼질러 앉은 어머니의 꺼져 드는 울음소리를 들으며 나 또한 절망감에 몸을 떨었다. 어느 순간 어머니는 울음을 뚝 그치곤 혼잣말을 중얼거렸다.

"아무렇지 않대이. 아무렇지도 않대이. 내사 아들이 아홉인데 뭔 걱정이고!".

2.

가난한 산골의 밤.

생솔가지를 태우는 모깃불의 연기가 감나무 이파리 사이로 퍼져 나가는 때에도, 적설의 무게를 이기지 못한 대나무들이 저마다 마당 쪽으로 휘어지며 몸을 누이는 때에도 어머니는 고만고만한 어아이들을 무릎 앞에 뉘어 놓고 이야기보따리를 풀었다. 군것질 하나 장만하지 못한 어머니가 아이들에게 자장가 삼아 들려 줄 것이라곤 벌써 두 번 세 번이나 써먹은 옛날이야기밖에 없었다. 성삼문이 죽음터로 끌려간 뒤 의지가지없는 단종 임금이 사약을 받고, 임경업 장군이 백마산성에서 청나라 군대를 무찌르고, 사명대사가 지팡이 하나로 왜놈들을 다 내쫓는 이야기의 공간에서는 아이들도 허기와 고단쯤은 쉬 잊을 수 있었다.

아이들에게는 임경업 장군 이야기보디 훨씬 재미가 덜했지민, 그 무렵 어머니가 가장 즐겨 읽은 이야기책이 [유씨삼대록(劉氏三代錄)]이었다. 이웃 마을에서 빌려온 책의 이야기를 온전히 당신 것으로 하기 위해 어머니는 세 권짜리 필사본을 글자 한 자 놓치지 않고 다 베끼는 수고를 마다하지 않았는데 나와 손위 형이 번갈아 어머니를 도왔다.

어머니의 입이 아닌 문자를 통해 옮겨지는 이야기의 독특한 세계를 실감 나게 체험한 것도 모두 그 '베끼기'에서 비롯됐다.


3.

경산으로 이사를 하면서 어머니의 친정 걸음은 더욱 뜸해질 수밖에 없었다. 15~6년 만에 겨우 성주 홈실의 친정을 찾아가던 어머니는 어려운 걸음을 하는 김에 둘째 언니(내게는 이모다)를 만나고 싶어 칠곡에 들렀다.

가까스로 마을은 찾았지만, 집이 어딘가는 도통 생각이 나지 않았다. 하여 마을 정자나무 아래의 평상에 앉아 있는 한 무리 동네 할머니들한테 물었다.

"혹시 홈실댁이 어딘지 아시능교?"

그중의 한 노인이 빤히 어머니를 쳐다보며 물었다.

"내가 홈실댁인데 와 그라능교?"


어머니 돌아가신 후, 생전 처음으로 내가 외가를 찾아갔을 때는 재서 선생과 외할머니는 물론 칠곡의 그 이모도 벌써 이 세상 사람이 아니었다. 어머니 형제 중 홀로 남은 막내 외숙부가 홈실 제강서당(齊剛書堂) 마루에 좌정한 채 나를 맞아주었다.

"니가 고대 국문과 댕긴다고 하는 갸가?"

오랜 신병 탓에 내 어머니 장례에도 참석하지 못했다는 외숙부는 대뜸 명심보감 한쪽을 내 앞에 펴놓고는 소리 내어 읽어 보라 명했다. 화석의 문양마냥 갑작스레 낯설어 보이는 한자들을 읽어 나가는 동안에도 내 귀에 들리는 환청은 그치지 않았다. 나보다 더 젊은 나이에 이 마루에서 글 읽는 아버지의 목소리… 담 너머 안채에서 들려오는 어머니의 다듬이소리….

4.

옥실 대나무밭 아래의 초가에서 내 유년의 대개(大槪)를 보냈다. 옥실에서도 여전히 논 한 마지기 없는 집안이었던지라 나는 마을의 다른 애들마냥 일찌감치 바지게로 거름을 퍼 나르고 보리를 베러 다니지 않아도 됐다.

꽤 심심한 편이었지만 못 견딜 바는 아니었다. 뒷산이며 냇가를 헤집고 다니다가 그마저 적적해지면 어김없이 나는 대밭 아래 외따로 있는 초가의 큰형 방으로 기어들었다. 별다른 기물이나 장식이 있는 것도 아니었지만 어린 나한테 그곳은 마법이 서린 공간이었다. 사방 벽면에 책들이 쌓여 있었기 때문이다.

대개가 돌아가신 아버지가 소장하던 한적들이었으며 나머지는 형이 읽던 현대의 것이었다. 아버지의 것이든 형의 것이든 내가 읽을 수 있는 책은 단 한 권도 없었지만, 나는 그 책들을 뒤지며 혼자 노는 일이 무엇보다 좋았다. 드물게 만나는 그림이며 메모인 양 긁

적여 놓은 아버지의 육필을 만나는 신기함도 그렇지만 세상에 이렇듯 내가 모르는 말들이 많다는 데 놀라움이 컸다. 그리고 퀴퀴하면서도 은은하고 구수한 그 책 냄새! 어느 날 문득 발견한 송시열과 마르크스의 무서운 초상이 내 악몽으로 이어지는 일도 있었지만, 나는 그 방에 파고드는 일을 멈추지 않았다.

반 루운의 [인류사화(人類史話)] 서문에는 어린 시절 저자가 만났던 마을의 종탑지기 이야기가 한 편의 시처럼 그려져 있다. 소년이 종탑지기로부터 내려다보이는 들판이 곧 인간의 역사라는 얘기를 듣는 때에도 탑에서는 '영원에서 일 초 일 초를 뜯어내는' 종소리가 울려 퍼진다.

…뒷날 느낀 바인데, 대밭 아래의 그 풀집 하나가 나한테는 네덜란드 시골의 외딴 종탑과 다를 바 없다는 것이었다.

어느 날 책더미 속에서 철필에 잉크를 묻혀 꼭꼭 눌러 쓴 아버지의 육필 노트 몇 권을 발견한 것은 내게 횡재나 다를 바 없었다. 일본어 단어장, 베껴 그린 인체 해부도, 천체도… 평생 주자와 퇴계 공부밖에 할 줄 몰랐던 아버지가 남몰래 이런 신식 공부를 하고 계셨던 사실은 어머니와 큰형도 알지 못했다.


물어보자 너 척수대(滌水臺) 아래 흐르는 물아,
고금을 거치며 몇 사람의 수심을 씻었느냐
근심이야 백 가지를 능히 다 씻지마는
겨우 세속의 것을 씻고 나면 또 생기는 다른 수심.
--[국역 이강집(以剛集)]에서 옮김. *이강은 아버지의 호(號)다.


배움은 그것이 쓸모가 있나 없나 하는 것보다 배움 그 자체로 수

심을 만들며 그 수심이 옹골차게 침잠하는 데서 존재론의 근거가
생기는지도 모르겠다.


5.

군사쿠데타가 일어난 지 얼마 안 돼 큰형도 경찰에 끌려갔다. 사
회대중당에서 활동하며 대구매일신문에 불온한 논설을 썼다는 죄
목이었다. 어머니와 형수가 읍내로 대구로 정신없이 다녔지만, 형의
얼굴조차 보질 못했다.

어둠 속으로 깊이 가라앉는 집안 분위기와 무관하게 나는 사립문
하나 붙이지 못한 돌담 기슭에 버드나무 가지 하나를 꺾꽂이했다.
부지깽이도 싹을 틔운다는 봄볕 탓일까. 뿌리도 없는 한 뼘 나무토
막에서 움이 트고 이내 이파리가 벌어졌다. 큰형이 어머니와 형수의
부축을 받으며 골목길을 걸어들어올 때는 가녀린 버드나무 새 가지
들이 제 몸체보다 더 길게 드리워져 있었다.

그해 겨울, 큰형이 감옥소 경험을 토대로 소설 한 편을 썼다며
그것을 읍내 가서 부치고 오라고 내게 심부름시켰다. 봉투에 넣기
전, 원고지 한두 장을 읽어 보았는데 내게는 영 어렵고 재미가 없
었다. 만약 그 작품이 그 해 대구매일신문 신춘문예에 당선이라도
됐다면 형의 인생은 또 달라졌을까.

내가 꺾꽂이로 키운 버드나무는 지금도 내 고향 집 빈터에 거목
으로 서 있다.


6.

심보가 고약한 담임선생은 초등학교 6학년 아이들을 명확히 진
학, 비진학으로 구분하여 수업을 진행했다. 수업? 아니다. 한 반

다섯 개 분단 중 넷이 진학생들이고 단 한 분단만이 도저히 중학 못 간다는 아이들로 채워져 있었다.

이 비진학 분단 학생들에 대해서는 수업 자체가 없었다. 안 떠들고 놀거나 잠만 자면 그만이었다.

나뿐만 아니라 이전까지 반에서 1, 2등을 도맡아 하던 백종화도 여기 비진학 분단에 속해 있었다.

백종화를 비롯하여 내 분단 아이들을 이듬해 무더기로 다시 만난 데가 경산농예기술학교였다.

학비가 경산중학교의 3분지 1도 되지 않았다. 상방동 폐(廢)코발트 광산 아래에 있었다. 벽에 검정 판자를 붙인 단층 교사. 교실이 다섯 개 있었지만, 두 개는 닭들의 살림집이었으며 나머지 셋을 학년 별로 하나씩 썼다.

동산 바위벽으로 인해 겨울에는 한낮이 되어야 겨우 햇살이 운동장에 퍼져 내렸다. 장면 정권 시절 국회의원을 지낸 이형우 선생이 주도해 만든 학교였다. 집안이 가난하여 중학 진학을 못 하는 아이들에게 농업, 축산의 기술을 익힐 기회를 준다는 취지였다. 입학과 함께 나는 2천여 마리의 닭들을 관리하는 닭장지기가 됐다. 입학 성적순으로 교내 일자리가 주어졌는데, 1등을 한 백종화가 교무실 사환 일을 했다.

수업이 끝나면 나는 곧장 닭장 교실로 가서 닭들에게 모이를 주고 계란을 수합하고 닭똥을 치웠다. 한 주일에 두 번 3백여 개의 계란을 자전거에 싣고 자갈 많은 신작로를 달려 경산극장 앞에 있는 조합에 갖다주는 일도 내 몫이었다.

일을 마치고 조합을 나올라치면 또 어김없이 역에 내린 통학생들이 삼삼오오 읍내로 들어오는 시각이었다. 대구의 중학교에 다니는 초등학교 동창들을 마주쳐야 하는 때이기도 했다.

수리조합장 딸 서성애도 그중 하나였는데 그녀는 경찰서 앞 과수원집에 살았다. 4학년 때 단 한 번 내 짝꿍이 되었던 그녀. 남몰래 새 지우개 하나를 쥐어주던 그녀를 잊지 못해 나는 조합에 갈 때마다 빈 자전거를 타고 과수원이 내려다보이는 둑길을 서너 차례 오가기도 했다.

틈이 나면 백종화와 함께 코발트 광산에 가서 놀았다. 그가 구해 온 유치환 시집을 처음 펼쳐 본 것도 그곳에서였다. 3년 내내 수석을 놓치지 않은 그는 졸업과 동시에 이형우 선생이 사장으로 있는 서울 청구출판사의 활자 공원이 되었다. 성적 우수 졸업생에게 주는 특전이었다.

나에게도 그 특전이 주어졌지만, 나는 졸업을 두세 달 앞두고 농예학교와 경산을 벗어났다.

고교입학 검정고시 합격증을 받아 쥔 뒤 무작정 상경 열차를 타 버렸던 것이다.

대학 2학년 무렵, 서울에서 있은 경산향우회 모임에서 우연히 서성애 그녀를 만나 종로다방에서 차 한 잔을 마시는 행운을 가졌지만, 그녀는 내가 초등학교 동창이란 사실을 몰랐고 또 30여 년이 더 흐른 뒤 초등학교 동창회가 마련한 운동회장에서 뜻밖의 재회가 있었지만, 그녀는 벌써 종로다방마저 까맣게 잊고 있었다.

을지로에서 하던 인쇄사업마저 접고 격일로 아파트 관리 일을 한다는 백종화를 올봄 다시 만난 것도 25년 만이었다.

낙원동의 한 주점에서 소주 몇 병을 비운 뒤 서로 방향이 다른 지하철을 타기 전에 전국노래자랑의 송해 동상을 가운데 한 채 둘이서 함께 사진 한 장을 찍었는데 그때 문득 내 눈 앞에 펼쳐지던 풍경 하나가 있었다.

과수원길 끝에 누운 달빛 젖은 강.


7.
문학, 그것은 오늘과 싸우고 오늘을 어루만지는 과거의 시간.
<2006. 계간문학>

# 시의 에로티시즘으로 살아나는 시골역의 환한 생명력
-- 시가 있는 간이역/장항선 광천역

장항선에는 광천역과 천안역이 있는데요
광천에는 신랑동이 있고요 천안에는 신부동이 있어요

상행과 하행을 반복하는 지퍼의 손잡이처럼
그들 사이에 열차가 오르내리는데요
이들 둘의 사랑을 묶고 있는 장항선은
신부의 옷고름이자 신랑의 허리띠인 셈이지요

그런데 천안역은 이 땅 어디로든 풀어질 수 있고요
광천역은 오로지 신부동의 옷고름만 바라볼 뿐이에요
안타까운 신랑의 마음 저림으로
광천 오서산의 이마가 백발의 억새밭이 되고요
토굴 새우젓이 끄느름하게 곰삭는 것이지요

다른 역들은 잠깐만에 지나치지만, 천안역에서는
한참을 뜸 들이며 우동 국물까지 들이켜는 기다림을
신부가 알까요? 호두과자처럼 작아지는 신랑의 거시기를 말이에요
-이정록 시 [기차표를 끊으며] 부분

광천역은 남자, 천안역은 여자, 선로는 옷고름과 허리띠, 열차는

지퍼의 손잡이로 바꾸면서 장항선 전체를 신랑 각시의 사랑터로 만들어 놓는 시의 스케일이 놀랍고 말을 눙치는 수작이 지극히 재미있다.

발상은 참 엉뚱한 데서 비롯된다.

천안에는 신부동이라는 동네가 있고 광천에는 신랑동이라는 지명이 있다나.

보나마나 천안의 그 지명은 '新婦洞'이 아닌 '新富洞'쯤일 터이지만 시인은 아랑곳하지 않고 냉큼 분 냄새 풍기는 각시를 갖다 앉혀 놓으며 신랑은 저만치 광천 쪽에나 꾸어나 놓는다.

그런데 어쩜 이렇게 잘 어울린단 말인가! 단지 말 하나 빌려왔을 뿐인데 천생연분이 따로 없다.

혼례를 갖췄으니 신방 오가는 것은 당연지사. 신랑은 쉼 없이 장항선 열차를 타고 하행 상행을 반복한다. 지퍼를 열고 채우는 지퍼 손잡이처럼.

헌데 아직 신행이 끝나지 않았나 아님 신부가 시댁에 눌러살 결심을 미처 못 한 것일까.

차일피일 미루면서 여태 친정에만 머물고 있다.

아무튼 목마른 놈이 우물물 마신다고, 신랑 놈만 뻔질나게 장항선을 오르내린다. 제 허리띠 풀고 색시 옷고름 풀려고….

그런데 아시다시피 천안은 사방이 다 트인 곳이다. 장항선 한쪽에만 문짝이 열려 있는 곳이 아니다.

부산 대구서도 오고 목포 광주에서도 쳐들어온다. 잘 차려입은 서울 사내들은 더 쉽게 다가온다. 복장이 터지긴 하지만 신랑은 곱고 그리운 정이 백 배 더 크다.

광천 오서산이 허옇게 백발을 쓰는 것이며 광천 젓갈이 곰삭아가는 까닭이 실은 여기 있다.

그러는 사이 실하던 신랑의 거시기 또한 천안 호두과자처럼 쪼그라들었다.

그래도 광천 신랑은 오매불망 천안행이다.

칙칙폭폭, 칙칙폭폭. 덕산온천 도고온천만 봐도 예산 사과처럼 부끄러워지는 신랑의 마음은 선로에 쏟아져 있는 검붉은 자갈들이 알고 철길 가 소나무들이 안다.

시를 먼저 읽고 역을 찾을 일이 아니었다.

광천역 플랫폼에서 남녘에 우두커니 높이 솟은 오서산을 바라보며 잠깐 나는 그런 생각을 했다.

투명한 햇살, 쨍한 공기, 흑백사진을 보는 듯한 적막한 풍경 속에서 제법 사치스러운 겨울 서정을 품을 만도 한데 뜬금없이 지퍼며 상행 하행, 거시기를 떠올리다 보니 혼자 웃음부터 흘리지 않을 수 없었기 때문이다.

그리곤 이내 '시가 풍경을 다 바꾸어 버렸다!'는 놀라운 발견을 가졌다. 로컬리즘과 에로티시즘의 절묘한 결합을 통해 환한 생명력을 얻고 있는 시골 역의 현장에 선 느낌을 무엇이라고 하나?

현장에 있으면서도 여전히 시각보다는 청각이 오감을 주도한다. 풍경의 발견이 아닌 언어의 확인 때문이다.

–있는데요, –있고요, –이지요, –지지요… 끊임없이 귓전을 두드리는 전달 언어로 인해 차라리 눈앞의 풍경은 비현실적인 것이 되고 만다. 하여 광천역 앞에서 서성대는 검은 피부의 사내마저 내 눈에는 천안의 색시를 만나러 가는 신랑쯤으로 여겨지는 것도 무리가 아니다.

언어는 이렇게 대상을 주정적(主情的)으로 변질시키는 힘을 가진다. 그러나 이는 현상을 왜곡시키는 것이 아니라 그 '비틂'을 통해 현상의 본체까지 다가간다는 다분한 의도를 쥐고 있다.

관찰과 수용에 대한 다양하고도 의미 있는 갈래를 보여줌으로써 본질을 향한 새로운 질문과 발견을 이끌어내는 문학의 효능은 이 맛깔스러운 시 한 편을 통해서도 새삼 확인하게 된다.

<2009. 월간 My KTX 연재>

## '잘 늙은 절' 하나
--시와 함께하는 우리 산하 기행

인간세 바깥에 있는 줄 알았습니다.
처음에는 나를 미워하는지 턱 돌아앉아
곁눈질 한 번 보내오지 않았습니다.

나는 그 화암사를 찾아가기로 하였습니다
세상한테 쫓기어 산속으로 도망가는 게 아니라
마음이 이끄는 길로 가고 싶었습니다
계곡이 나오면 외나무다리가 되고
벼랑이 막아서면 허리를 낮추었습니다

마을의 흙먼지를 잊어먹을 때까지 걸으니까
산은 슬쩍, 풍경의 한 귀퉁이를 보여주었습니다.
구름한테 들키지 않으려고 구름 속에 주춧돌을 놓은
잘 늙은 절 한 채
.........
화암사, 내 사랑
찾아가는 길을 굳이 알려주지는 않으렵니다.
-- 안도현 시 [화암사, 내 사랑] 부분

시인이란 참 묘한 존재다. 한량없이 천진한가 하면 어느 땐 능

글맞고 뻔뻔하기 짝이 없다. 화암사 '찾아가는 길을 굳이 알려주지는 않겠다.'는 이 시는 어떤가. 정녕 그럴 마음이면 애당초 이런 시를 써 발표하지 않든가 사람들이 관심도 갖지 않게 메모하듯 몇 자 끄적거려 놓으면 될 걸 굳이 시를 만들어 실제의 절보다 산보다 더 훤칠하게 뽑아내 놓고 있다. 이 맵시 있는 시를 보고도 찾아가지 않고 배기겠는가, 그 반문(反問)은 아닌지.

영악한 대개의 독자들도 실은 시인과 같은 처지다. 시인의 수작을 뻔히 알면서도 정말 거기 가면 '능선 한 자락 같은 참회가 가슴을 때릴'지 모른다 싶은 마음에 소바심을 내며 인터넷을 뒤지고 지도책을 확인한 다음 소리소문없이 현장을 찾아가는 경우가 허다하기 때문이다. 그리곤 가서 뭘 얻는가? 시인과 같은 관찰 혹은 안목 아니면 자조와 회한? 그러나 분명한 것은 이러한 게임이 있기에 '문화'가 마련된다는 점이다. 나도 그 게임에 말려들었다.

한 학기 내 학교에 출강하면서 만난 인연을 어여삐 여겨 시인이 부쳐준 시집. 고마운 정을 새기며 두서없이 시편들을 봐 나가다가 이 '화암사'에서 멈칫했다. 절 이름이며 산 이름이 생전 내가 들어보지 못한 것인데 '잘 늙은 절 한 채'란 기막힌 구절은 또 어떤가. 나 같은 산문쟁이는 원고지 스무 장으로도 제대로 그리지 못할 것을 시인은 이 간결한 문장 하나로 다 말해 버리고 있다.

백 장의 컬러사진을 보는 것보다 더 선명하게 고풍스럽고 창연(蒼然) 단아한 절 한 채의 모습이 머릿속에 그려지고 마는 것이다. 갑자기 나는 이 '잘 늙은 절'이 어디 있으며 정말 어떻게 생겼는지 궁금해 견딜 수 없었다.

그 자리에서 인터넷 검색을 해보곤 이내 탄식했다. 낚시며 등산이며 다닌답시고 그 앞길을 여러 차례 지나다니고서도 절간 안내판 하나 제대로 보지 못했다는 자책이 앞섰던 것이다. 완주 땅 그쯤에 있는 산이고 절간이라면 능히 그럴 법도 하겠다는 생각은 뒤늦게 가졌다. 거기서 멀지 않은 곳에는 내가 '숨겨놓은' 그림처럼 예쁘고 적막한 저수지도 있기 때문이다.

시인이 세상 만방에 소문(?)을 다 내버린 바람에 회암사는 이제 유명한 절이 됐다. 타지에서 온 이들은 죄 시를 보고 찾아왔노라고 스스로 말한다. 그렇지만 시를 읽고 시의 현장까지 찾아가는 우리나라의 시 독자가 몇이나 되겠는가. 하여 절간의 고요와 둘레의 청정한 아름다움은 아직 전혀 훼손된 바가 없다.


대둔산 위락시설을 벗어나 17번 국도를 좇아 남쪽으로 차를 달린다. 이편에도 수려한 풍광을 거느린 물길이 계속 찻길을 따른다. 대둔산과 맞은편의 천등산이 만들어낸 계곡이다.

이윽고 용복리 삼거리. 천등산 들머리에서 십 분도 걸리지 않는 거리인데 길가에는 누구의 눈에도 쉬 뜨이게끔 '화암사 입구'를 알리는 표지판이 서 있다. 이곳에서 키 작은 대추나무들이 서 있는 갈림길로 들면 절까지는 외길이다.

절간까지 가는 1차선 포장도로 주변의 풍경은 지극히 고요하고 아름답다. 대둔산, 천등산 주변에서 봤던 우람한 풍광과는 퍽 대조적이다. 마지막으로 다다른 곳, 절간 주차장인데 사방이 숲으로 둘러싸 있어 아연 폐쇄 공간에 든 느낌을 가질 수 있다.

화암사로 오르는 산길 초입은 숲의 터널. 터널을 지나면 길의 폭은 턱없이 좁아지며 이어 골을 건너고 바위 벼랑을 돌며 폭포를 마주하기도 하는데 시인의 말처럼 '계곡이 나오면 외나무다리가 되고, 벼랑이 막아서면 허리를 낮추'기만 하면 그만이다.

산과 골의 형세를 봐서는 도무지 근처 어디쯤에도 절간이 앉아 있을 성싶지 않다. 특히 골의 끝에서 풍경을 가리는 깎아지른 바위 벼랑을 마주하면 더욱 그러하다. 사람마저 드물었던 그 옛날, 역적 모의는커녕 나그네 등짐 뺏을 궁리조차 해본 적 없을 스님들이 무슨 깊은 생각을 하고 남 들어서 안 될 말씀을 나눈다고 이런 데다 절집을 짓고 살기로 마음먹었을까 싶은, 별 희한한 생각까지 들지 않는바 아니다. 이렇듯 꼭꼭 숨은 절을 볼라치면 문득 조정권의 짧은 시 한 편도 언뜻 머리에 스친다.

독락당(獨樂堂) 대월루(對月樓)는
벼랑꼭대기에 있지만
옛부터 그리로 오르는 길이 없다.
누굴까, 저 까마득한 벼랑 끝에 은거하며
내려오는 길을 부셔버린 이.
-- 조정권 시 [독락당(獨樂堂)] 전문


절은, 바위 벼랑 앞에 층층으로 설치된 철 구조의 보행로를 통해 절벽을 오른 뒤 한 그루 고목을 돌아서야 만난다. 흔적으로 봐서는 예전엔 절벽 틈새로 길이 있었던 듯싶은데 사람의 내왕이 쉽지 않다고 해서 이런 구조물을 세운 듯하다.

이곳 화암사는 694년(신라 진성여왕 3년) 일교국사가 창건하고 조선조 세종 때 중창한 것으로 알려져 있다. 원효, 의상대사가 수도하고 설총이 공부했다는 말도 있다. 임진왜란으로 많은 건물이 소실되었으나 건축사적으로 소중한 극락전(보물 663호)이며 우화루(보물 662호) 등은 그대로 남았다. 극락전은 잡석으로 터를 돋운 위에 민흘림기둥을 세우고 지붕을 올린 터라 소박, 질박한 아름다움이 그득하다. 절집의 현관이랄 수 있는 우화루는 누각 형식의 건물인데 바깥으로는 기둥을 세우고 뒤쪽에 축대를 쌓아서 밖에서 보면 2층 구조요 안에서 보면 단층 마루 집이다.

작은 산에 어울리는 작은 절. 굳이 바위 벼랑 너머에 종달새 집처럼 앉은 까닭을 알 만하다. 올망졸망한 산봉들이 부채꼴로 휘두른 산속, 종지 같은 분지에 절집이 자리하고 있기 때문이다. 더러 산자락을 타오른 구름이나 이 안쪽을 기웃거려볼까 바람조차 함부로 침입하지 못할 곳이다. 절의 내력을 적은 비문에 따르면, 평안도 관찰사로 부임하게 된 이 고장 사람 성달생(成達生)이란 이가 고향을 떠나기 전 사찰을 하나 세우고자 절터를 모색하였다고 한다. 그러던 중, 예전 화암사 자리인 이곳이 산 좋고 물 맑아 적격이라는 이야기를 듣고 절을 중창하게 되었다는 것이다.

단청이 바래서 나뭇결이 그대로 드러나는 절집 건물은 시인의 표현처럼 참 '잘 늙었다'. 소담하고 아늑하며 정갈한데 내가 찾은 무렵은 때가 좋지 못하다. 보수공사를 한다고 절집 벽에는 비계들이 세워져 있고 여기저기 건축자재들이 널려 있었던 터. 공사가 끝나더라도 제발 때깔 벗었다며 요란한 단청을 덮어쓰고 시멘트 층계를 거느리며 생뚱맞게 앉아 있지 말기를 바랄 따름.

수국(水菊)꽃들이 무리 지어 피어있는 우화루 앞뜰을 지나면 곧바로 불명산 등산로를 만난다. 산등성이에 오를 때까지는 산죽(山竹)들이 길을 틔워준다. 돌무더기 있는 정상에 올랐다가 반대편 능선을 거쳐 절집으로 돌아오는데 한 시간이면 족하다.

&lt;2011. 신동아 연재&gt;

# 한 예술가의 집에 대한 추억
--시가나오야(志賀直哉)의 옛집

여느 명소처럼, 일본의 역사문화도시 나라(奈良)에서도 외국의 관광객들이 들러 보는 곳은 거의 정해져 있다. 우람한 규모를 자랑하는 동대사(東大寺), 아름다운 5층 탑이 있는 복흥사(福興寺), 그리고 국립박물관 등이 집중돼 있는 나라공원 주위가 첫손가락으로 꼽히고 그밖에 도시 외곽의 법륭사(法隆寺) 정도가 외국인들의 발길을 끄는 것이다.

사실 타국에서 온 관광객들은 이 정도만 보아도 나라 구경은 다 마쳤다고 자족하기가 쉽다. 하루의 수고를 감수하면서까지 아스카(飛鳥)를 관광 일정에 넣는 경우는 그리 흔하지 않기 때문이다.

이런 실정에서, 일본의 과거 한 문학인이 여러 해 거주하면서 작품을 썼다는 옛집을 찾아보겠다고 선뜻 나서는 이는 몇이나 될까? 바꾸어 말하면, 춘천과 그 인근 명소를 찾아 나선 이들 중에 과연 몇 사람이 이곳과 소설가 김유정을 연관 지어 그의 족적(足跡)을 더듬어 볼 것이며, 경주를 찾는 그 숱한 사람들 가운데 어떤 이들이 굳이 시내에 있는 김동리의 생가를 찾아 남다른 감회를 가질 수 있겠는가 말이다.

볼거리에서 즉물적인 것을 중시하는 관습은 우리에게도 이미 오래됐다. '눈으로 보기'에서 '내용으로 보고' 마침내 '마음으로 본다.'는 말은 '보기'의 존재론적 의의를 강조하는 뜻에서 나온 이상적 단계론이지만 사실 이러한 궁극적 '구경'은 누구에게나 용이한 것이 아니다.

예컨대 이효석에 대해 아는 것이 거의 없는 이가 대하는 평창 산골의 그 외딴집과 나름으로 효석의 문학에 이해를 가지고 있는 이가 바라보는 그 집은 대단한 차이가 있음을 인정해야 하기 때문이다. 마찬가지로 백제 멸망사를 공부한 이가 바라보는 백마강 낙화암과 백제라는 나라가 이 땅에 있었다는 사실조차 알지 못하는 외국인이 보는 낙화암은 천양의 차이를 가질 수밖에 없다.

그들에게 낙화암은 강변의 흔한 바위 절벽 하나에 지나지 않을 것이기 때문이다. 이처럼 모든 이에게 항상 미감(美感)을 주는 구경거리는 이 세상에 거의 존재하지 않는다.

차라리 구경거리가 되는 모든 대상은 그것을 대상으로 하는 개인에 의해 끊임없이 영향을 받는 개별적인 미를 확보한다고 봐야 마땅하다. 그들 대상은 자연과 환경, 개인의 심리에 의해 쉼 없이 변화하기 때문에 더욱 그러하다.

대체로 한 개인이 대상을 대하면서 미의 질감을 높이는 일은 교육과 훈련에 의해 가능해진다. 이런 점에서 근래 붐을 일으키다시피 하는 주제별 답사 위주의 관광안내서 출간이나 이제 갓 선을 보이기 시작하는 테마 투어 등은 이러한 교육과 훈련에도 어느 정도 이바지할 수 있다고 여긴다.


각설하고, 나라공원의 복흥사를 지나 남쪽 대로를 10여 분쯤 걷다 보면 공원 끝자락과 이어지는 아담한 마을에 닿게 된다.

지붕을 맞대고 있는 나지막한 일본 전통 가옥들, 키 낮은 담장들, 담 너머까지 가지를 뻗은 무성한 정원수… 나라 역사공원과는 또 다른 정취를 자아내는 한적한 이 마을의 골목길에서는 화판을 세워놓은 채 그림을 그리고 있는 아마추어 화가들의 모습도 드물지 않게 볼 수 있다.

자전적 장편소설 [암야행로(暗夜行路)]로 유명한, 일본 근대문학의 대기 중 한 사람인 시기니오야(志賀直哉, 1883~1971)의 만년 거주 가옥이 바로 이 마을 가운데 있다.

작은 나무 표지판을 따라 들어선 골목, 내 키 높이의 양쪽 담장은 모두 하얀 회칠이 돼 있어서 한결 정갈한 맛을 준다.

소설가의 집 출입문을 들어서 집안 정원 사이로 난 판석 길을 따라가다 보면 이내 입장료를 받는 매표구가 코앞에 나타나지만, 동네에 들어서면서부터 가진 고즈넉한 기분 때문에라도 남의 집 구경하는 데 돈을 낸다는 사실마저 별로 기이하게 여겨지질 않는다.

우리 식으로 해서 전부 150여 평은 될까. 나중에 알게 되지만, 손바닥만 한 연못이며 온갖 화초 수목이 있는 소담한 정원은 가옥의 뒤뜰에 해당한다. 내방객에게 꽃향기 하나라도 먼저 전하려고 뒷사람이 굳이 이쪽에다 진입로를 내놓은 것이다. 남향 방을 들여다보며 처마 밑을 돌아 나와야 비로소 앞마당이 나타나며 전통적이 일본 가옥의 규모가 한눈에 들어온다. 넓은 창을 가지고 있을 뿐 단층 건물은 별다른 특징이 없다.

실내화를 신고 좁은 복도에 들어서도 마찬가지다. 소박하면서도 정갈한 작은 방들이 옛 주인의 아취를 느끼게 해줄 뿐 구경꾼들을 위한 여하한 꾸밈도 장식도 갖춰 놓지 않았다. 옛 주인이 사용하던 집기들 몇 점, 각 방의 쓰임새에 대한 간단한 안내문을 적은 팻말이 고작이다.

방문객들은 집안에 은은히 흐르는 음악을 따라 복도를 걸으면서 이 방 저 방을 기웃거려보다가 이윽고 고색창연한 거실에 이르게 되고 그곳 낡은 소파에 앉아 벽면에 붙은 작가의 생전 활동을 담은 몇 점의 흑백사진이며 신문 기사들, 육필 원고들을 쳐다보며 한 번 더 작가의 생애와 그의 작품을 더듬어 보는 것으로 작가의 집 방문을 마감하는 것이다.

차를 마시며 기다리다 보면 문득 작가가 출입문을 열고 들어올 것만 같은 그런 집안 분위기, 방문객들은 그 정취만 가지고도 가슴 한쪽의 뿌듯함을 안은 채 이 정감 어린 집을 나설 수 있다. 퇴로는 진입로와 달리 앞마당 쪽에 나 있다.

일부러 그렇게 유도로(誘導路)를 마련했음이 분명하다. 퇴로를 따라 골목으로 나온 이의 발길은 저절로 맞은편의 예쁜 찻집으로 끌려들게 돼 있기 때문이다.

자신도 모르게 끌려 들어왔다 해서 결코 억울한 감정은 가질 수 없다. 엎친 데 겹친 격이란 말을 이런 데도 쓸 수 있는가. 넓은 마당에 정원수가 울창한 이 찻집은 서양화가 나카무라(中村) 씨의 작업장이면서 동시에 영업장인데 이 집 정원의 노천카페에서 향기로운 커피 한 잔을 들이키노라면 온몸은 예술의 향훈 자체에 흠뻑 젖어 드는 기분이다.

나카무라 씨는 다름 아닌 시가나오야의 가옥 복원과 보존 관리에 힘쓴, 이 지역의 대표적인 문화 인사다. 수십 년에 걸친 그의 노력이 있었기에 시가나오야의 주택은 오늘날과 같은 모습을 유지할 수 있었으며 동시에 이 작은 마을을 예술 향기 가득한 아름다운 동네로 탈바꿈시킬 수 있었다.

이 꿈 많은 화가의 집 뜨락에서 커피를 마시는 동안에도, 나는 또 나 떠나온 곳의 한 엉성한 초가를 머리에 떠올리고 있었으니 분위기 좋은 곳에서 마시는 커피라고 해서 그 맛이 온전할 턱이 없었다.

대전에서 고속도로를 달려 십여 분이면 닿을 수 있는 시인 정지용(鄭芝蓉)의 생가. '향수의 고향'이라는 간판은 톨게이트 앞부터 커다랗게 세워져 있지만 막상 그곳엔 무엇이 있는가.

이지러운 주변괴 더리운 하천, 그 가운데 엉성한 초가 하나 댕그라니 세워놓고 '시인의 집'을 찾아오라고 선전해댄다. 그렇게 안목이 없고 그렇게 뜻도 없으면서 사람을 청하는 까닭은 무엇인가? 시인의 시를 읽고 설레는 마음으로 찾아왔던 이가 욕지기를 내뱉고 떠나지 않으면 다행일 성싶다.

마음만 먹으면 여건이야 얼마나 좋은가. 지척에 있는 수북리 대청댐이며 교동지의 탁월한 경관을 끌어들이고 육영수 생가며 하다 못해 개울 너머의 욕쟁이 할머니의 묵집까지 한몫 엮어서 이른바 문화 벨트라도 만든다면 세상 어디에 내놓아도 빠지지 않는 구경거리가 될 터인데도 여태 그런 조짐이 보이지 않으니 안타깝다.

날마다 사람을 끌면서, 한때나마 그들로 하여금 시의 향기에 빠져들게 할 수 있는 자원을 갖고도 그것은 방치한 채 시인의 이름만 선전함은 지극히 민망한 일이다.

문화 예술에 대한 진정한 이해를 바탕으로 한 가운데 세련된 상업성을 가미하여 지용의 생가를 정화해 나간다면 옥천의 그곳은 시가나오야의 집보다 훨씬 나은 문학의 명소가 될 수 있을 터인데도 그 실현이 요원한 것이다.

<2004. 시와 정신>

둘째 마당
돌을 돌대로 두기

# 숲으로 난 작은 길

　옛사람이 홀로 걸었던 길들을 생각해 본다. 물론 어딘가에 닿아 누군가를 만나고 뭔가 이루기 위한 길이 아니다. 오로지 자연 가운데서 무연히 삼라만상의 조화와 변전을 바라보는 가운데 내 삶과 생각을 추스르는 관조와 성찰의 길이었던 까닭에 애당초 기기묘묘나 헌사로움과는 거리가 먼 길들이다.

　퇴계가 걸었다는 도산서원 동편의 천연대(天淵臺) 길은 우주의 근본을 생각하며 삶의 지고 가치를 찾아 나선 한 철인(哲人)을 이끈 도(道)의 길이라고 할 수 있다.

　강이 내려다보이는 숲길을 따라가다 보면 바위 벼랑도 나타나고 탁 트인 들판을 조망할 수도 있다. '솔개는 날아서 하늘에 이르고 물고기는 연못에서 뛴다.'는 [시경(詩經)]의 말을 빌려 언덕의 이름을 쓴 까닭도 헤아릴 수 있을 것 같은 산길이다.

　하회마을에서 강 너머로 보이는 깎아지른 절벽이 부용대이다. 그 바위벽 허리를 가로질러 절벽의 이편과 저편은 연결하는 작은 돌길은 서애 류성룡이 형님 류운룡을 찾아뵈며 문안을 드리고 학문을 여쭙던 길이다. 발 하나 겨우 디딜 수 있는 위태로운 길에는 없는 길을 내겠다고 정으로 돌을 쪼아낸 흔적도 있다.

　이는 예(禮)의 길이라고 할 수 있겠다.

　설악산 오세암에서 백담사에 이르는 개울가 숲길은 젊은 날의 만해 한용운이 걷던 길이다. 그는 이 적막한 산길을 걸으며 자기

수련과 함께 대의를 위한 모색과 실천을 준비하였으니 이 산길은 전망의 길이라고 할 만하다.

이 길들은 아름답긴 하나 혼자 걸을 수밖에 없다. 동행과 이웃이라곤 철 따라 변하는 나뭇잎과 꽃, 물길과 먼 데 보이는 산봉우리뿐이다. 자연을 관통하면서 사유(思惟)를 확장하는 데 이바지한 이 길들은 그 자체로 우리의 소중한 정신문화가 될 수 있다.

도시적 삶에 익숙한 현대인들은 이런 자연의 산책로를 잃어버린 지 오래다. 더러 가까운 산과 강을 찾고 공원길을 걷는다 해도 목적은 대개 엇비슷한데 내 몸을 튼튼하게 해서 더 오래 살기 위해서다. 그렇게 잘 관리한 덕에 우리는 모두 옛사람들보다 훨씬 더 오래 살면서 더 많은 것을 보고 배울 수 있게 되었다.

그런데도 세상에는 지혜로운 이는커녕 어른스러운 이조차 드물다는 말들이 횡행하는 까닭이 무엇일까.

철리(哲理)와 도덕이 그 힘을 잃고 자본만이 권세가 된 시대에는 사유와 성찰쯤은 사치에 지나지 않을 수 있다. 이는 비생산적일 뿐만 아니라 현재의 권력에 대한 잠재적 위험이 될 수 있기 때문이다. 차이는 있어도 대학의 사정도 별반 다를 것이 없다.

학생들은 어떻게 하면 취업을 잘하고 돈을 잘 벌 수 있을까가 최대의 관심사이며 교수는 교수대로 여기저기 눈치나 볼 수밖에 없는 처지다. 신입생 유치를 위해 얼마나 뛰었느냐, 몇 명이나 졸업생을 취직시켰느냐, 학생평가는 몇 점이고 논문은 몇 편 발표했느냐 등이 교수 능력의 잣대가 된 세상이기 때문이다. 이들 능력은 늘 점수로 계량화된다. 대학과 기업의 차별성이 없어진 자리에서는 학생도 교수도 경쟁력 제고의 수단 이상이 되질 않는다.

물론 이러한 계량적 공리주의가 거둔 성과를 과소평가할 수는 없다. 그러나 이는 언젠가 한계를 맞이할 수밖에 없으며, 그 전에 이미 자체의 무리로 인해 전혀 다른 결과를 초래할 수 있다는 점이다. 따라서 먼 장래를 바라보는 대학은 지성의 부활과 지식의 건강한 생산을 위한 사유 시스템을 미리 갖추어 나가야 할 것이다.

그것은 곧 대학 자신이 확보한 인재들이 자신의 산길을 걸으며 궁리하고 실천할 수 있도록 기회와 자리를 애써 만들어 주는 것 이상이 아니다.

<2009. 한국교직원신문>

# 인삼밭을 지나며

늘 잡초만 무성하던 비탈밭 자락이 파헤쳐지고 있었다. 한 노인네가 밭 아래쪽에서부터 쇠스랑질을 해나가고 있었다. 내 시골 거처로 이어지는 진입로 초입. 밭 임자가 바뀌기라도 한 걸까. 아침 산책에서 돌아오던 나는 걸음을 멈추지 않을 수 없었다.

"뭐 심으실 모양이지요?"

일에 열중하는 노인에게 내가 말을 붙였다.

"인삼 씨를 뿌릴 때가 돼서요."

비로소 노인이 허리를 폈다. 안면의 깊은 주름만 보더라도 여든은 훌쩍 넘긴 연배였다. 단신에 바싹 마른 몸매인데 어디서 그런 기운이 나오는지 알 수 없었다.

"인삼을 재배하신다고요? 인삼이라면 최소한 4~5년은 키워야 수확하는 거 아닌가요?"

내심 놀라움이 없지 않았는데 그 심정은 내 말투에도 고스란히 실리지 않을 수 없었다.

당신이 앞으로 4~5년을 더 산다는 보장이 있는가? 한 해거리 농사도 버거운 처지에 어찌 6년근 인삼을 기대한단 말인가!

쇠스랑질하는 노인인들 내 질문의 본의를 헤아리지 못했을 리 없으련만 그의 대꾸는 내 물음보다 훨씬 유연했다.

"옛날부터 인삼 농사는 한량 농사라고 하지 않습디까. 허허."

그의 너털웃음에도 연륜에서 얻은 지혜가 묻어 있는 듯했다. 여러 해 놀려놨던 땅을 다스려 씨 뿌릴 포(圃)를 만들고 햇빛가림 막을 쳐주는 데까지가 힘이 좀 들지만, 그 다음부터는 놀면서 기다리는 것이 인삼 농사라고 했던가.

놀고 기다리면 작정이 됐던 죽음마저 유예될까? 집으로 돌아오면서도 나는 갑자기 내 흉중에 들앉은 궁금증만큼은 온전히 털어내지 못했다. 6년근 수확을 꿈꾸는 저 팔순 노인의 낙관이며 유유자적은 도대체 어디서 오는 것일까?

그날 저녁, 날마다 작성하는 내 [산골 노트]에다 나는 아침에 만난 노인을 언급하며 그 '한량 농사'를 '위대한 농사'라고 적어보았다. 머잖아 다가올 생애의 마지막쯤은 아랑곳하지 않은 채 대상의 생명주기만을 생각해서 묵묵히 잡초를 걷어내는 늙은 농사꾼의 작업이야말로 진실로 위대하지 않은가 하는 뜻에서였다.

그런데 사나흘 후 나는 내 손으로 그 '위대한'이란 수식어를 지우고 말았다.

이 또한 머리에 먹물 든 자의 상투적 언사에 지나지 않음을 깨달았기 때문이다. 농사의 끝을 내가 보지 못하면 내 자식들이 이을 것이요, 내 땅이 100년 동안 잡초에 덮인다 해도 그 100년 뒤의 어떤 이가 다시 가꿀 수 있다는 생각도 전혀 위대함과는 무관하다는 내 인식 때문이었다.

억겁에 억겁을 곱해도 끝나지 않는 허적(虛寂), 태허(太虛) 앞에서는 그 어떤 의지와 행위도 도로(徒勞)에 지나지 않는다.

<2020. 문학나무>

# 잃고 버리는 연습을 위해

　근래 심심찮게 뉴스로 보도되는 치정 사건들을 보면서 가지는 생각은 역시 남녀가 서로 만나서 사랑하는 일보다 깨끗하게 헤어지는 일이 더 어렵다는 것이다. 사랑을 얻고 그것을 누리는 순간에는 온 세상을 다 얻은 듯 기쁨을 가시시만, 어쩌면 다가올 이별에 대한 준비는 전혀 하지 못하는 데서 이런 뜻밖의 사건들이 초래되는 것이 아닌가 여겨지기도 한다.

　지금은 아이까지 낳고 평온하게 살고 있지만, 내 딸애한테도 처녀 적 그런 힘든 한때가 있었다. 사연은 알 수 없지만, 사귀던 남자친구랑 헤어져야 하는 때가 있었던 것. 그런데 남자가 그 사정을 받아들이지 못했다.

　퇴근 때마다 딸애의 직장을 찾아와 다퉜고, 매일 집으로까지 서른 번 쉰 번 거푸 전화를 해댔다. 애걸뿐만 아니라 협박을 하는 일도 서슴지 않았으며 집 식구들의 메일을 해킹하는 일마저 있었다.

　사랑을 잃은 청년의 고통과 울분은 이해할 수 있었지만, 이미 그는 합리적인 이성을 잃고 있었으므로 두 집안의 어른들까지 나서도 상식적인 대화가 통하지 않았다.

　밤마다 아파트 근처를 서성대고 문짝을 걷어차는 그 때문에 아내가 경찰을 부르는 일까지 있었다.

　분노와 저주, 공포 속에서는 더 이상 과거의 사랑마저 추억으로 남을 여지가 없었던 것이다.

학기 중인데, 유학을 온 내 학과의 중국인 학생 하나가 나를 찾아왔다. 잔뜩 뿔이 난 그가 말했다. 유학을 포기하고 중국으로 돌아갈 테니 허락해 달라는 것이었다.

이유인즉슨 중국에 있는 여자 친구가 자기를 배신했다는 것이었다. 도저히 배신은 참을 수 없으며 무슨 수를 써서라도 그녀를 되찾겠다고 했다. 녀석의 마음을 진정시키기 위해 나는 사나흘 동안 진땀을 흘려야 했다.

중국에서는 오래전부터 대부분 가정이 외동딸, 외동아들을 두고 있으며 이러한 사정은 근래 우리나라도 크게 다르지 않다. 여러 형제 틈에서 자란 아이들과 달리 이들은 부모의 전폭적인 애정 속에서 빼앗기고 잃어버리는 훈련을 제대로 거치지 못했다.

원하는 것은 모두 소유할 수 있다는 '가지는' 연습만 거듭한 탓에 뒤늦게 맞닥뜨리는 '떠남'이나 '잃어버림'에 대해서는 평정심을 가지지 못한 채 병적인 대응을 하기가 십상인 셈이다.

만년에 시인 박재삼 선생이 어느 자리에서 했던 말이 떠오른다.

"병들어 눕고 보니 도대체 이 세상에 내 것이 하나도 없다는 것을 알았습니다. 책 한 권 볼펜 하나도 내 것이 아니고 심지어 내 몸조차 내 것이 아닌데 내 사람이 어디 있겠습니까?"

물론 이런 깨달음은 예전의 현인들에서 비롯되어 후대로 교육되고 있지만, 사람들이 곧잘 이를 잊고 여전히 '내 것'을 고집하고 집착하는 데서 그 많은 모순과 비극이 초래된다고 볼 수 있다. 에릭 프롬 식의 '소유냐, 존재냐?'의 구분법을 떠나서 '내 것'이 곧 내 것이 아니요 '가짐'이 또 가지는 것이 아님을 제대로 알기만 하면 현대의 젊은이들이 더욱 처절히 겪는 사랑의 고통이나, 나아가 우리 사회의 분배 문제도 한결 쉽게 극복할 수 있지 않을까 싶다.

따라서 우리의 교육 현장에서도 어떻게 하면 남들보다 더 빨리 많은 것을 얻고 가질 수 있는가를 교육할 것이 아니라 아름답게 잃고 버리고 떠나는 과제들에 대한 수련이 함께 이루어져야 한다고 생각한다. 하여, '가야 할 때가 언제인가를/ 분명히 알고 가는 이의/ 뒷모습은 얼마나 아름다운가…'와 같은 시구가 현실적인 힘을 얻기를 기대해 보는 것이다.

<2010. 한국교직원신문>

# 등나무 줄기를 자르며

초등학교 2학년짜리의 아이가 내게 물었다.

"아빠, 사람들은 나중에 다 죽게 된다는 게 진짜야?"

그래, 뻗어나는 등나무 가지를 자르며 내가 간결하게 대꾸했다. 그날 나는 맹렬한 기세로 옥상 난간을 점령해 가고 있는 등나무 가지들을 전정 가위로 치고 있었다.

구름 한 점 없이 맑은 날, 산하의 수목들이 왕성한 생명력을 자랑하고 있는 터에 녀석은 왜 문득 죽음을 생각한 것일까? 내심 약간의 충격을 느끼면서도 나는 애써 무심한 척했다.

"아빠, 그럼 나도 죽게 되는 거지?"

아이가 또 물었다.

나는 비로소 심장이 예리한 칼로 베어지는 듯한 아픔을 느꼈다. 그리곤 이내 교육적 대답이 어떤 것일까를 생각하긴 했지만 오래 망설이지는 않았다. 확실한 진리, 그것은 아이 어른 구분 없고 내 귀여운 새끼라고 예외일 수는 없다.

순순한 내 대답에 녀석은 혹 불분명한 대답을 기대한 것은 아닐까? 예컨대, '그래, 너도 사람인 이상 죽는다는 건 사실이야, 허지만 죽으면서도 영원히 사는 길도 있단다….' 이 같은 종교적 언사 말이다. 아이가 곧이듣건 말건 실은 이런 식의 반응이 아이의 세계에 더 어울릴 수 있다는 것을 알면서도 나는 그런 자상함을 가질 수 없었다.

교육학에서도 말하듯, 대답하기 곤란한 질문을 아이가 할 적에는 아이의 인식 범위를 넘는 추상적, 애매모호한 대꾸를 하는 것도 한 방법이라는 점. 불행히 나는 내세를 믿는 종교도, 존재의 영원성을 추구하는 관념적 철학도 갖고 있질 못했다.

'그래, 알 건 미리 알아둬라. 우리 인생은 그렇게 참혹한 것이란다.' 식의 되레 비정함을 보이고 싶었던지도 모른다. 한참 뜸을 가진 뒤 아이가 아이답지 않은 말을 했다.

"아빠, 산다는 게 참 이상해. 꿈꾸고 있는 것 같거든. 아빠 나도 지금 살아 있는 거지, ㄱ지? 그리고, 난 아주 안 죽을 것 같거든."

이 엉뚱한 소리에 나는 비로소 전정 가위를 놓고 아이를 돌아봤다. 녀석, 내 새끼. 애틋한 부정(父情)이 커다란 감동인 양 가슴 바닥에서 치밀어 올랐다.

아비 자식으로서의 정만은 아니다. 이 광막한 우주의 짧고 가는 빛 속에서 빛처럼 짧은 순간을 살아서 만난 네 생명, 내 생명의 그 눈물겨운 접합 때문이 아니고 무엇이겠는가.

내가 아이의 어깨를 가볍게 흔들며 말했다.

"그래, 너도 그렇게 느끼지? 나도 네 생각이랑 똑같단다. 일장춘몽인 게야…."

녀석이 일장춘몽이란 말을 어찌 알 것인가.

그럼에도 꽤 괜찮은 대답 하나라도 얻어걸린 양 왱왱, 사이렌 소리를 내며 옥상을 돌았다.


생로병사, 이 고해(苦海)의 한가운데로 널 끌어온 내 잘못이다. 아이의 뛰는 양을 보며 내가 탄식했다. 제 존재 문제와 처음으로 맞닥뜨리는 아이, 이제 아이의 인생이 시작되고 있다.

병원에서 아이를 싸안고 집으로 돌아올 때의 그 미묘한 감정쯤은 아기를 낳아본 어른들은 누구나 느껴 봤을 법하다.

한편으로 기쁘고, 한편으로 두렵고, 미안하고… 그래, 나도 누군가의 표현처럼 '먼 우주에서 온 어린 손님'을 맞아들이듯 아이를 모셔 집으로 오긴 했지만, 기쁜 정만 한량없었던 것은 아니다.

너는 이제 빛의 바다에 떴다. 한순간의 부유(浮遊)가 네 운명이건만 기쁨보다 더 많을 고통은 어찌할 거나.

이리 만나 기쁘지만, 또한 영원한 헤어짐을 목전에 두고 있을진대 그 기쁨을 어찌 기쁨이라 말할 수 있으랴. 우리 낯설게 만나 정붙이고 살기는 쉽지만 정 떼고 흩어지는 아픔이야 그 무량(無量) 영겁의 세월 속에서도 비할 바가 없단다.

정말이지 갓 태어난 아이를 안고 집으로 가는 차 속에서 나는 한 평생을 살고 죽는 아이의 일생을 그리며 몸살을 냈다. 내 할아버지 아버지처럼 내가 죽고, 네가 죽고, 네 아이의 아이가 죽고….

요즘, 내가 안다. 녀석이 모차르트, 에디슨, 슈바이처 등의 위인전을 읽으면서도 한 가닥 관심은 그 위인들이 몇 살에 죽었는가에가 있음을.

아빠, 슈바이처가 구십 살을 살았다! 녀석이 큰소리친다. 그 의사 아저씨가 오래 산 것만도 녀석에겐 위안이 되는 모양이다.

그런 녀석인지라 서른여섯에 죽은 모차르트에 대해선 책을 덮으면서도 별다른 독후감이 없었다.


N. 프라이의 이론을 빌리지 않더라도 가을과 겨울을 조락과 죽음, 암흑과 몰락에 결부시켰던 것은 상징이란 말조차 없던 예전부터 인류가 공유했던 원형적 정서라고 할 수 있다.

그렇다면 이 염천의 여름은 대칭적으로 생명의 들끓음, 젊음, 풍성함 자체일 수밖에 없다.

녹음 속에 퍼질러 앉아 그늘 새로 떨어지는 햇살을 보거나, 이글거리는 태양 아래서 망망한 바다의 수평선만 보고 있어도 내 삶이 허허로움뿐이 아니란 인식과 함께 생명의 충일과 그 영구지속성을 믿을 수 있지 않겠는가.

한순간의 도착(倒錯)한 심정 탓이라 해도 괜찮다. 그만한 환희조차 없다면 우리 삶은 얼마나 보잘것없을 것인가.

허지만 이럴 적에도 '아, 한 줄기 번개 가닥처럼' 우리의 의식을 치고 들어오는 그 모진 생명 의식이다.

내 아이가, 잘려 나가는 푸른 등나무 가지를 보며 느끼는 그런 생명 의식 같은 것 말이다.

<1995. 국방과학연구소 사보>

# 내 아이가 건져 올리는 슬픔

첫아이를 낳아 병원에서 초라한 전세방으로 돌아오면서 그 아이를 먼 별나라에서 온 손님으로 여겼다는 어느 선배 문인의 글이 생각난다. 별나라에서 온 손님.

그렇다. 나도 무구한 내 아이를 바라보고 있노라면 이 구절 이상의 언어로 아이의 생성 비밀을 표현할 수가 없다.

그 조그맣던 녀석이 어느 틈에 이리 불쑥 자랐는지 올해부터는 책가방을 메고 학교에 다닌다.

바른생활, 즐거운 생활, 숙제하기에 바쁘고 시험공부를 한다고 제 어미와 밤늦게까지 씨름할 줄도 안다.

별에서 온 녀석의 지구 귀화, 한국인 되기, 뉘 집 자식 되기 연습이 한창인 셈이다.

아직 별에서 익힌 습성을 온전히 버리지 못한 녀석은 제 아비가 낚시터에서 잡아 온 붕어가 불쌍하다고 제 누나랑 옥상에 올라가 서럽게 울기도 하고 담 밑의 개미와 어울려 한나절을 놀 줄도 안다. 사내 녀석이 저렇게 맘이 여려서는 쯧쯧. 저런 심성 갖고는 지구 생활하기 힘들다고 해서 어미 아비가 틈만 나면 태권도 도장 가자고 꼬드겨 보지만 아이는 한사코 거절이다.

혼이 날 거라고 지레 겁먹은 아이가 70점 맞았다는 도덕 시험지를 학교에 버리고 돌아와서는 정말 혼이 났다.

"아빠, 정말로 좋은 대학 안 나오면 훌륭한 사람도 못 되는 거야?"

녀석의 난데없는 질문이 나를 슬프게 한다.

풀벌레 한 마리 죽일 줄 모르는 녀석이 손에 젓가락 하나만 쥐어도 퓨퓨퓨퓨 피융, 총 쏘는 시늉을 한다.

필통을 쥐고서, 고장 난 문고리를 쥐고서, 꺾어진 자두나무 가지를 쥐고서도 '핑핑퓨퓨 피융'이다. 쉴 새 없는 녀석의 장전과 격발이 나를 슬프게 한다.

밥을 잘 먹지 않는 녀석은 어미 아비가 옛날 보릿고개 얘기라도 할라치면 정말이지 그땐 라면도 없었느냐고 되묻는다.

하학길에 제 짝꿍이랑 서로 자기네 집이 더 부자라고 다툼을 했다는 녀석이 정색하고선 '우리 집을 팔면 얼마를 받느냐?'고 묻다가 혼쭐이 났다.

TV에 북한의 아이들이 나왔다.

똑같은 미소, 똑같은 음성으로 신격화된 한 인간을 칭송하는 그 기계 인간 같은 아이들을 보다가 녀석은 '간나새끼들이다.'라며 데굴데굴 마룻바닥을 굴렀다.

욕 한마디 할 줄 모르던 녀석의 그 한 소리가 나를 슬프게 한다.

"아빠, 난 대학에 가더라도 저 형들, 저 누나들처럼 나쁜 짓은 안 할 거야."

녀석은 최루가스 뒤집어쓰며 투석(投石)을 하고 화염병을 던지는 대학생들의 데모 광경을 뉴스로 보면서 말했다.

한사코 형아 누나들이 나쁘다고 우기던 녀석도 실제로 데모 광경을 보곤 마음이 달라진 모양이다. 차들의 내왕이 끊어진 큰길에 나와 아이가 서 있었다.

매운 가스가 휩쓰는 거리엔 깨진 돌멩이들이 낭자했다. 끊임없는 구호와 함성, 최루탄 터지는 소리….

이 혼돈 속에서 겁 많은 내 아이는 쉼 없이 눈물을 쏟으면서도 형아 누나들이 불쌍하다고 소곤댔다.

앞으로 더 나가서 보자는 아이의 손을 끌고 도망치듯 군중에서 떨어져 나왔다.

아이의 새로운 발견과 성찰이 나를 슬프게 한다.

아, 별에서 온 아이, 지구인, 한국인이 되고자 기를 쓰는 아이에게 먼저 별에서 떠나와 이제는 그 떠나온 별마저 잊어버린 내가 보여주고 가르쳐 줄 것이 무엇인가?

그 막막함이 나를 슬프게 한다.

<1987. 동서문학>

# 돌을 돌대로 두기

돌이 본래의 제 모습대로 비바람 가운데서 풍화되거나 흙 속에 묻혀 있는 동안에는 자연의 구성 분자에 지나지 않지만, 어느 순간 사람의 손길을 받아 특정의 모습을 갖추게 되면 문화의 인자가 된다. 고대의 마애불상, 석탑은 말할 것 없고 현대건축을 꾸미는 돌기둥이며 우리네 주방에 놓인 돌솥 하나까지도 예외는 아니다.

예부터 돌은 장구한 시간을 이겨내는 불변의 것으로 여겨졌기에 사람들은 이를 다듬어 제 원망(願望)을 드러내거나 직접 문자와 그림을 새겨 기록으로 남기길 좋아한 게 사실이다.

그렇지만 오늘날 우리 주변에 범람하는 돌 조형물들을 보면서 새삼 '남김'에 대한 문제를 생각해 보지 않을 수 없다.

장묘(葬墓)의식이 변하면서 예전 같은 흙무덤은 많이 줄어들었지만 대신 돌로 치장한 호사스러운 납골묘가 늘어나는 현상을 어떻게 볼 것인가.

지자체마다 다투어 볼거리를 장만한답시고 산비탈을 깎아 인공 폭포를 만들고, 거대 석물들을 세우는 세태를 보고도 감탄만 하고 있을 것인가.

어떤 개인 사업가가 엘리자베스 여왕이며 마를린 먼로 등 세계의 인물 수천 개를 조각하여 공원을 꾸며놓고 입장료를 받으며 사람들을 끄는 것에 대해서도 '세계 최초' '세계 최대'라고 자랑하는 게 괜찮은가.

언제 누구에 의해 세워졌는지 알 수 없지만 도봉산 등산로 입구에도 어느새 네댓 개의 시비(詩碑)가 섰다. 인근의 용문산, 천마산도 마찬가지다.

시 한 편 읽으면서 산을 오르내리라는 갸륵한 뜻이 있음을 알지 못할 바 아니나 이는 자칫 서울의 지하철역 벽면이며 안전 스크린 도어에 무수히 적혀 있는 시편들처럼 되레 공해로 변질이 될 수 있음도 고려해야 한다.

시비의 범람, 이는 일종의 기현상(奇現象)이다. 특성상 시는 개인 정서와 밀접한 관계다. 따라서 향유자 스스로 찾아 읽고 느끼는 양상을 가질 수밖에 없다.

클래식 음악을 감상하는 경우와 마찬가지다. 베토벤의 음악이 훌륭하다고 해서 그 음악을 산중에서도 시내 공원에서도 지하철역에서도 똑같이 하루 종일 들을 수는 없는 일이 아닌가.

시를 돌에 새겨 사람들이 다니는 길목에 세워 둔다는 것은 무조건 읽고 느끼라는 강요 행위와 다를 바 없다.

그런데 이 무례를 무례인 줄 모르는 이들이 그 많은 돈을 들여 곳곳에 돌을 세우고는 자신이 커다란 문화적 업적이라도 남긴 듯이 행세를 하는 것이다.

여러 전문가의 생각을 모아서 돌에 새길 시를 고르기라도 한다면 사정은 훨씬 낫겠지만, 현실은 그렇지 못하다.

친분과 연분, 주머니 사정 등으로 끌려 나온 시들까지 함부로 돌에 새겨지는 일이 많기 때문이다. 그렇다 보니 수준 이하의 시가 보는 이를 당황케 하는 때도 적지 않다.

말도 안 되는 한 편의 시가 지하철역 벽에 붙어 있으면서 매일 선량한 시민들을 괴롭히는 경우를 생각하면 된다. 제 돈 들여서 제

시비를 세우는 시인들마저 적잖은 시대에 염치를 말하는 자체가 우스운 말이 될 수 있지만, 문화로 포장된 허세와 치장에 대해서만큼은 생각 있는 이들의 주의와 경계가 필요하다.

오래 남는 것은 그 말과 뜻이 돌에 새겨졌기 때문이 아니다. 오래 남을 것은 헝겊 한 쪽에 쓴 글자라도 수천 년을 살아남지만, 곧 사라질 것은 금판에 써 놓아도 이내 지워진다.

그 이치를 뻔히 알면서도 돌에다 무엇을 새겨 남기려는 안간힘의 몸짓은 이제 제발 그만두어야 한다. 죽은 이를 기린다면서 오히려 무거운 돌로 그를 누르고 가두는 일이며 산 자들이 제 자랑과 욕심을 위해 돌을 세우는 일 모두 마찬가지다.

훗날 치우기도 힘든 것이 돌이니 돌은 돌대로 그냥 두는 것이 가장 좋다.

<2009. 한국교직원신문>

# 분수 있는 말

요즘 고속도로 휴게소의 화장실을 이용할 때마다 나는 혼자 쓴 웃음을 짓는 일이 종종 있다.

누가 봐도 설비며 관리가 참 잘 돼 있다고 여기는 그 화장실 벽에 붙여놓은 손바닥만 한 스티커 때문이다. '4-do' 운동이라니? 굳이 영문자까지 써가며 붙인 운동 이름이 요상하거니와 그 아래의 4가지 실천 강령이라는 것이 퍽 재미있다.

<바른 사람이 되자> <큰 인물이 되자> <애국애족하자> <세계를 리드하자> 이 4가지가 그것인데 그 아래에 "대한국인이 솔선수범하자!"는 큼직한 글자가 따로 있는 걸 봐서는 휴게소를 이용하는 우리나라 사람 모두에게 권장하는 운동임은 짐작이 간다.

산간 초등학교 담벼락에서도 보기 어려운 희한한 말들을 하는 이들이 도대체 누구인가 싶어 맨 아랫줄의 깨알만 한 글자를 살펴보기도 했다. '도속도로휴게시설협회'란다.

사통팔달 고속도로가 뚫리고 그에 따른 휴게시설도 늘어나니 당연히 이런 협회도 있겠거니 여기면서도 서비스 잘해서 돈 많이 벌면 그만일 듯싶은 이분들이 웬 말 같잖은 말을 늘어놓으며 국민운동을 펼치나 싶은 궁금증은 그대로 가질 수밖에 없었다.

특정 단체를 트집 잡을 마음은 추호도 없다. 그 스티커가 다시금 나에게 '말의 분수'를 생각하게 했다는 정도 이상이 없다. 그 점에서는 씁쓸함보다는 유쾌함이 더 크다.

말은 제 있을 자리에 제대로 있을 때 분수 있는 말이 된다. 그리고 모든 분수 있는 말은 반성과 통찰, 책임을 수반하며 거기서 말의 진정성을 갖게 되고 나아가 '힘 있는 말'이 된다. 인생에 대해 알 만큼 아는 교장 선생님이 코흘리개 아이들을 앉혀 놓고 '바른 사람이 되자.'고 훈계하는 것은 마땅하고 좋은 일이다. '바른 사람'에 대한 구체적이고도 분명한 정의도 따를 것이기 때문이다.

그렇지만 아무리 무슨 연유가 있다고 해도 오랜 시간 고속도로를 달린 후 급하게 용무를 보러 온 이들에게 '큰 인물이 되자.'거나 '세계를 리드하자.'고 권하는 깃은 어불성실이다.

엉뚱한 자리에 엉뚱한 말이 있다 보니 이는 되레 시빗거리, 우스개가 될 수밖에 없는 것이다. 도대체 화장실의 큰 인물이 뭔가? 오줌 오래 누는 사람…?

그런데 우리 사회에는 생각 밖으로 이런 분수없는 말들이 광범위하게 횡행하고 있으며 개인 혹은 집단의 욕심과 분노와 어우러져 광포한 위세를 떨치기도 한다.

눈앞의 이득은 뒷전에 숨겨 놓은 채 입만 열면 국가와 민족을 위한다는 정치가들의 말들이 대표적인 예다. 올바른 교육에는 별 관심이 없는 학교에서도 겉으로 내세우는 것은 '백년대계(百年大計)'요, 연인들은 입에 발린 말로 '사랑한다.'고 한다.

어린아이들은 아이들대로 '선생님의 가르침을 받아 훌륭한 사람이 되겠다.'는 모범 작문을 써내고 상을 받는 일에 능숙하다.

애국애족, 백년대계, 세계의 리드, 훌륭한 사람… 모두 그럴싸한 말들이지만, 구체적인 내용을 갖지 아니하면 허황한 말에 지나지 않는다. 이런 거창한 말들은 음험한 욕망을 숨기고 있을 경우가 훨씬 많으므로 되레 경계해야 마땅하다.

구체적인 내용이란 무엇인가.

알맹이가 있다는 말과 다르지 않다.

휴게소 화장실의 경우, 남자 소변기가 붙은 벽면에서 봤던, '한 걸음만 더 다가와 주세요.' 같은 것이다.

분수를 지킨 말의 진정성 때문에 사람들은 자기도 모르게 자세를 고치게 되는 것이다.

이런 말이 너무 각박하다 싶으면 차라리 호남고속도로의 어느 휴게소처럼 여행에 어울리는 시 한 구절을 옮겨 놓는 것이 낫다.

'세상은 만물이 잠시 머무는 곳이요, 시간은 영원한 나그네라네 -이백'

<2009. 한국교직원신문>

# 다시 5월에 생각한다

'초등학교 때의 잊지 못할 담임선생님의 성함은?'

인터넷을 사용하는 도중, 더러 내 계정의 비밀번호를 잊어버려서 본인 확인을 할 때 내가 마주하는 설문이다.

어머니의 성함이 무엇이냐? 가장 기억에 나는 장소는 어디냐? 하는 설문보다 내가 즐겨 택하는 문항이지만 혼자 생각해도 희한한 일이 아닐 수 있다.

40년도 훨씬 지난 까마득한 과거의 기억을 현재의 망각이 빚은 실수를 복구하는 열쇠로 쓰고 있다니 말이다.

초등학교 5학년 때의 내 담임이셨던 이OO 선생님.

생각해 보면 그분은 당시 교육대학을 갓 졸업하고 그 산촌의 학교로 부임하셨던 것 같다.

이십 대 초반, 젊고 건강하고 활달하셨다. 한 반에도 점심을 굶는 아이가 절반 이상이나 되던 시절인데 선생님은 늘 명랑하게 아이들을 다독여 주었다. 잘 사는 집 아이 못 사는 집 아이에 대한 편견이며 공부 잘하고 못하고 구별이 없었다.

선생님의 특기 중 하나는 산수 시간에도 사회시간에도 옛날이야기를 들려주시는 것이었는데 간신히 아침 죽 한 그릇을 얻어먹고 십리 길을 걸어온 아이들도 선생님의 이야기에 빠져들면 세상이 온통 환한 꽃 천지가 되었다.

내가 결국 소설의 세계로 빠져든 것도 어쩌면 선생님의 그 이야기들 덕분은 아닐까 싶기도 하다.

선생님이 직접 기름종이에 철필로 글을 써서 우리 반 문집을 만들 때는 나도 생전 처음 동시라는 것을 한 편 썼다. 내 작품에 대한 선생님의 칭찬도 과분한 것이었지만, 이 일이 계기가 되어 나는 나름으로 글쓰기에 자신을 가졌던 것도 사실이다.

점심시간이 되면 당신의 도시락은 아이들에게 넘기고 운동장 펌프장에서 배고픈 아이들과 함께 펌프 물이나 마시던 선생님이었지만 방과 후 배구 시합 때는 가슴까지 네트 위로 솟구치며 연거푸 스파이크를 퍼붓는 작은 영웅이기도 했다.

가을소풍 날, 김밥 하나 장만하지 못하는 나는 동네의 같은 반 아이들과 함께 등굣길에 남의 집 과수원에 몰래 기어들어가 잘 익은 사과를 훔쳐 땄다.

선생님께 드릴 것이라곤 이것밖에 없었다. 저 녀석들이 갖다준 것이라며 자랑스럽게 사과를 먹는 선생님의 모습을 지켜보노라면 도둑질에 대한 죄책감마저 깡그리 사라졌다.

6학년으로 올라가던 때 선생님은 다른 학교로 전근을 갔다. 새로 담임이 된 백 선생님은 전혀 다른 분이었다.

학기 초부터 중학교에 진학할 녀석, 그렇지 못한 녀석의 분단을 따로 만들어 과목 수업은 모두 진학반에만 맞추어 진행했다.

비(非)진학반 애들이야 숙제를 해 오건 안 해오건, 낮잠을 자고 만화책을 보건 아예 상관도 하질 않았다.

중학교에 가지 못한다는 이유 하나만으로 노골적인 외면과 무시를 마다하지 않는 담임선생님을 보며 우리도 따라서 선생님을 무시하고 외면했다.

내 기억이 분명하지 않을 수도 있고 또 단편적인 기억이 대상의 실체를 왜곡할 수도 있지만, 놀라운 것은 수십 년이 지나도 잊히지 않는 인간의 감동과 상처에 대한 것이다.

똑같이 교단에 서지만, 성격과 얼굴 생김새만큼이나 교사도 각양각색임을 인정하지 않을 수 없다. 그 각양각색이 어린 학생의 천성까지 감동시켜 장래를 결정짓기도 하고 때로는 아픔과 상처를 만들어 오래 고통을 연장시킬 수도 있다는 사실이다.

벌써 나 또한 교단을 지켜 온 지 서른 해 넘었다. 나는 어느 유형의 교사인가, 반문히면서 나를 거쳐 긴 숱한 학생들의 기억 속에 각인돼 있을 내 모습을 생각해 보는 것이 또 5월이다.

그리고 이제는 일흔을 넘기셨을 예전 선생님에 대한 그리운 정을 새로 새기는 것도 마찬가지다.

&lt;2009. 한국교직원신문&gt;

# 중국인들이 마련한 한국 대학 동창회

지난해 연말, 중국 난징(南京)의 한 식당에서 이색적인 모임 하나가 열렸다. 바깥벽에는 중국어와 한국어를 나란히 쓴 큼직한 현수막도 걸렸지만, 행인들이 관심 가질 만한 것은 아니었다.

한국의 한 지방대학에서 유학을 마치고 돌아온 이들이 대학 동창회를 만들어 그 창립식을 가진다는 내용이었으니 말이다.

그렇지만 가로등 너머로 현수막을 바라보는 나 자신은 형언하기 어려운 감개에 휩싸였던 게 사실이다.

이날의 식에 나를 초청한 이들은 중국에서 한 해 동안 한국어를 배운 뒤 한국에서 3년의 전공 과정을 익힌 1+3 학제의 첫 번째 졸업생들이었다.

2004년 여름, 나는 난징의 무더위 속에서 처음 이들을 만났으며 그들은 저희 아버지보다 나이가 많은 한국어 교수를 만났다. 서로 궁금한 것이 많았지만, 나는 중국말을 할 줄 몰랐고 저들은 고작 기역, 니은밖에 몰랐다.

교실에서도 나는 어릿광대마냥 손짓 몸짓으로 설명하기 일쑤였으며 그들은 예사로 내 앞에서 담배를 꼬나물었다.

시간이 흐를수록 나는 중국에 대해 아는 것이 너무 부족하다는 것을 절감했으며 특히 이 젊은 세대들을 이해하기 벅차다는 사실을 알았다. 하는 수 없이 시간이 날 때마다 녀석들을 산이며 술집으로 꼬드겨냈다.

함께 등산하고 술잔을 나누는 가운데 서로를 알아보자는 의도였는데, 처음 서너 명이 호응하더니 곧 예닐곱이 달라붙었다. 대부분 학과 성적이 형편없는 녀석들이었다.

학기가 바뀌자 그들이 먼저 나를 '라오스(老師)' 대신 '펑요우(朋友)'라 호칭했으며 나는 나대로 이 기특한 친구들을 고맙게 받아들였다. 이후 내 중국 생활은 정말 복된 것이었음은 물론이다.

처지는 바뀌었지만, 한국에서 그들이 내 곁에 있었던 3년 또한 나는 여전히 즐거웠다. 그들은 나와 함께 우리의 산야를 누볐으며 적잖이 술병들을 쓰러뜨렸다.

그러면서도 '친구'의 실망을 사지 않으려고 애쓴 덕에 다들 학업 성적에도 크게 두각을 나타냈다.

졸업 무렵엔 중국 현지의 취업이며 이곳의 대학원 진학도 일찌감치 결정 났다.


중국에는 우리나라식의 동창회 같은 것이 없다는 얘기도 이들로부터 들었다. 그러니 이들은 기계과와 국문과를 졸업하고 더더욱 10년 20년 나이 차이까지 있는 이들이 단지 같은 학교를 졸업했다는 이유 하나만으로 '선후배'를 따지고 '뭉치는' 우리의 동창 문화를 도무지 이해하지 못하는 것이다.

또한 이들에게는 '문과대 모여!' '경영학과 집합!' 같은 단체 활동은 생경할 뿐만 아니라 가장 성가신 것들이다.

억지로 종강 파티를 하더라도 음주파, 비음주파를 나눠 회비를 달리하는 철저한 계산주의가 이들의 개인주의를 부추기는 것도 사실이다.

그럼에도 불구하고 사회주의 교육에 훈련된 이들답게 이들은 또 놀라운 국가주의를 표방하기도 하는데 지난해 올림픽 성화 봉송 행사에서 보인 행동이 그 예다.

다음 날 '내 친구'의 하나는 한국 경찰을 옹호하는 발언을 했다가 자국인 룸메이트로부터 '반동분자'로 매도되기도 하였다.

지금 우리나라에는 5만 명에 이르는 중국 유학생들이 있다. 그들은 한국어와 함께 한국을 배우려는 이들이다. 우리가 그들을 이해하지 못하면서 그들에게 우리 것을 강요할 수는 없다.

말만 제대로 가르치면 된다는 편의주의 교육은 뜻밖의 재앙이 될 수도 있다. 제대로 준비가 안 된 자리에 손님을 청해 놓고 돈만 뜯어내는 식의 유학 사업이 횡행하고 있는 현실에 두려움을 느끼는 이유도 거기에 있다.

<2009. 한국교직원신문>

# 법이 법대로 서는 세상

   1~2억은 고사하고 3조, 5조 원 같은, 도무지 월급쟁이들은 감도 잡을 수 없는 어마어마한 액수의 돈 얘기가 쏟아지는 현실에서도 나는 내 식의 돈 셈을 해 볼 도리밖에 없다.

   십여 년 전만 해도 나 같이 술 좋아하는 학교 선생들도 일 년에 두세 차례 썩 분위기 있는 술집에 가서 겁 없이 지갑을 여는 호기를 부려도 생계에 그다지 탈이 없었다.

   그러나 쥐꼬리보다 못하지만 그래도 해마다 꼬박꼬박 월급이 올랐는데도 이제는 그런 곳에 가 볼 요량은 꿈에서조차 하질 못한다.

   세 사람이 기껏 먹어봤자 3만 원이 넘지 않는 삼겹살집에 가서 소주를 마시거나 호프집에서 생맥주를 마시는 것만으로 감지덕지해야 할 판이다.

   월급만 이러한가. 200자 원고지 한 장당 3~4천 원 하던 십여 년 전의 문예지 원고료는 강산이 변하는 세월이 흘렀는데도 변함이 없다. 그래도 그 시절에는 단편소설 한 편을 쓰고 받는 원고료로 가난한 글쟁이의 한 달 살림은 꾸릴 수 있었다.

   지극히 사적인 불평이지만 나 같은 이는 결국 학교 선생으로서도 그리고 글쟁이로도 해마다 야금야금 수입만 더 깎이고 말았다는 생각밖에 들지 않는다.

   그런데도 주위에서는 선진국 진입이 임박했다느니 삶의 질을 향상시킬 때니 하는 등의 언사들이 지치지 않게 쏟아져서 혹여 내 셈이 잘못된 것이 아닌가 하는 착각이 들 정도이다.

나뿐인가. 대체로 그런 소리는 입만 벙끗하면 국가 민족을 떠들어대는 정치가며 경제인들이 애용하는 상투어임을 알면서도 그새 장바구니 든 주부, 세금 꼬박꼬박 잘 내는 월급쟁이, 찾아주지 않는 손님 기다리는 예술인들 모두가 혹시나 해서 마음 설렜던 것이 사실이다.

저 이는 4억을, 저 자는 2억을 먹었다 해서 줄줄이 검찰, 경찰에게 끌려가는 걸 보고서도 제 주머니에 5천 원짜리 지폐 한 장 달랑 든 처지를 잊은 채 덩달아 큰돈 셈하는 버릇을 가진 것도 이런 데서 비롯된 것이리라.


법이 법으로 통하지 아니하고, 의(義)가 의로 세워지지 않는 세상에서 정치하는 이, 권력 가진 이, 돈 많은 이만 가리켜 부패와 부정의 주범이라고 몰아세울 수는 없다.

수단 방법 가리지 않고 이문을 챙기며 실리만 있으면 명분과 신의도 헌신짝처럼 버리는 것이 잘못된 자본주의 사회의 정치며 경제가 가지는 속성이기 때문이다.

그 때문에 저들은 자신이 믿는 신마저 속간의 것과 피안의 것으로 구분하는 편의주의에 익숙하여 '하느님 앞에 맹세코…' 해대며 버티는 데까지 버티는 뻔뻔함마저 예사로 보이는 것이다.

그리고 저들을 징치(懲治)하는 데 가장 둔했던 이들은 바로 우리 자신이었다.

단지 나와 진영이 같다고 해서, 나와 연줄이 있다고 해서 막무가내로 뽑고 키워준 우리 자신들이었기에 저들의 저런 무례함, 저런 몰염치가 가능한 것이다.

길거리에 서 있는 나무 한 그루를 베면 벼슬을 주겠다고 관장(官長)이 방을 붙였다. 그 방을 보고서도 사람들은 픽픽 웃으며 지나갔다. 어느 누가 나무 한 그루 벤다고 벼슬을 주겠느냐고 되레 관을 비웃었던 것.

　그런데 웬 우둔한 이 하나가 그 말을 곧이듣고 나무를 벴다. 수령은 그에게 약속대로 벼슬을 주었다. 다음부터 관장의 영(令)이 서면서 고을이 잘 다스려졌다…. [관자(管子)]에 나오는 이야기다.

　체념과 허무가 팽배한 이 시대, 법을 시행하는 이, 법을 좇는 이 모두가 새거 볼 얘기가 아닌가 싶다.

　<1999. 대전일보>

# 수컷성 상실

중원을 다스리던 역대의 천자(天子)들이 거처했다는 북경의 자금성(紫金城)을 구경해 본 외지인들은 그 거대한 규모에 압도당하면서 더불어 몇 가지 특이함에 놀라기 마련이다.

그 첫째가 방대한 면적의 궁궐에 정원다운 정원이 없다는 점일 것이다. 쉽게 말해 나무와 숲이 거의 없다는 점이다. 비록 대궐의 규모는 적어도 비원(秘苑)과 같은 빼어난 정원을 거느리고 있는 궁궐에 익숙한 우리네한테는 이렇듯 전각과 누각, 회랑만 빼곡히 들이찬 자금성이 자못 기이하게만 보일 뿐이다.

그런데 영문을 묻는 구경꾼에 대한 현지 가이드의 대꾸가 더 묘하다. 궁궐 안에 울창한 숲이 있으면 천자의 신변 보호가 용이하지 않아서 애당초 정원 같은 건 만들지 않았다는 것이다.

목숨 노리는 자객이 숨어들 근거를 없애기 위해 궐 안에 나무를 심지 않은 중국의 왕들이 참 안 됐다! 궐내(闕內)에 숲이 있어서 왕의 목숨이 위험하다면 우리네 임금 중에 천수(天壽)를 누린 왕은 한 명도 없겠다는 생각도 그래선 든다.

굳이 궁궐의 구조물을 미로처럼 엮어놓고 높은 담벼락에다 안팎으로 해자(垓字)를 두르고서도 안심이 못 돼 궐 안에 나무를 없앤 중국의 왕들에 비하면 우리네 임금들은 아예 목숨을 내놓고 살았다고 볼 수밖에 없는 것이다.

그러나 어쩌랴, 이렇듯 목숨 보전에 급급했던 중국의 왕들은 무수히 그 궁궐 안에서 생명을 앗겼지만 얕은 담을 치고 드넓은 숲을 거느리고 살았던 우리네 조선조 임금 중에는 자객의 칼을 맞고 죽은 이가 단 한 명도 있질 않다.

군왕(君王)의 권위와 안전이 높은 성벽과 우람한 궁궐에서 나오지 않음은 이에서도 알 수 있다.

전통사회에서 우리네 가장(家長)들이 지녔던 위엄도 이와 같다고 할 수 있다.

사랑채라고 하는 것이 뭐 별스러운 건물이던가 말이다. 그렇지만 그곳에 할아버지 혹은 아버지가 정좌해서 장죽을 두들기기만 해도 집안의 안녕과 질서는 그대로 유지됐던 게 우리나라다.

한 가장에게는 그다운 위엄과 규범이 있고 따르는 가솔(家率)한테는 가솔의 윤리도덕이 있었기에 그것이 가능했던 셈이다.

사랑채가 사라진 현대를 사는 가장들은 이제 예전의 위엄은 고사하고 남자가 가지는 기본적인 수컷성마저 상실하고 말았다.

수탉이며 장끼는 그 화려한 외모라도 뽐낼 수 있고 사자며 숫나귀마저 갈기를 세울 줄 아는데 잘 다듬어지기만 한 현대의 남자는 아무리 화가 나도 머리털 한 가닥 고추 세우지를 못하는 것이다.

직장에 가서 온갖 치사한 꼴을 다 당하면서 죽으라고 일만 하다가 집에 돌아오면 아내는 또 돈 못 번다, 외식하지 않는다고 바가지를 긁어대고 자식은 자식들대로 스키 타러 가자, 컴퓨터 사내라 아우성이다. 게다가 일요일이라고 늦잠이라도 자려 하면 티비 광고에서부터 '일요일은 아빠가 빨래하는 날' '당신의 남편은 몇 점입니까?' 해댄다.

울울한 심정에 제 방에서 담배 한 대라도 피노라면, 언제 냄새를 맡았는지 안주인이며 애들이 번갈아 쳐들어와서 '가족들 건강 생각해라.' '폐암 걸리려고 작정을 했느냐?' '갓 도배해 놓은 벽지 색 바랜다.'고 난리를 친다.

　우리네 남정네들이 사랑방에 앉아 장죽을 두드리기는커녕 추운 날 아파트 베란다에서도 쫓겨나 쓰레기 폐기장 근처를 서성대며 담배 연기 한 모금을 들이켜는 이 시대의 비극은 결국 남자들만의 비극으로 끝나지 않는다는 데 그 심각성이 있다.

　〈1994. 한국담배인삼공사신문〉

# 하늘에서 보는 한 폐교의 모습

　지난해 가을, 뜻밖의 메일 하나를 받았다.

　발신인을 보고도 나는 선뜻 누구인지 알지 못했다.

　<…○○대교 근처의 쌈밥집에 들렀더니 선생님의 사진이 걸려 있어서 감회가 컸습니다. 아련한 제 어린 시절에 꿈을 심어 주셨던….>

　<저는 서울공대를 졸업하고 카이스트, 포항공대에서 석·박사 학위를 했으며 지금은 C대학에 재직하고 있습니다. 작년에 어머니를 여의었고 아버지는 동생과 함께 대구에 살고 계십니다. …>

　가 본 기억이 아물아물한 바닷가의 한 식당에 내 사진이 걸려있다는 사실이 놀라운데 발신인의 자기소개를 보곤 더없이 놀랐다. 마흔 해 이상의 세월을 치달아 올라야 하는 기억 때문이었다. 살다 보면 이런 일도 생기지… 감회는 나 또한 새로웠다.

　그의 아버지는 중학 때의 내 은사님이며 나는 그분과 함께 천 마리도 넘는 학교 닭을 키웠다. 사료 주고 계란 모으고 손질된 계란을 자전거에 싣고 읍내 조합에 가는 일이 다 내 몫이었다.

　그때 사모님은 어린 내가 고생한다며 수시로 먹을거리를 챙겨 주었으며 아직 초등학교도 가지 아니한 그 집의 세 아이는 틈만 나면 나와 함께 닭장을 놀이터 삼아 뛰고 놀았다.

　척박한 시골에 자라서도 이렇듯 훌륭하게 커 준 것이 고맙다, 고맙다… 답장을 하기 전, 나는 설레는 마음으로 인터넷의 스카이 뷰를 켰다. 나도 이제는 가고 싶은 곳, 갔던 곳을 살피고 싶을 때는 이 위성사진인지 항공사진인지를 들여다보는 것이 버릇이다.

오랜만에 다시 내려다본 내 고향의 산천과 사람살이 터. 화상을 키우면, 어릴 적 우리가 뛰놀던 동구 밖 숲이며 재실까지 또렷이 나타난다.

철둑 너머로 강이 흐르고 강 건너에 사과밭이 있었다. 우리는 탱자나무 울타리가 쳐진 과수원 길을 걸어 매일 학교로 오갔다.

그런데 하늘에서 내려다본 그곳에는 이제 논밭도 과수원도 다 사라지고 회사 건물이며 아파트들이 가득 들이차 있다. 나도 벌써 세상 오래 산 이에 속하는지라 이런 상전벽해를 보면서도 놀라지 않는다. 되레 변하지 않는 것에 놀랄 따름, 그렇다.

과수원 끝자리쯤에 있던 내 학교가 예전 모습 그대로 남아있음에 나는 소스라치게 놀란다. 돌산 기슭에 손바닥만 한 운동장과 여섯 간의 교실을 지닌 단층 건물이 마흔 해 전 모습 그대로 남아있는 것이 놀라울 따름이다.

그러나 운동장은 대부분 밭뙈기로 변했으며 칙칙한 교사 앞에는 쓰레기 같은 것이 잔뜩 쌓여 있다. 자동차 한 대 서 있지 않은 교정은 을씨년스럽기만 하다.

내가 다니던 때, 학교 교실에는 학생보다 닭들이 더 많았다. 교실 세 칸이 온통 닭들의 천지였다.

중학교 인가조차 받지 못한 농림학교를 다녔던 우리는 교실에 있는 시간보다 훨씬 더 많은 시간을 닭과 채소를 키우고 강변 황무지를 개간하는 일에 매달려야 했다.

3학년 초, 고등학교 검정고시 합격증을 손에 쥔 나는 도망치듯 그 학교와 고향을 떠나 서울로 달아났다.

학교가 문을 닫았다는 소식, 학교 부지라서 처분은 물론 다른 무엇으로 활용되지도 않는다는 소식도 나는 풍문으로 들었다.

몇몇 지역 유지며 동창들이 나서서 학교의 재건 운동을 편다는 소식을 들은 것도 가마득한 예전의 일이다.

요즘 같은 세상에 중학 과정의 농림학교가 무슨 소용에 닿으랴! 그렇지만 그 운동장에서 뛰놀던 한 아이가 우리나라 최고 로봇 전문가의 한 사람이 됐다는 소식을 뒤늦게 접하면서, 나는 하늘에서 내려다보는 이 스산한 학교 풍경도 이제는 새롭게 그려져야 마땅하다는 생각을 해 본다.

<2009. 한국교직원신문>

# '처음'을 위하여

'처음'을 많이 남겨놓은 인생은 살맛이 난다.

부사 한 단어만으로 뜻이 모호하다면 '처음 겪을 일' 혹은 '첫 경험'이라고 고쳐도 무방하다.

그렇다. 아직도 남은 인생이 창창하여 새롭게 처음 겪을 일이 무한히 남아있을 것 같은 어린아이의 시각만 가져도 인생은 얼마나 신비롭고 유쾌할 것인가.

비록 연만한 나이라 하더라도 항시 앞날을 보고 설계를 꾸미는 삶이기만 하여도 그 여생의 즐거움은 마찬가지일 듯싶다.

인생길을 걷는 과정에서 맞게 되는 '처음의 일'에는 예기(豫期)되어 있는 것이 있는가 하면 불현듯 뜻밖에 맞닥뜨리는 것도 있다. 설렘의 감정을 앞서 거느리면서 흔쾌한 느낌을 주는 '첫 일'이 있는가 하면 반대로 쓰라림과 암울한 느낌을 주는 '첫 경험'도 있다.

따지고 보면, 난생처음 비눗방울을 만들어 본 작은 경험에서부터 가까운 이를 땅속에 묻는 엄청난 일까지 '처음'과 결부되지 않는바 드문 것이 우리네 인생사이긴 하지만, 굳이 '첫' 혹은 '처음'이란 꾸밈말을 써야 될 법한 일들은 따로 있게 마련이다.

그리고 그것은 크고 굉장한 일보다는 되레 작고 보잘것없는 것에 적용되면서 더 또렷이 기억되는 경우가 많다.

'난생처음 밥을 먹어봤을 때의 일을 생생히 기억한다.'거나 '처음 해 본 결혼을 잊지 못한다.'는 말을 하는 대신 '아버지를 따라

난생처음 목욕탕에 가 본 일을 잊지 못한다.' '처음으로 비행기를 탈 때의 그 흥분감은 아직도 생생하다.'고 말하는 것이 그 예다.

나 역시 마찬가지다. 선명히 뇌리에 박힌 그 첫 일들은 대개 어린 시절에 겪은 것이다.

초등학교 졸업 때까지 내내 검정 고무신만 신다가 중학교 들어가서 처음 신어 본 운동화의 촉감, 열 살 안팎에서 마주쳤던 볼펜의 신기함, 초등학교 3~4학년 무렵 처음 먹어본 라면과 자장면의 황홀한 미감, 생전 처음 마주친 TV와 전화기의 놀라움, 그리고 고등학교 1학년 때 짝꿍이 보여준 여자 알몸의 사진… 어린 시절의 그 일들은 불현듯 마주한 것들이었기에 더욱 놀랍고 충격적이었다.

그 후에도 거듭 새로운 '첫 일'을 겪으면서 나이를 먹어갔지만, 아무래도 신기함과 충격의 강도는 덜할 수밖에 없었다.

막연하게나마 '처음'과 '새로움'에 대한 준비며 공부가 마련돼 있었던 탓이겠다. 하여 처음 마셔보는 맥주며 커피의 맛은 그렇게 신기하달 것도 없었으며 젊은 나이에 '내 책'을 세상에 처음 펴내면서도 크게 흥분하지도 않았다. 그나마 처음으로 '내 여자'를 만난 일이며 난생처음 나라 밖으로 날아간 일이 꽤 기분을 달뜨게 하는 일이었지만, 그것은 나 혼자 삭이고 다스려야 할 감정의 몫이지 남들에게 드러낼 것은 못 되었다.

그리고 뒤늦게 정말로 놀랍고 새로운 처음 것들은 다른 곳에 있음을 깨달았다.

교과서를 통해서 이름만 알았던 플라톤과 아리스토텔레스의 목소리를 '처음' 들어보는 일, 앙드레 말로와 더불어 정글을 헤쳐나가는 일, 마르코 폴로와 함께 옛 동방을 구경하는 일, 프로이트의 안내를 받으며 인간의 의식을 더듬는 일, 도산서원에서 퇴계와 율곡이 대좌하는 모습을 옆에서 바라보는 일… 흔히 말하는 새로운 지적 세계와의 이러한 첫 만남은 분명 경이로운 일이 아닐 수 없었다. 그들의 말소리를 제대로 알아듣지 못해서, 듣고도 제대로 새기질 못해서 곤잘 절망하기도 했지만, 나의 변화와 새 도전은 이러한 첫 만남의 경이에서 비롯되고 있다는 사실은 분명히 알 수 있었다.

남들도 그러하듯, '처음'에 대한 풋풋한 설렘과 놀라움으로 점철되었던 내 젊음 또한 그렇게 속절없이 떠나갔다. 이젠 '처음의 일'조차 거의 소진해 버렸다고 한탄할 만한 나이가 되고 만 것이다.

굳이 찾는다면 이 나이라고 해서 왜 새로운 '처음'이 없으랴마는 오랫동안 나는 그것을 찾아 나서는 일 자체를 성가셔 하였을 뿐만 아니라 설렘과 놀라움은 세상 많이 살아보지 못한 젊은이들이나 가지는 것이라고 치부해 버리는 일도 서슴지 않았다.

요즘 내가 가지는 첫 만남은 산뿐이다. 산골에서 태어나 그곳에서 유년의 긴 시기를 보내고서도 늦은 나이에 다시금 새롭게 만난 대상이 또 산인 것이다. 주말이면 어김없이 행장을 꾸려 산을 찾아 떠난다. 새로운 산을 만나러 가는 때도 있지만, 올랐던 산을 거푸 오르는 경우도 없지 않다.

신기한 것은, '처음의 일'을 온전히 잃었다고 여기고, 놀람과 설렘은 더 이상 내 것이 될 수 없다고 자신했던 내가 새롭게 산을 만나면서 잃었던 증세와 증후들을 되찾았다는 사실이다.

산을 오르기 시작한 지 어느새 3년이 넘고 그 새 내가 정상을 디딘 우리네 산이 1백여 산이 더 되는데도 불구하고 아직도 산행할라치면 저절로 가슴이 떨리는 흥분기를 억제하지 못하는 것이다.

두 번 세 번 올랐던 산이지만 철 따라 모습이 다르고 시간마다 형색이 바뀌어 매양 내게는 처음의 산이 되고 만다. 이러한 경이는 산행의 모든 과정에 배어있다.

밤 내내 산을 타올라 이른 새벽 정상에서 장엄한 일출을 맞는 것만이 감개가 아니다. 소나기 속을 걷고 구름 속을 헤매다가 홀연 마주치는 청명한 산봉만이 휘황한 것이 아니다. 미끄러운 로프에 전신을 의지하여 오른 설산(雪山)에서 투명한 대기를 몸에 감은 채 절대 고적을 소리치는 것만이 경탄이 아니다. 산은 산 자체로 완벽한 우주이기 때문이다.

바위틈에서 솟구치는 석간수, 떨어진 솔잎 사이로 수줍은 듯 고개를 내미는 고사리 새순, 바람과 함께 아우성치는 낙엽들, 야생화를 감싸고 잉잉대는 벌 떼들, 등산로에 뒹구는 도토리 알… 이 모두는 숨 가쁜 산행에서 마주치는 소우주들이다. 그것들이 제각각 떨어져 있지 아니하고 함께 어우러져 산을 만들기에 살아있는 산성(山性)을 지니는 것이다.

내친김에 히말라야를 오르고 안데스, 킬리만자로에도 오르고 싶은 것이 내 숨김없는 욕심이지만 글쎄, 시간과 체력 그리고 금전이 그것을 허락해 줄지 모르겠다.

그러지 못하면 또 어떤가. 훗날 늙을 만큼 늙어버린 내 육신이지만 가슴속에 온전히 산 하나를 여전히 품고 살 수만 있다면, 죽음만이 이 나이에 겪어 볼 마지막 '처음 일'이란 허무쯤도 적당히 달랠 수 있을 듯싶다.

&lt;2002. 이노블타운 홈페이지&gt;

# 첫 주례

충북 증평읍의 한 조그만 예식장이었다. 화창한 가을날. 내 생애 처음으로 혼례 대사의 주례를 보게 된 이날, 나는 사실 대학입시 때보다 더 긴장하고 있었다. 직업 탓에 그동안 적잖이 청중들 앞에서 본 이력이 있음에도 불구하고 그날 나는 왜 시골 결혼식장에서 손에 땀을 쥐어야 했는지.

집사람의 성화에 쫓겨 이발을 새로 했고 짙은 새 양복까지 걸쳤다. 명색이 글쟁이인데 주례사 하나 멋들어지게 쓰지 못하랴 여기고 이틀 전부터 식장에서 내가 할 말들을 긁적여 보았는데 막상 몇 줄 적다 보니 소설 쓰는 일보다 훨씬 힘이 들었다.

내 나이 마흔, 허지만 만으로는 아직 마흔이 못 된 나이인데 무슨 주례람! 명색이 남의 혼사를 주관하는 이는 우선 나이가 지긋해야 하고 인덕이 높아야 하고 집안이 화평 다복해야 한다는 것이 우리 사회의 통념인데 사실 나는 그 어느 한 가지도 제대로 갖추지 못한 처지였다.

주례만큼은 못한다고, 간청하던 초기부터 딱 잘랐는데도 K군의 막무가내 고집은 당할 수 없었다. K군, 그는 내가 대학 교단에 맨 처음 서면서 만난 첫 번째 제자였다.

1981년의 봄, 나는 대학에 부임함과 동시에 학보사 주간을 맡았으며 당시의 학생 편집장이 바로 그였다. 당시 나는 교양학과 소속이었으므로 내 강의를 듣는 학생들이 모두 나의 제자이면서도 한

편 그들 모두가 내 제자는 아니었다. 따라서 하루에도 몇 번씩 얼굴을 대하는 학생 기자들이 내게는 더 친숙할 수밖에 없었다.

특히 K군은 대학 강단에 처음 서면서 낯선 학보사를 맡은 나를 위해 헌신적인 수고를 아끼지 않았기에 학보사에 대한 나의 적응도 그만큼 수월할 수 있었다. 졸업 후에도 그와의 밀접한 관계는 끊이지 않았기에 나는 그가 언제 군대에 갔으며 그가 군에 있으면서 남의 집 귀한 딸을 어떻게 꼬드겼는가도 다 알고 있었다.

군에서 만난 여자와의 지극한 연애 끝에 양가의 허락을 받아 한 집 거처를 정하고 마침내 2세까지 보면서도 혼례를 미루지 않을 수 없었던 저간의 사정까지도 내가 세세히 알고 있었으므로 사실 나는 그의 청을 완강히 뿌리칠 수만은 없는 처지였다.


그날 식장에는 학보사의 졸업생이며 재학생들이 떼거리로 몰려왔는데 그들 하객이 내게는 내 주례 데뷔의 응원군처럼 여겨져 여간 다행이 아니었다. 어떻게 주례사를 읊고 식을 진행했는지도 모르겠다.

정신없이 식을 치르고 사진을 찍고 음식을 먹었는데 그러고도 내 임무가 끝나지 않았음은 졸업생들이 내 자동차 앞뒤에다 색색의 풍선을 매달고 있는 것을 본 뒤에야 깨달았다. 내 '프레스토 8340'으로 신랑과 신부 그리고 어여쁜 어린아이를 신혼여행지인 유성까지 무사히 인도하는 것이 그날 주례의 마지막 임무였다. 나는 그 일 또한 아무 탈 없이 그리고 참 기쁜 마음으로 수행했다.

이제 나와 같이 늙어 가는(?) K군을 보노라면 저절로 그날의 일이 생각나 혼자 웃음을 짓곤 한다.

<1999. 중경공대기자회보>

# 놓아먹인 닭


　어쩌다 도시 변두리나 교외의 음식점을 찾을 때마다 나 나름으로 재미 삼아 눈여겨보는 것이 있다. 음식점 문기둥에 붙어 있는 아크릴 간판, 혹은 길가에 세워진 입간판, 현수막 등이 그것인데 거기엔 대개 <사철탕> <추어탕> <토종닭>처럼, 그 집이 자랑하는 음식 이름이 적혀있게 마련이다.

　우선 내가 관심하는 바는 음식 자체보다 시세와 인정에 따라 곧잘 변하는 말의 쓰임에 관한 것이다.

　물론 이런 업소에서 쓰는 말일수록 더욱 교묘한 상혼을 붙이고 있기 십상이지만 그런 중에도 말의 변용을 통한 세태의 변전만큼은 흥미롭게 새겨 볼 수가 있는 것이다.

　다들 아는 사실이지만, <보신탕>이란 말은 어느 때 홀연 우리 주위에서 사라졌다. 올림픽 전후의 일 같은데, <보신탕>으로 지칭된 음식은 예부터 전해지던 것이어서 하루아침에 없어질 것이 아니었다. 관심사는 <보신탕>이란 말 대신에 무슨 말이 그 자리를 차고앉느냐 하는 것이었는데 놀랍게도 그 무렵 새롭게 선보인 것이 <사철탕>과 <영양탕>이었다.

　전혀 '개' 냄새가 풍기지 않는 말이어서 굳이 적절한 작명이라고 할 수는 없지만, 음식의 특성상 이런 식으로 두리뭉실 넘어갈 수밖에 없다는 궁여지책이며 그런 가운데서도 한편의 여유를 놓치지 않는 우리네 상인들의 말솜씨를 엿볼 수 있어 좋다.

＜사철탕＞과 ＜영양탕＞의 힘겨루기에서 어느 말이 살아남느냐 하는 문제는 순전히 말의 주인이며 그 음식을 즐기는 몸이 부실한(?) 이들의 몫일 수밖에 없다.

　이와 함께 또 다른 재미있는 말에는 ＜토종닭＞ 언저리에 있는 닭 이름들이 있겠다.

　근래까지 내 눈에 뜨인 것만 해도 ＜야생닭＞ ＜촌닭＞ ＜산닭＞ ＜자연닭＞ ＜놓아먹인 닭＞ 등 열 손가락을 꼽을 정도이다. 아무튼, 이러한 새로운 말들의 등장으로 인해 당초에 득세하던 ＜토종닭＞이 위기에 몰린 것이 사실인 듯싶다. 과대포장도 유분수지 그래, 요즘 세상에 토종닭이 그렇게 흔할 수 있는가 말이다.

　그래서 닭 장수의 양심선언 표현처럼 등장한 것이 ＜촌닭＞이며 ＜놓아먹인 닭＞이 아니겠는가 싶다.

　정말이지 ＜놓아먹인…＞을 발견했을 때 나는 그 주인에게 술이라도 권하고 싶을 지경이었다. 그런데 어쩌랴,

　닭 이름의 춘추전국시대 그리고 ＜토토즐＞과 ＜노찾사＞가 횡행하는 축약과 스피드의 시대에 ＜놓아먹인…＞이 닭 이름의 패자로 등극할 한 줌의 희망이나 있을까.

　＜1996. 조선일보, 일사일언＞

# 요즘 내 친구들은

금화장 고개턱에서 내려다보이는 안개 낀 아침의 서울은 막 바다에 잠겨 드는 거대한 선체 같다.

겨울의 여린 햇빛과 냉랭한 공기로 인해 부유스름한 건조물들은 더욱 흔들려 보인다.

거의 같은 시각, 나의 친구들은 이 도시의 곳곳에서 출근길에 나선다. 마치 어제 뜯던 목초지를 찾아가는 양들과 같이

매일 오르내리는 층계를 올라 익숙하게 도어를 열고, 먼저 온 동료에게 목례를 하고, 출근부에 도장을 찍고, 조간신문의 제목을 훑어보고 이윽고 일감을 꺼낸다.

외국상사에서 온 영문 서류를 번역하는 무역회사의 친구나 수학여행비를 독촉하는 선생님 친구, 신인 탤런트의 스캔들 추적 기사를 쓰는 기자 친구나 일본소설 번역 글을 교정보는 출판사 친구… 모두가 습성처럼 일상의 아침에 빠져든다.

이제 친구들은 어디에서건 학교 다닐 때처럼 그렇게 심각하지 않고 말도 많이 하는 편이 아니다.

대신 자주 소리 내어 웃길 잘한다. 아직도 민족이네, 통일이네… 하고 거룩한 얘길 하는 친구를 볼라치면 학창 때 국회의원 되겠다고 떠들던 친구를 보듯 한다.

나의 친구들은 카터가 미국 대통령에 당선됐을 때 그의 정책 같은 것에는 거의 관심을 보이지 않았다.

그가 땅콩농장을 갖고 있고 어린 딸이 선거운동에 나섰다는 보도에 조금 흥미를 가졌을 뿐이다.

신문의 큰 기사나 사설보다 토픽들을 더 즐겨 읽고 논문이나 작품보다는 집필한 교수나 작가의 사생활에 더욱 관심이 가는 친구들에겐 정말 신나는 일이 너무 없다.

사건은 정치가며 관료에게, 연구 조사는 학자에게, 월급은 경영주에게 맡겨져 있으니 내 친구들에게 주어진 것은 여가의 스포츠며 텔레비전 드라마, 음담패설과 목초지의 풀 같은 일감들뿐이다.

그래도 염동균(프로복서. 전 세계 챔피언)이 이긴 일에 신이 나고 차범근의 질주가 멋있어서 술판까지 벌이는 불쌍한 나의 친구들. 월급날이 되면 친구들은 쑥스러운 마음으로 사상전집 월부 금액을 떼고 일본어학원 수강료를 제쳐 놓는다.

자기와 비슷하게 생긴 애인과 연극관람을 하고 나서 호젓한 골목에 숨어 있는 경양식집에서 과실주를 마시고 담뿍 취해 버린 나의 친구는 어둡고 외진 골목길만 골라 걷는다.

나의 친구들은 '여행이나 떠나고 싶다.' '다 때려치우고 한두 달 절간 같은 데나 들어가고 싶다.'고 버릇처럼 말하지만, 그러기 위해서는 얼마나 큰 결의와 용기가 필요할지를 잘 알고 있어서 곧 자기의 말을 잊을 줄도 안다.

착하고 예쁘게 길들여지고 있는 나의 친구들은 나중에 자신들 스스로가 그때의 젊은이들을 지금처럼 길들이고 있을 것임을 무섭게 예감하기도 한다.

길거리에서 우연히 만난 친구들이 똑같은 말을 서로 주고받는다.

"요즘 재미 좋으냐?"

"응 그저 그래."

그렇게 친구와 헤어진 뒤, 앞으로 그 친구를 또 오래 다시 만나지 못해도 그가 여전한 내 친구임을 안다.

똑같이 재미가 그저 그런 정도로 살고 있으니까.

그리곤 이내 그가 이젠 내 친구가 아님을 깨닫는다.

<1977. 동아일보>

# 내 편과 네 편

학창 때 우리가 배우던 세계 지리부도의 뒷부분엔 푸른색과 붉은색으로 민주주의 국가와 공산주의 국가를 한눈에 알아볼 수 있게 그려 놓은 세계전도가 있었다.

미국을 비롯한 남북아메리카, 유럽, 아프리카대륙의 대부분 나라들이 청색으로 칠해져 민주주의 국가임을 나타냈고, 공산주의 국가는 소련, 중공, 북한 등으로 한정돼 있었다.

어린 우리에겐 딱지 싸움에서 패가 갈라지듯 두 쪽으로 완전하게 나눠진 세계의 모습이 여간 흥미롭지 않았다. 하여 우리는 틈나는 대로 그 지도와 함께 각국의 군사력을 살펴 가며 이쪽은 우리 편 좋은 나라, 저쪽은 나쁜 나라임을 익히곤 하였다.

우리 편, 저편으로 나누는 학습 방법은 비단 지리부도에만 국한되지 않았다. 이순신 장군이 내 편의 좋은 사람이면 원균은 일본군과 다를 바 없는 저쪽의 나쁜 사람이었기 때문이다.

영화나 드라마의 주인공은 언제나 우리 편이었고 링컨, 슈바이처, 처칠 같은 인물들 또한 내 편의 위인들이며 그들을 괴롭히는 자들은 모두 나쁜 자들이었다.

우리 편에 대한 믿음은 늘 믿음 이상이었다.

그것은 무결함, 무오류에 대한 신뢰이기도 했으며, 반면 저쪽에 대해선 일말의 동정, 한 푼의 이해조차 가질 필요가 없음을 뜻하는 것이기도 했다.

한편 우리는 저쪽의 존재를 인정하지 않음과 마찬가지로 이편과 저편의 중간을 인정하지 않았다.

아, 우리가 언제까지나 딱지놀이나 하는 초등학생이라면 무슨 문제가 있을까.

많은 이들이 나이를 먹어가면서도 여전히 주머니 깊숙이 딱지를 숨긴 채 내 편, 네 편을 가르고 있음에야! 똑같이 청색으로 칠해진 나라, 이스라엘과 아랍이 왜 전쟁을 하느냐고 질문하는 아이에게 시원한 대답 하나 들려주지 못하면서도 근거 없는 제 아집만을 자랑하는 이들….

좋다, 나쁘다 양분론의 경직된 가치관으로 대상의 행위와 사고를 가치매김하는 세태에서는 이성이며 합리라는 어휘는 한낱 시장바닥의 시래기 가닥이 되거나 욕심쟁이 푸줏간 주인의 저울눈처럼 오락가락할 수밖에 없다.

이제 분명한 것은 딱지 싸움과 같은 가치편향의 편싸움은 걷어치워야 한다는 것이다.

현상에 대한 맹신에서 벗어나 전체를 아우르는 안목을 가지지 않는 한 우리 현실은 언제나 죽기 아니면 살기 식의 전면전을 치르는 상황에서 벗어나지 못할 것이다.

　　<1977. 서울신문>

# 우리, 그리움의 원천을 찾아
--경산농예기술학교 동창회에 부쳐

오래전에 폐광이 되어 우람한 콘크리트 건조물만이 쓸쓸히 서 있는 코발트 광산 산기슭에 우리 학교가 있었습니다. 검은빛의 바위벽이 바람막이처럼 서 있는 그곳에 검은 양철지붕을 씌운 단층 교사, 그것이 우리 학교였습니다.

그곳엔 아이들보다 닭들이 더 많았고 아이들은 닭들과 함께 국어를 배우고 영어를, 축산을, 한문을 배웠습니다.

닭들은 교실에서 자고 교실에서 먹으면서 달걀을 낳았지만, 아이들은 아침이 되어야 이 산기슭으로 모여들었고 해 으스름 질 때 교문 밖으로 뿔뿔이 흩어졌습니다. 산전, 구일에서 오고 임당, 사정에서 오고, 옥곡, 백천에서 이 학교를 찾아오던 아이들.

아, 그렇게 닭들과 함께 폐광 기슭에서 가난한 어린 시절을 보낸 이들이 오랜 세월을 흘린 뒤 이렇게 다시 모입니다.

우린 그때 왜 동산 아래의 그 초라한 교사에 모일 수밖에 없던가요? 왜 우리는 딴 애들처럼 읍내의 중학엘 다니지 못하고 또 다른 아이들처럼 통학 열차를 타고 대구를 오르내리지 못했던 걸까요?

트럭 한 대만 지나가도 흙먼지가 구름처럼 피어나는 신작로를 타박타박 걸어 올라서, 아침이 되어도 오래 햇빛이 들지 않는 그 산기슭 교사의 남루한 교실에서 터진 손등을 호호 입김으로 불며 작은 책상을 껴안아야 했던 우리들.

우리들은 농예학교 학생들이었습니다. 누가 봐도 가난이 질질 흐르는 농예기술학교 학생들이었습니다.

쉬는 시간만 되면 햇빛 드는 양지쪽 판자벽에 등을 붙이고 해바라기를 하면서 추위를 쫓아야 했던 우리들 주머니 속에는 동무를 약 올릴 수 있는 눈깔사탕 하나 들어 있질 못했습니다. 하물며 만화방에 들어갈 수 있는 돈푼 하나 있었겠습니까. 점심시간이 되어도 도시락을 꺼낼 수 있는 친구들보다 펌프 물이나 마시며 시간을 때워야 했던 친구들이 더 많았던 우리 농예학교 학생들. 언감생심 우리가 어떻게 대구를 꿈꾸고 서울을 그리워할 수 있었겠습니까.

희망과 꿈, 먼 장래의 설계… 차라리 그런 것은 우리에게 사치스러운 말에 지나지 않았습니다. 영어 문법을 배우고 인수분해를 익히는 시간보다 더 많은 시간을 우리는 고추밭에서, 포도밭에서 일을 했고 강변의 자갈밭을 전답으로 일군다고 땀 흘리며 돌멩이를 주워내곤 했습니다. 농업과 축산으로 내 일신을 굳건히 세울 수 있다는 희망과 기대가 있어서 그랬던 것도 아닙니다.

모두가 가난했던 그 시절, 그들보다 더 가난했던 농예학교 학생들에게는 그런 일밖에 달리할 것이 없었습니다. 어린 나이에도 설움과 고단, 허기와 고적감 밖에 가슴에 품을 것이 없었던 그 농예학교 학생들이 이제 다들 마흔 넘은 나이가 되어 이렇게 또 모입니다.

우리는 압니다. 그 초라한 학교, 그 남루한 어린 시절이 이젠 그리움의 원천처럼 돼버렸다는 것을 압니다.

그사이 우리가 모두 잘 먹고 잘 사는 그런 처지가 되어서 이러는 것이 아닙니다. 나 예전에는 그랬지만 이제는 그렇지 않다고 옛 친구한테 자랑하려고 이렇게 오는 것도 아닙니다.

그리움의 원천을 찾아오는 겁니다.

너무도 어린 시절에 겪었던 고단과 적막이었기에 그것은 어느 사이에 우리 모두의 가슴속에 보석처럼 응고되어서 아프고 아프게 번쩍거리고 있기에 그 절절한 그리움 하나만 가지고 이렇게 뛰어 온 것입니다.

교무실 앞에 걸려 있던 학교 종이 내던 명랑한 종소리를 기억하지요?

봄날의 하오, 산기슭에서 메아리쳐 오던 풍금 소리를 기억하지요? 교복 소맷자락으로 누런 콧물을 훔쳐내면서도 연신 웃기만 하던 친구의 얼굴을 기억하지요?

고무지우개 하나를 갖고 코피 터지게 쌈을 하다가도 이내 손을 잡고 함께 신작로를 걷던 동무가 보고 싶지요…?

차마 단언은 하지 않겠습니다마는 농예학교의 그 모든 것들이 있어서 그사이 우리를 견뎌내게 했는지도 모릅니다. 그런 옛날이 있었기에 오늘의 삶이 나름 의미 있는지도 모르겠습니다. 그리하여 이제는 사라진 우리 학교가 더 애틋하게 그립기도 합니다. 수업 시간을 훼방 놓던 우리를 닮은 그 닭들마저 모질게 그립습니다.

그리움을 그리움대로 내버려 둘 수는 없습니다.

그리하여 예전에 자인에서 오듯, 고산에서 오듯, 남천에서 오듯, 서울에서 부산에서 대구에서 농예학생들이 와서 한 자리를 이루는 것입니다. 농예학생이 농예학생을 통해 그 그리움의 원천을 확인하는 자리가 바로 이 자리인 것입니다.

고맙고 반가워라.

<2001. 경산농예기술학교 동창회보>

# 종탑지기들에 대한 그리움
-- 고대 호박회(虎博會)에 대한 추억

1.

앎과 삶이 세월의 누적으로 더 지혜로워지고 더 세련이 되는 것
이 아님을 알게 된다. 개인의 생애에서 그러할 뿐 아니라 인류사를
관통하여도 마찬가지다. 시대와 시간에 끊임없이 간섭받으면서도
이는 언제나 혹독한 개별성을 가지면서 그에 따른 새로운 시작과
도전을 요구받기 때문이다. 따라서 시간은 시간대로 흐르고 앎은
앎대로, 삶은 삶대로 남는 경우가 많다.

책 읽기(독서)는 곧 앎과 삶에 대한 구체적인 시간의 간섭 양상
인 동시에 그 분리의 형적인지도 모르겠다.

2.

추억은 늘 모호해서 즐겁고 더러 모순되어서 기쁘다.

1970년대의 개막과 함께 대학 생활을 시작한 내게 있어서 모교
고려대학은 그 자체가 경이였다. 나는 여태 이렇게 넓고 큰 대학이
내 학교가 되리란 상상을 해 본 적 없었을 뿐만 아니라 이곳에서
쏟아지는 거창한 언어들을 이전에 접해 보지 못했기에 더욱 그랬
다. 민족, 지성, 자유, 진리, 정의, 이데올로기… 차려입은 의복만
큼이나 가슴도 머리도 촌스럽고 유치하기만 한 내게 대학은 본때
라도 보이기로 작심을 한 듯싶었다.

4월이 채 가기 전이었는데 교양학부 현관 층계 위에는 또다시 '이

달의 교양도서' 품목을 적은 입간판이 위세 좋게 서 있었다. 기계과든 원예과든 상관없이 교양학부 학생이면 누구든 책을 읽고 200자 원고지 30장 분량 이상의 보고서를 써내야 한다는 고지판이었는데 그날 그곳에 적힌 책 이름이 사르트르의 [존재와 무(無)]였다.

학점을 얻으려면 방법이 없었다. 도서관에 가서 책을 빌렸다. 이 기회에 사르트르 영감이 무슨 소리를 했는지 제대로 알아봐야겠다는 욕심도 없지 않았는데, 기차가 리옹 역을 떠나 빠리로 간다는 첫 문장을 지나자마자 갑자기 머릿속이 텅 비는 느낌이었다.

분명 한글 문장인데 무슨 소리인지 내용을 알 수 없있다. 두세 페이지를 후딱 읽어나갔다가 다시 되돌아 와 봐도 마찬가지였다. 억지로 50여 페이지를 읽어나가다가 결국 책을 덮었다. 암담하고 창피하고 화나고… 사르트르가 정말 얄밉고 존경스러웠다.

한 주일 뒤, 이런저런 해설서에서 읽은 것들을 짜깁기한 보고서를 들고 교양학부 사무실로 가는 길에 겨우 인사만 튼 사회학과 녀석 하나를 만났다. 흘낏 내 보고서를 본 녀석이 말했다.

"넌 어떻게 읽었어? 난 근래 이렇게 재미있고 감명 깊은 책을 처음 봤거든…."

이태 뒤인가, 우연히 녀석과 함께 한 술자리에서 내가 존재와 무를 꺼냈는데 녀석은 그것이 최근 내가 쓴 소설의 제목인 줄로 알고 있었다.


3.
누구의 권유였는지 도통 기억이 나지 않는다. 아무튼 나는 그날 혼자서 본관 꼭대기의 다락방 [호박회(虎博會, 박식한 호랑이란 뜻)]실을 찾아갔다.

돌집 유리창으로 하오의 햇살이 비껴들고 있었다. 어둡고 가파른 층계를 디뎌 오를 때는 문득 봔 루운의 [인류사화(人類史話)] 서문에 나오는 아름다운 글귀가 떠오르기도 했다.

종탑지기가 소년에게 들려주는 세상 이야기, 그리고 영원에서 일 초 일 초를 뜯어내는 듯한 종소리… 내가 오르고 있는 이 돌집의 꼭대기에도 세상의 역사를 지키는 늙은 종과 그 역사를 이야기로 풀어주는 탑지기가 있을 것만 같았다.

육중한 문을 열고 들어간 회실에는 윤석달(전 항공대 교수) 형혼자 앉아서 신문을 뒤적이고 있었다. 회에 가입하고 싶어서 왔는데요… 그래유? 아, 예나 지금이나 친절하곤 담을 쌓은 형은 눈길한 번 주곤 그만이었다. 의자에도 앉지 못한 채 그렇게 인촌 묘소 쪽을 바라보고 있을 무렵 참한 여선배분이 들어오고 친절을 몸에 적시고 사는 듯한 정승옥(전 강원대 교수) 형이 들어왔다.

승옥 형이 그랬던가. 1학년생들은 아직 독서와 토론의 훈련이 안 돼 있으니까 우선 선배들의 토론을 참관하다가 향후 따로 1학생끼리 자체적으로 모여 토론회를 가져야 한다고. 1학년 토론 지도는 자신이 직접 할 것이란 말도 덧붙였다.


4.

안암고등학교라고 불리던 교양학부 과정에서 내가 일찌감치 호박회를 만난 것은 행운이었다. 그로 인해 더 많은 책을 읽고 토론의 기술을 익힐 수 있었다는 사실보다 선후배 현덕재사(賢德才士)들을 만날 수 있었다는 점에서 그렇다.

나는 그들의 독서량과 비평안에 감탄하기 일쑤였는데 그것은 곧 나한테는 채찍과 당근이 되는 것이기도 했다.

교양학부 토론회에서 헤밍웨이와 헤르만 헤세, 김동인을 연습한 지 얼마 안 돼 우리는 신촌까지 나아가서 연세대학교의 '자유토론회' 멤버들과 합동토론회를 가지기도 하였는데 그날 졸업생 자격으로 참석한 소설가 최인호 선배를 만난 것도 내게는 즐거운 추억이 되었다. 그 무렵 독문과의 김인수(전 강원대 교수) 형을 만난 일도 마찬가지다.

열심히 모임에 참석하긴 했지만, 허전한 구석은 없지 않았다. 이렇게 책 읽고 토론해서 결국 무엇을 한단 말인가. 앎과 삶이 2분법적으로 나눠지는 것이 아님을 알면서도 나는 내가 하고 있는 공부가 현실에서 구체적인 양상을 띠기를 바라고 있었다.

본관 꼭대기 층에서도 이러한 논쟁은 계속되고 있었다. 당시에는 '한맥회(韓脈會)', '한사회(韓思會)' 등의 이념 서클의 주요 멤버들이 모두 호박회원이었던 탓에서도 그런지 모른다.

2학년 가을학기쯤이었던가. 마침내 한맥의 선배들이 먼저 회실을 떠나면서 나에게도 손길을 내밀었다. 라면집 뒷방에서 그분들은 내가 읽어야 할 도서 목록을 따로 내 손에 쥐어주었는데 대부분 경제 관련 서적들이었다. 나 또한 의욕은 있었지만 [경제학개론] 한 권 읽는 일이 어쩌면 그렇게 따분하고 고통스럽던지… 하여 내가 책을 집어던지기 전에 그분들이 먼저 나를 포기했다.


5.

1971년 가을. [고대문화] 편집 일을 맡고 있던 불문과의 정병규(정병규 북디자인 대표) 형이 교지에 실을 소설 한 편 써내라고 명했다. 한 주일 만인가, 졸작 단편 [계룡산 기행]을 들고 갔는데 형은 대번에 그것을 합평회에 집어넣었다.

눈물 나게 얻어터지고 있을 무렵 형은 칼 융까지 동원해 가면서 내 작품을 편들어 주었다. 그날 나는 비로소 내 식의 현실, 내 삶의 구체적 현장이 어디쯤인가를 깨달았다.

1972년 봄, 나는 정병규, 윤석달, 유시춘(소설가), 김영호(작고) 형들과의 의논을 거쳐 문학회 하나를 따로 만들 것을 결심하였는데 그렇게 태어난 것이 '고대문학회'였다. 호박회의 창작 분과 멤버들이 주축이 되었으니 결국 고대문학회의 원류도 호박회인 셈이다.

문학회의 초대 회장이 된 탓에 자연 나는 그 꼭대기 방 출입이 뜸하게 되었지만, 종탑을 찾아가는 소년처럼 그편에 대한 동경과 그리움은 내가 안암 언덕을 떠난 먼 훗날까지 지워지지 않았다.

6.

만유(漫遊)라고 하던가. 성당(盛唐) 때만 해도 선비들은 책 읽기를 마치면 천하 유람(遊覽)을 떠났다.

자연과 지리를 익히는 가운데 각지의 현인 학자들과 만나 경세(經世)를 논하기 위해서였다. 스무 살 안팎의 이백이 그랬고 두보가 그러했다. 이백 같은 이는 그렇게 집을 떠나서 죽는 날까지도 다시 옛집에 돌아오지 못하였으니 유람이 곧 생애였다. 좁은 땅에서 태어난 나에게 있어서 호박회는 곧 내 만유의 땅이었다.

나는 여전히 각지를 떠돌고 있지만 이는 또 다른 귀착일 뿐 내 유람의 본 땅은 종탑 같은 그 안암의 꼭대기 방 언저리쯤임을 알고 있다.

<2010. 고대 호박회 창립 45주년 기념문집>

# 난생처음 자동차 타기
--악몽 같은 강가 야영

내가 자동차라는 걸 처음 타본 것은 초등학교 5학년 여름방학 때다. 정말이지 그전까지는 소가 끄는 수레밖에 바퀴 달린 것을 타본 적이 없다. 먼데 산기슭을 돌아가는 칙칙폭폭, 기차는 말할 것 없고 뿌얀 먼지를 뿜으며 신작로를 내달리는 버스와 트럭, 그것들은 언제나 동경의 대상일 뿐 직접 우리가 타볼 수 있는 것이 아니었다.

그날도 우리는 강변에 나가 멱을 감은 뒤 피라미 잡기를 하거나 볕에 단 돌멩이로 고추를 두드리는 장난을 즐기고 있었다.

그 무렵 전혀 뜻밖의 일이 벌어졌다. 난데없이 군용 트럭 다섯 대가 자갈밭을 가로질러 우리의 놀이터까지 쳐들어왔던 것. 그것은 참으로 장관이었다. 대낮에도 불을 켠 헤드라이트, 금방 공장에서 나온 듯 번들거리는 차체, 우리의 키보다 더 높고 큰 바퀴들… 군인 아저씨들이 양동이로 강물을 떠와 바퀴에 끼얹는 동안 우리는 난생처음 정지해 있는 자동차의 주위를 돌며 요모조모를 구경하고 직접 손으로 만져보기까지 했다.

차마 운전석에까지는 기어오르질 못했지만, 드디어 짐칸에는 올랐다. 짐칸 바닥을 닦아드리겠다는 우리의 '꾀'에 군인 아저씨들이 순순히 넘어갔기 때문이다. 그뿐인가, 제법 계급이 높아 보이는 한 아저씨가 말했다. 너희들이 자동차를 깨끗이 닦아주면 읍내까지 태워다 주겠다나. 아, 세상에 그런 호의가 어디 있담! 반신반의하면서도 우리는 떨리는 가슴을 억제해가며 결사적으로 자동차를 청소했다. 큰 놈들이 물을 길어 나르면 작은 것들은 걸레질하고 윤을 냈다. 어느새 군인 아저씨들은 미루나무 그늘에서 낮잠을 자고 있었지만, 우리에게는 이보다 더 신나는 청소 놀이가 없었다.

그리고 아저씨들은 약속을 지켰다.

"자, 꼬맹이들 다 타."

그 한 소리에 열댓 명의 동네 꼬마들이 환성을 지르며 짐칸에 기어올랐다. 부르르, 트럭이 몸을 떠는가 싶더니 이내 강줄기가 훌쩍 뒤로 물러났다. 자갈들이 튕겨 나가고 흙먼지가 피어올랐다. 신작로 비탈쯤은 눈 깜짝할 새에 타올랐다. 휙휙 가로수가 스쳤다. 이마를 때리는 시원한 바람, 향긋한 기름 냄새, 누군가의 선창에 따른 꼬마들의 합창… 하도 신이 나서 오줌이 찔끔찔끔 나올 정도였다. 정말이지 시오리 읍내 길을 단숨에 달린 기분이었다. 너무 빨리 당도한 게 야속했다.

아저씨들은 우리를 군청 대문 앞에 내려 주고 가버렸지만 구름 위를 걷는 듯한 황홀한 기분은 그때까지도 온전히 남아있었다.

타달타달, 시오리 길을 걷자면 해 떨어지기 전에는 동네 어귀에도 못 이른다는 사실을 모두가 알고 있었음에도 누구 하나 불평하지 않았다. 불평은커녕, 다음에 또 이런 행운이 있다면 더 열심히 차를 닦아주고 더 먼 데까지 태워다 달라고 해야겠다는 무언의 다짐이 우리 모두에게 있었을 뿐이다.


뒤창에 붙였던 '초보운전' 딱지를 떼 낸 지 한 달이 못 되어 동해 안으로 장거리 운전을 감행한 데는 기실 이 어린 시절의 선연한 감동이 영향을 끼친 바가 크다. 그래, 그 옛적을 생각하며 원풀이하듯 한 번 차를 몰아보자…. 내 속정을 모르는 아내와 애들까지 태우고 태백산맥 너머 백암까지 달렸다. 온천 못미처의 하천 옆 모래밭에 차를 세워두고 영화의 한 장면 마냥 차 옆에 텐트를 쳤다.

한밤중에 장대 같은 소나기가 내리지 않고 따라서 강 이편 마을 스피커가 야영객들은 속히 피하란 경고 방송만 하지 않았더라도 그날의 야영은 또 그것대로 괜찮았으리라….

자갈밭에 섰던 차들이 죄다 물 건너 달아난 뒤 잠든 애들을 차에 태우고 시동을 걸었을 때의 그 절망감을 어떻게 표현할까! 힘주어 돌리면 돌릴수록 더욱더 모래 밑으로 파고드는 바퀴들, 쏟아지는 장대비, 천둥과 번개, 점점 불어나는 강물….

최후엔 차를 버려라, 아내에게 애들을 당부하고 마을로 달려갔다. 둑길 원두막엔 예닐곱 주민들이 있어서 강 건너의 내 차를 보고 있던 참이었다. 꼬마들도 네댓 있었다.

도와주시오, 차에는 여자와 아이들도 있습니다. 강물을 비추는 내 차의 헤드라이트를 가리키며 소리쳤다. 쯧쯧, 혀를 차면서도 누구 하나 일어날 염을 보이지 않았다. 악을 쓰듯 내가 말했다. 사례는 충분히 하리다, 도와주시오…. 한두 번 고개를 젓던 그들도 내가 액수를 높이자 천천히 비옷을 입었다.

탈탈탈, 마을에서 두 대의 경운기가 나왔고 동네 꼬마들이 어른들의 꾸중을 들으면서도 경운기 뒤를 쫓았다.

"너그 아버지 또 벌었다, 그지?"

꼬마들이 빗속에서 킬킬 웃었는데 내게는 그 웃음소리가 빗소리보다 더 크게 들렸다.

<1989. 대우자동차 사보>

# 영원한 안암(安岩)의 언덕

고려대학 사람들은 고려대학을 떠난 뒤에 더욱 고려대학을 좋아한다는 이야기는 재학 중이던 스물의 내 젊은 나이 때부터 들었지만, 진실로 이 말을 실감하기는 내가 고려대학을 떠나고도 한참 세월이 지난 뒤부터다. 그렇다고 해서 학부 재학 중에 혹은 뒤늦게 대학원을 다닌답시고 모교를 드나들던 때는 내 대학에 대한 애정이 덜했다는 얘기는 결코 아니다.

고려대학 사람들 대개가 그러하듯이 나는 고려대학에 첫발을 디딘 그날부터 열렬한 고대 사람이 됐기 때문이다.

이성에 대한 사랑의 양식도 지니는 연륜에 따라 달라지듯 형이상학적인 어떤 대상에 대한 집착과 감정도 절로 양태를 달리 한다는 얘기 이상이 아니다. '더욱'이란 말을 서두에 쓰긴 했지만, 이러고 보면 이 말조차도 모호하기는 매일반이다.

그리고 형이상학적이라니! 고려대학이 나에게 있어서 형이상학적 대상이란 말인가. 모교란 말처럼 고려대학이란 말도 고려대학을 떠나서 느끼는 이에겐 분명한 관념어이다.

주소지에 서 있는 몇 층의 건물, 몇 평의 운동장 또는 몇 명의 학생과 교수가 특정한 대학을 지시할 수 없듯이 고려대학도 그 이름처럼 분명한 뭐는 잡히지 않는다. 그렇다면 나에게 있어서 고려대학도 순진한 관념어에 지나지 않을 수 있다.

술에 취해 지방 도시의 어두운 뒷골목을 걸으면서도 잿빛 하늘을 배경으로 하고 우람하게 서 있는 석조 중앙도서관 건물을 떠올리는 때가 있다. 몽롱한 취기 속에서도 몹사리 나부끼는 본관 꼭대기의 진홍빛 교기를 본 적이 있다. 뿌얀 안개가 덮인 시골 가도 변에서 새벽 버스를 기다리는 중에 이명인 양 귓전을 울리는 교가를 들은 적도 있다.

'북악산 기슭에 우뚝 솟은 집을 보라-'

병원 대기실에 앉아 진료의 차례를 기다리고 있는 때에도 그 대학의 5월을 떠올리는 일이 있다. 돌 건물 앞에 흐드러지게 핀 철쭉들, 학생회관 앞의 신록, 같은 과 여학생의 웃음…. 아, 차라리 이런 것들엔 고려대학이란 이름을 붙이지 말자.

그냥 지금보다 훨씬 젊었던 시절에 대한 그리움, 애달픔이라고만 해두자. 왕년 젊어서 대학 안 다녀 본 사람이 있나 말이다. 추억 없는 젊음이 있는가 말이다.

내가 이곳 D시로 내려온 지도 이럭저럭 7년이 됐다. 천지간 연고 없는 이 지방 도시에서 비록 규모 작은 전문대학이지만 '교수님'으로 호칭되면서, 나보다 덩치 큰 학생들을 앉혀 놓고 강의랍시고 시작한 지도 벌써 그 세월이 돼 버렸다는 얘기다.

나의 대학 재학 중에는 꿈에도 그려 본 적이 없는 교수직, 한평생 원고료만 받고 살겠다던 내가 엉뚱한 곳의 엉뚱한 자리에 앉아 틈틈이 생기는 고료는 부수입으로 챙기고 있으니 이것도 인생 유전이라면 유전이다.

평범과 안일, 무사와 자족 속에서도 고통은 늘 따른다. 모교 은사님들이 아직 시퍼렇게(?) 정정하시고 머리칼 희끗희끗한 선배분들이 여태도 애들 흉내 내고 있는 판에 내가 나이 운운할 바는 못되지만 불혹의 연령(年齡)에 이르러서도 여태 허욕을 못 죽이고 분별을 어렵사리 하는 데서 얻는 고뇌요 자괴 때문이다.

소소한 사물의 분간에서부터 대사를 도모함에 이르기까지 사람은 제가 받은 교육의 힘에 의지할 수밖에 없다. 가정이든 학교든 개인적 사교가 모두 교육임에 틀림없고 보면 사람의 생애는 그 내용이 여하하든 교육의 집적 자체이기 때문에 더욱 그러하다.

이럴 적에 고려대학이 고려대학 사람의 생애에 미치는 교육적 의미는 무엇일까? 개개의 별차를 떠나서 나 하나의 생애에 가지는 의미가 무엇인가? 나는 이러한 자문에 대해서 '활력과 분기(奮起)의 상징성'이라고 자답할 수 있다. 더 구체적으로 말하자면 '떨쳐 일어남, 돌이켜 고침의 상징성'이라고 해도 괜찮겠다.

즉 오늘 내가 가지는 허망이나 고통도 고려대학을 돌이키면 얼마든지 떨치고 새롭게 일어날 수 있다는 그런 뜻이다.

물론 고려대학에 대한 나의 이러한 자랑은 결국 이 대학에서 보낸 내 젊은 날에 대한 자랑과 긍지의 다른 표현일 수도 있다. 그러나 그러한 젊음이 고려대학을 바탕으로 하지 않고서는 가능하지 않았을 것이라는 추단에서 나는 언제든 고려대학을 앞세운다.

새로운 욕망의 분출, 변화의 바람은 어김없이 내가 몸담은 대학에까지 불어오고 있다. 학내 민주화, 교수진 개편을 요구하며 연일 시위가 벌어진다. 치르고자 했던 시험이 거부당하는가 하면 개중엔 입에 못 담을 구호도 있고 교수에게 엉터리 수작까지 거는 학생도 더러 있다. 이런 학내 문제를 떠나서도 내게는 소설 쓰는 어려움은 그대로 남아있고 사람 사귀는 일도 갈수록 어려워진다. 아이 키우는 일은 또 어떻고….

이런 극히 사적인 문제에 있어서도 내게는 고려대학이 심대한 힘을 미친다고 얘기하고 싶은 것이다. 이 대학에서 보낸 젊은 날 한때를 반추함으로써 각성과 분발로 전향할 수 있다고 이야기하고 싶은 것이다. 나 자신이 왜소해지면 왜소해질수록 고려대학은 내게 더 큰 부담이 되어 나를 강압하고 뒤흔들기도 하는 것이다.

자유, 정의, 진리의 교훈. 변함없이 의연한 석탑군(石塔群), 젊은 함성 속에 나부끼는 교기, 대로를 행진하는 스크럼, 굶주려도 풀을 먹지 않는 호랑이, 서관 꼭대기에서 울려 퍼지는 녹두장군 노래. 혹은 강의실을 울리고 혹은 적막을 덮는 교수님들의 강의, 학교 잔디밭에서 혹은 막걸리집에서 반새도록 이어지는 토론, 그 실력 좋던 선배들, 지극히 예리한 후배들, 그리고 성북경찰서 유치장의 철장…. 이 어느 하나도 고려대학이 아니면서 또 고려대학 아닌 것이 없다. 최루탄 가스로 인하여 때 이르게 변색하는 돌 벤치 근처의 플라타너스 이파리 하나마저 나에게 있어서는 아린 각성제, 분기의 촉매제가 된다고 감히 말하고 싶은 것이다.

나는 나에게 이런 상징이 있음을 축복으로 여긴다. 자랑스러운 옛 애인을 추억하듯 감미롭기도 하다.

나는 이제 고연전을 보면서도 가슴이 죄지는 않는다. 상대에게 리드 당하는 게임을 보며 이 또한 내 탓이거니 여겨 기원하듯이 담뱃불을 끄고 자세를 바로 하는 일도 없다. 그러나 같은 직장의 대학 후배 교수가 끓여주는 유자차의 향내에서도 고려대학을 냄새 맡는 나는 죽을 때까지 고려대학 사람일 수밖에 없다.

<1987. 고대교육신보>

# 천만 원 상금을 탔으니 망정이지
--서울에서의 내 집 마련

난생처음으로 화곡동에다 내 몫의 집다운 집을 마련하고 며칠이 지난 뒤의 일이다.

동네 지리에 익숙지 못함에도 불구하고 나도 자상한 인근의 가장들 마냥 어린 딸애의 손을 붙잡고 뒷산 약수터를 찾아 나섰다.

쑥스러운 한편으로 가슴이 뿌듯한 이상한 아침이었다. 그래, 서울에다 제 이름자 새긴 문패를 걸 수 있는 이의 여유란 게 실은 이러한 사소한 멋쩍음, 대견함에서 시작되는 것인지도 모른다.

진녹색의 트레이닝을 걸치고 새벽 골목을 달린다거나, 미명의 시각에 테니스 라켓을 어깨에 걸치고 요란스레 제집 초인종을 누른다거나, 원색의 파커를 걸치고 영악스레 생긴 딸애의 손을 잡고 약수터를 찾아 나선다는 식의 사소한 행위가 실은 서울 바닥에다 제집이라고 가진 이가 꾸리는 여유일 수 있다.

긴 셋방살이 동안 나는 이들이 풍기는 새벽의 여유를 미워했다. 그것은 시샘이기도 했으리라.

손바닥만 한 단칸방에서 새벽 출근을 서두를 무렵 제 건강과 풍요로움을 뽐내듯 골목을 꽉 채우며 지나가는 그들 가장들을 그냥 무심히 내다볼 수만은 없었다. 내 궁핍이 이들의 탓이기나 하듯이 나는 그들을 미워하고 비웃었던 것이다.

그러던 내가 진홍빛 파커를 입고 딸애한테는 입마개까지 씌우고 여유롭게 골목을 나섰다. 제법 부끄럽고 머쓱하지 않을 수 없었다.

성명 두 자를 새긴 돌덩이를 대문 기둥에 붙이는 문패 장수를 바라
볼 때 느끼던 감정과 별반 다를 게 없었다.

"이만한 집에는 이 정도 문패는 달아야지요."

평소 십 원을 아끼던 아내가 쉬 문패 장수의 꾐에 넘어가 거금
육천 원을 치르는 걸 보고도 나는 차마 아내를 나무랄 수 없었다.
이만한 건방짐을 한 번 가져보는 게 그동안 아내의 최대 희망이었
다는 걸 알기 때문이었다.

아무튼 나는 용기 있게 그날 아침의 산책을 감행했다. 신정여상
운동징을 돌아 용문사로 올라가는 신길이 여긴 괘적하질 않았다.

숲길에서 나처럼 어린 여자아이의 손을 잡고 내려오는 한 건장
한 남자와 마주쳤다.

그도 나처럼 붉은 파카를 입었는데 몸집은 나의 두 배나 되었고
게다가 선글라스까지 껴서 여간 당당해 보이질 않았다.

나 같은 소심한 산책자가 아니라 대대로 아침 산책에 익숙한 젊
은 가장 같았다. 멋쩍은 마음으로 시선을 피하면서 그를 지나치려
는데 뜻밖에 그가 나를 불렀다.

"최 형 아니오?!"

그때의 놀람이란! 그가 히죽히죽 웃으며 선글라스를 벗었다. 김
성종(金聖鐘. 소설가) 씨였다.

"웬일이십니까? 김 선생님"

큰 반가움이 좀 전까지 가졌던 시답잖은 감정들을 한꺼번에 지
워주었다.

"내 집은 이쪽이라지만 정말 최 형이 여기 웬일이오?"

"며칠 전에 이쪽으로 이사를 왔습니다."

"아, 그래요? 집을 샀어요?"

"예, 상금 덕이죠."

"하하, 상금 타면 다들 이 동네로 오는구먼."

김 선배가 유쾌하게 웃었다. 알고 보니 김 선배 또한 상금을 타서 이 동네에 집을 마련해 왔다는 얘기였다.

나만의 생각이지만 김 선배와는 묘한 인연이 있었다. 1974년, 한국일보사가 당시 사상 초유의 거금인 2백만 원의 고료(稿料)를 걸고 장편소설 공모를 한 적이 있다.

(작가가 부담할 세금의 절약을 위해 신문사에서는 굳이 상금이라 하지 않고 원고료라고 칭하였다.)

알다시피 그때 김 선배의 작품 [최후의 증인]이 당선작이 되면서 그 거금을 드셨다.

당시 대학을 갓 졸업한 나도 전업 작가의 꿈을 꾸면서 그 거액의 고료를 노려 원고지 2,500여 장을 메꾸었는데 최종심에서 김 선배와 겨루다가 '아깝게' 탈락했던 것이다.

그때의 서운함은 대단한 것이었으며 이 서운한 마음 한 자락은 김 선배 쪽에 대한 것이기도 하였다. '이 양반이 뭐 여기까지 나오시나?' 싶었던 것.

그러나 그분의 당선소감을 읽으면서 곧 마음을 바꾸었다. 나보다 훨씬 연상인데도 단칸방 하나 없어 모진 설움을 겪었다는 저간의 사정을 눈치챌 수 있었던 것이다.

당시 섭섭해하는 아내에게도 말했다.

"이 양반 봐, 윗사람 눈치 봐 가며 원고 썼잖아. 여기 비하면 나는 부자야, 부자."

아마 그때의 상금으로 김 선배는 이곳 화곡동에 집을 마련한 모양이었다. 그로부터 6년이 지나 마침내 나는 두 번째 도전으로 한 국일보사의 1천만 원 고료를 쥐었으며 그 돈으로 화곡동엘 왔으니 김 선배와는 어찌 특이한 인연이 아니겠는가.

그러나 꼭 상금 때문에 그 많은 원고지를 메꾼 것은 아니니 내 집과 그 상금을 결부시키지 않고 싶다는 것도 솔직한 마음이다. 1 천만 원이 큰돈임에는 분명하지만, 서울 집 하나 마련하기에는 턱 없이 부족한 액수다.

내가 이사 온 단독주택은 화곡 4동에서도 규모가 작은 축에 속 했지만, 집값은 2,400만 원이나 호가했으니 말이다. 이전에 갖고 있던 11평 서강시민아파트(와우아파트)를 판 돈 700만 원에다 융 자 500을 얻고 조금의 사채까지 돌려야 했다.

대학 3학년 때 숟가락 하나 냄비 하나 들고 자취생활에 들어선 이후 열여섯 번의 이사를 감행하고 안팎이 벌어서 이룬 시민아파 트 한 칸이 명실상부 첫 번째 내 집이었다.

거액의 고료를 챙긴 덕에 그 좁은 아파트에서 일 년을 안 살고 화단까지 딸린 주택으로 이사를 할 수 있었으니 나는 큰 행운아였 다. 글쟁이 남편 뒀음을 늘 못마땅해하는 아내에게도 이때만큼은 큰소리를 칠 수 있었다.

"봐, 천만 원짜리 계 하나 타려면 몇 년이 걸리는지 알어? 이게 다 글쟁이 남편을 둔 덕인 줄 알어!"

<1981. 여성동아>

# 고향 남천(南川)에 가서

 

내가 어린 시절을 보낸 경상도 산골 마을 옥곡(玉谷) 앞으로는 남천이 흘렀다. 홍수 때가 아니고는 한 번도 강의 꼴을 보이지 못하는 그 작은 시내야말로 내가 고향을 떠올릴 때마다 가장 먼저 그리는 산간 옥수(玉水)다.

수량이 많지는 않지만, 맑고 깨끗하기만 한 남천은 언제나 우리 하동(河童)들의 정다운 놀이터였다. 사철 우리들은 강에서 살았다. 제삿날, 명절날이 아니고는 일 년 내내 비린 생선 내 한 번 맡아보기 힘들었던 우리는 강고기나마 실컷 잡아먹어 본다고 얼음 풀리는 봄날부터 부지런히 강 돌을 뒤집고 다녔다.

나의 낚시꾼 기질은 그 무렵부터 닦여진 것이 분명하다. 먼저 뒷산에서 창대로 쓸 곧은 닥나무 가지들을 잘라 온다. 그리곤 철사를 길게 혹은 짧게 토막 내어 끝을 뾰족하게 간 다음 창대 끝에다 관통시켜 휜다. 창대의 다른 한 끝에는 작살처럼 창을 쏠 수 있게끔 손가락을 걸 고무줄을 단다.

남천에서 우리들의 가장 만만한 사냥감은 우리네 사투리로 '북지'라고 부르는, 생뚱하게 몸체보다 삼각 꼴의 머리통이 큰 동사리였다. 아무리 큰놈이라도 쏘가리 메기보다는 훨씬 몸피가 작고 주황 혹은 검정의 거친 피부에 작은 반점들이 나 있는 이 물고기는 대개 갯돌 아래가 은신처였다.

생김새와는 달리 익혀 놓았을 때의 속살은 박 속처럼 희며 그 맛 또한 고소하기 짝이 없다. 녀석들을 잡기 위해서는 얼굴이 수면에 닿도록 허리를 숙이고 소리 나지 않게 갯돌을 젖혀야 한다. 그러면 이 미련한 녀석은 제집 천장이 벗겨지고 날카로운 창날이 제 등짝을 겨냥하는 줄도 모르고 눈만 동그랗게 뜨고 있다.

물이끼 엊힌 갯돌 바닥에는 이들 동사리만 있는 것이 아니다. 모래무지, 강 미꾸라지, 민물새우가 있는가 하면 재수 좋게 메기, 장어 같은 귀한 물고기를 맞닥뜨리는 때도 있다.

깊은 웅덩이의 고기를 잡는다고 해서 우리는 농약을 치거나 배터리를 운선하시는 않는다. 도랑 가에 지천으로 나 있는 '약국대'라는 풀을 베다가 그 엽액만 풀어 넣으면 되기 때문이다.

검정 팬티 하나만 달랑 걸친 아이들이 웅덩이를 둘러싸고 앉아 '약국대 풀'을 찧는다고 저마다 낑낑 땀을 쏟는다. 한 시간 두 시간이 걸려도 좋고 잘못 찧어 손가락에서 피가 흘러도 괜찮다.

아, 아무리 배가 고팠다고 해도 우리가 물고기 잡아먹겠다는 일념으로만 강에서 살았을까.

학교가 파했다고 일찍 집에 돌아가 봐야 텔레비전이 있고 만화책이 있는 것도 아니다. 산에 가서 나무를 해오고 고추밭에 오줌통 져 나르는 일감밖에 없다. 강에서 오래 버티면 버틸수록 그만큼 우리의 수고와 허기가 덜해지는 것이다.

서리질 해온 풋사과, 참외를 물 위에 띄워놓고 수구(水球)하듯 놀다가도 문득 물이 지겨우면 강가 모래밭에 퍼질러 앉아 뙤약볕에 단 돌멩이를 저마다 제 고추에 갖다 대고 두들겨 누구 고추가 더 약발이 오르나 내기를 한다.

이렇게 놀고 또 놀다 보면 이윽고 밤이 온다. 강가 자갈밭에 드러누워서 쳐다보는 하늘, 초롱초롱한 별들이 무더기로 쏟아질 듯하고 금세라도 은하계 저편의 어느 별에서 날아온 비행접시의 유영(遊泳)을 볼 듯도 하다.

이맘때는 들판 끝으로 달려가는 밤 기차의 차창마다 서린 아득한 불빛들도 밤하늘의 별과 다를 바 없다. 사람들이 저마다 별을 타고 부산으로 서울로 떠나가고 있다. 그들의 깔깔거리는 웃음, 그들의 떠남이 무지막지 부럽다.

우리가 크면 그래서 우리도 어른이 되면 우리는 강을 떠나 어디서 살며 무엇이 되어 있을까? 문득 밤 기차를 보며 생각은 하지만, 입 밖에 말을 내는 아이는 없다. 우리의 남루함, 우리의 배고픔으로는 그런 앞날을 생각하는 것 자체가 무모하다.

그러나 강이 좋다 해서 마냥 강에서 살 수는 없다. 이왕 늦어버린 걸음이라 해도 한 그릇 보리죽이라도 얻어걸리고 한 대의 매라도 덜 맞으려면 다시금 책보자기를 둘러매야 한다.

잘 가, 잘 가, 잘 가…. 철둑을 타 넘은 아이들이 캄캄한 골목 어귀에서 제각기 소리 죽여 작별의 인사를 한다.


20년, 30년이 지나 문득 가물가물한 옛 여자의 이름을 떠올리듯 고향을 찾아가 고향을 만난다. 예전의 그 신작로를 벗어나 탱자나무 울타리가 도열한 과수원 길을 달려 그 끄트머리에서 오호, 그 옛날에 헤어진 남천을 만나는 것이다.

썩어 문드러진 시신을 붙안고서 무슨 말을 하랴. 내 사랑 남천이 그러하다.

사방에서 풍겨오는 코를 찌르는 악취, 강가에 산처럼 쌓여 있는 가축 오물, 폐타이어 더미, 나뒹구는 깡통과 깨진 병들. 하상(河床)이 높아진 강에는 기름띠 두른 폐수만이 가득하다.

강 너머 들판에는 축사들이 군대 막사처럼 늘어 서 있고 과수원이 끝나는 상류 편에는 크고 작은 공장들이 쉼 없이 연기를 뿜어대고 있다. 동사리도 모래무지도 다시 찾아볼 필요가 없다.

　우리 먼 훗날 이곳에 다시 오거든 찾아보자며 옆집 원복이 놈이랑 정표로 숨겨 놓은 구멍 뚫린 돌멩이를 찾겠다고 강 언덕을 서성거릴 필요도 없다.

　내 고향 남천은 이제 늙고 거친 모습의 옛 여인이 되어, 그렇게 나를 내쫓는다.

　<1995. 월간 「엽연초」>

# 산 높은 곳에 앉은 무덤을 보며

가리왕산 8부 능선쯤에 무덤 하나가 있다. 정상의 해발 높이가 1,500미터가 넘으니 이곳은 1,200고지는 될 성싶다. 높은 데 있는 무덤이라고 해서 모두 사람의 눈길을 끄는 것은 아니다. 이곳 가리왕산 꼭대기에도 무덤 하나가 있지만, 이는 계룡산 꼭대기에 누운 무덤처럼 되레 보는 이가 민망스러울 따름이다.

이곳이 무어 그리 명당이라고 사시사철 드센 바람을 껴안아야 하며 축축한 구름장을 덮어쓰고 있어야 한단 말인가. 목숨 놓은 육신이 어떤 손길에 의해 이곳까지 옮겨졌는지 알 바 아니다.

후대 발복을 염원하는 후손 중에 산타는 이가 많아서 때 맞춰 벌초하고 성묘하는지 또한 관심 가질 바 없다. 원기 왕성한 생사람도 오르기 힘든 산꼭대기에다 굳이 조상의 영면 자리를 만든 욕심 많은 효심이 안쓰러울 따름인 것이다.

8부 능선의 그 무덤은 지대의 높은 점에서는 산꼭대기의 그것들과 크게 다를 바 없지만, 유독 다른 점이 있다. 고지의 여느 무덤들이 묘비는커녕 표석 하나 세우고 있지 않은 것이 예사인데 이 무덤만큼은 윤이 나는 표지석 하나를 꼿꼿이 세워놓고 있다는 점이다. 그런데 여기에 새긴 문자가 지극히 간출하여 수상쩍은 느낌마저 준다. 앞뒷면 다 살펴보아도 우선 그 흔한 이름자 하나가 없다.

따라서 무덤의 주인이 누구인가는 물론 누가 세웠으며 어느 때 세운 것인지 알 도리가 없다. 「大提學」, 딱 세 글자뿐이다. 하늘 가까운 곳에 앉은 무덤이 대제학 벼슬 하나만 달랑 표시하고 있으니 생뚱한 느낌을 지나 기이함마저 갖게 한다. 홍문관의 수장인 대제학 자리는 비록 품계에 있어서는 정승 판서의 아래지만 문신이라면 누구나 탐을 내는 가장 영예로운 벼슬이다. 학문과 인품이 곁들여야지 관운(官運)만으로는 도달할 수 없는 영직(榮職)인 것이다.

그대는 누군가, 어느 시대 어느 임금과 더불어 살았는가, 죽어서도 관직명은 자랑스레 밝히면서 어찌해서 이름을 숨기는가, 무슨 곡절이 있어서 이곳 산간의 오지까지 들어와서 이 높은 곳에 누웠는가? 정상을 향해 걷고 있던 나는 뜻밖의 표석에 이끌려 무덤에 다가갔다. 등에 졌던 짐을 벗고 땀을 훔치며 주위를 둘러보았다.

무덤 둘레는 여전히 활엽수가 우거져 있지만 그 촘촘함이 덜해 얼기설기 햇빛이 지표에 떨어진다. 땅바닥에는 고산초의 넓은 잎들이 융단처럼 덮여 있다.


가을이었다. 천공에서는 분분히 낙엽이 떨어졌고 풀잎들은 어느새 녹빛을 띠었다. 완만한 평지가 꽤 넓게 퍼져 있는 걸 봐서 예전 어느 때까지 이곳에 암자 하나쯤 있었는지도 모르겠다. 아니면 명당자리를 선점한 다른 집안의 무덤들이 있었거나….

대제학의 후손은 선조의 영예로운 직함만으로는 생계를 감당할 수 없었다. 고단함이 극에 다다른 어느 때 과객 하나가 말했다. 가리왕산 꼭대기 부근에 퇴락한 암자가 있느니라, 그곳이 후대 발복의 천하 길지이거늘…. 그날 밤, 후손은 대제학 할아버지의 유해를 수습하여 천 리 길을 걸었다. 재를 넘고 강을 건너 이윽고 가리왕산에 올랐다. 달빛 교교한 밤, 절 마당에 투장(偷葬=암매장)하는 때는 산짐승마저 숨을 죽였다.

반쯤 무너진 봉분이 문득 발걸음을 멈추게 해
한 입 베어 먹은 사과처럼 보이는 그 앞에서
가로막는 것의 외로움을 생각하는 중이야
햇살이 발등에서
차곡차곡
눈을 감고 있어
-강윤후 시 [자작나무 숲길] 부분


　질긴 가죽으로 된 견고한 내 등산화 앞에 떨어지는 가을볕을 보면서 정말이지 나는 대제학의 외로움을 생각해 보려고 애썼지만, 무망(無望)한 일. 문득 무덤 앞의 수림이 너른 호수의 물결처럼 보였다. 그 가 없는 물결을 바라보는 가운데 대제학에게 던졌던 물음들이 예리한 통증과 더불어 내게로 되돌아왔다. 너는 어찌해서 이곳에 있는가, 네 가고자 하는 곳이 어디인가…?
　발걸음을 산으로 돌리기 이전까지 스무 해 넘는 세월을 나는 물가에서 서성였다. 밤하늘의 은하가 그대로 수면에 쏟아지는 밤중에도 나는 물고기를 놀리는 적막한 재미에 푹 빠져 있었다. 그리고 산으로 걸음을 돌렸다. 까닭을 묻는 이에게 내가 늘어놓을 수 있는 정직한 답변은 많지 않다.
　푸념 삼아 한 마디 엮는다면, 요즘은 물가에도 밤낮없이 '너무 건강한' 사람들이 너무 많이 몰려들어 나 하나 앉을 데가 마땅치 않다는 것이다. 그들은 건강함으로 소리치고 킬킬대서 잠자는 수면을 뒤흔들 뿐만 아니라 하도 소화기관이 좋아서 끝없이 먹고 들이키면서 온전히 그 배설물까지 물가에 깔아놓기 일쑤다.
　'너무 건강함'은 야만과 통한다는 사실을 깨치면서도 적이 그들을 부러워하기도 했으니 나의 산행 기도도 그에 일맥을 걸고 있는 것은 아닌지 모르겠다.

그렇다. 검단산 하나 오르기를 힘겨워했던 내가 이태 만에 거침없이 덕유산을 종주하고 공룡능선을 타 넘었다. 어느새 다리 힘이 붙어 이틀을 내쳐 지리산 산봉을 오르내리고도 지친 줄을 몰랐다. 하여 발끝에서 돌멩이가 튕겨 나가고 나뭇가지가 소리 내어 부러지는 걸음걸이를 거듭하는 동안에는 내 발걸음이 지축을 울린다는 오만한 감상에 젖기도 했다.

그러나 그 치기(稚氣) 어린 쾌감은 다른 사람들의 더욱 드센 발소리에서 곧 사그라지고 말았다. 곧이어 덮치는 두려움은 머지않아 나는 이 산중에서조차 쫓겨날지도 모른다는 것이다.

특공대처럼 밤잠 없이 떼 지어 산을 쳐들어와 간단없이 산을 허물고 사라지는 그들을 보라. 주말이면 인근 산에 범람하는 그 무례와 난폭을 보라. 고이 잠든 대제학의 유골을 이끌고 산을 올랐던 후손의 후손들은 이제 그 산 자체를 발복(發福)의 근원으로 삼고 있는 것은 아닌지.

산이 말한다. 그래, 나를 디디고 나를 허물어 너희들 끝없이 강건하여라.

보이지 않는 정상을 향해 다시 걸음을 옮긴다. 질기고 견고한 내 등산화가 산길에 쌓인 낙엽을 밟아 나가는 때는 '햇살이 발등에서 눈을 감는다.' 어찌 모르겠는가. 이 질기고 튼튼한 신발 또한 머잖아 낙엽처럼 썩고 바스라져 흔적 없이 사라질 것임을.

<2003. 월간 Mountain>

# '집에 갈 날짜를 세어본다'
--교통사고와 지상의 방 셋

2005년 1월 27일(목)

벌써 두 주째 대전을 내왕하고 예전처럼 이삼일씩 비래동 내 이전 거처에 머물면서도 내 손으로 직접 아침밥을 지어 먹긴 오늘이 처음이다. 세 끼 끼니는 놓치지 않는다는 생활 습관인데도 넉 달 넘어서 돌아온 이곳에서는 그 습성을 지키기가 쉽지 않았다.

일찌감치 냉장고에다 계란이며 우유는 물론 파, 마늘까지 사 넣고서도 새삼스레 쌀을 씻고 도마질하기가 딱 싫었던 것이다. 웬만하면 아침을 거른 채 학교에 나가거나 그렇지 않으면 '햇반' 하나를 밥솥에 데워 간결하게 요기로 때우는 것이 고작이었다. 나는 아직 내 땅에서 제대로 적응하지 못하고 있는 것이 분명했다.

'지상의 집 한 채'가 아닌 '지상의 방 셋'. 한국에 돌아오고서도 좀체 내 뇌리에서 가시지 않는 단어가 이것이었다. 공간의 변동성을 요즘처럼 절실히 느끼는 때가 없다. 남경에 가기 전까지만 해도 나는 두 공간의 생활에 익숙해 있었다. 사나흘을 주기로 하여 서울 집과 대전 숙소를 오가는 버릇에 오래 길들여진 탓이었다. 그러나 그 어느 곳에서도 온전한 정처감(定處感)은 갖지 못했다. 서울에 있으면 대전이 한없이 아득하고 대전에 있는 동안에는 서울이 또 그랬다. 그 단절감은 쉬 지극한 그리움을 이끌기도 하는데 그리움 좇아 공간을 옮기고 보면 또 다른 그리움이 저편에 남는 것이다.

그런데 이제 남경의 그 방 하나가 보태졌다. 베이웨이루(北圩路)의 그 방 창 곁에 서성일 적에는 서울집의 내 방은 물론 햇볕 하나 들지 않는 비래동의 그 골방마저 참으로 그립기 그지없었다. 헌데 서울의 대학로 거리에서, 종로의 지하철역 층계에서노 불시에 떠오르는 것이 그 외국인 숙사의 내 방이었다.

　대전의 캠퍼스에 있는 내 연구실에서도, 자양동 골목에서도 마찬가지였다. 아직도 푸른빛을 그대로 지니고 있을 창 앞의 녹나무[樟樹] 이파리며 거실 바닥에 소리 없이 내려앉고 있을 먼지의 입자까지 선연히 눈앞에 그려지는 것이다. 머잖아 또 내가 돌아가야 할 그 방에 대한 그리움과 절망감.

　지상에 제 드러누울 방 한 칸 장만하는 것이 쉽지 않은 처지를 생각하면 나보다 복된 이도 드물 법하지만, 이 또한 형벌의 하나쯤은 아닌지 모르겠다.

　오래 떨어져 있은 탓에 옛정을 쉬 찾지 못하는 서먹한 연인들처럼 나는 그렇게 비래동 내 숙소와의 관계를 재개했다. 그리고 이 아침, 그녀에게 내 변치 않은 마음을 전하듯이 작심하곤 쌀을 씻어 밥솥에 안친 뒤 파를 다듬고 마늘을 찧어 청국장 하나를 끓였다. 멸치가 어디 있더라, 소금은 어디 뒀더라… 내 손길이 문득 서툴기는 하지만 실수는 없다.

　슈퍼에서 사 온 탓인가. 애써 끓였는데도 청국장이 제맛이 아니다. 텔레비전이라도 있으면 눈길이나 그쪽으로 두며 밥 한 그릇 후딱 해치우겠는데 그마저 서울 집으로 옮긴 탓에 딱한 밥상에서 시선을 떼는 일이 쉽지 않다. 무슨 책이든 한두 페이지 읽는 사이에 밥그릇을 비운다는 요량으로 책꽂이를 일별하는데 하필이면 그 책이 눈에 잡혔을까. 이진명의 시집 [집에 갈 날짜를 세어본다]. 심성 고운 이 여시인은 요즘 어떻게 지내시나… 굳이 타이틀 시를 골라 밥알을 씹으며 읽기로 했다.

네댓 페이지나 되는 꽤 긴 시다. 한두 페이지를 읽어가는 동안에 실망이 크다. 대처에서 고생스럽게 공부하고 있는데 고향의 아버지 어머니는 도대체 집에 빨리 돌아오라는 전화 한 통이 없다, 얼마나 더 오래 이 힘든 공부를 계속해야 하는지, 언제쯤 당당한 걸음으로 집에 돌아갈 수 있는지, 그런 날이 있기나 한지… 학창 때의 유치한 회고를 간단없이 늘어놓고 있는 시에 지나지 않는다. 집어 던질까 하다가 밥그릇을 보곤 더 읽어나가기로 마음먹는다.

끝까지 읽지 않았으며 어찌했을까. 큰일 날 뻔했다. 놀라운 반전과 환치. 객지에서의 고단한 학업이 단순한 영어 수학 공부가 아니다. 더더욱 아버지 어머니가 있는 '집'은 00동 00번지의 집도 아니다. '그리하여 어느 날 내 집으로 돌아가는 때, 내 빈 주머니에 웃음을 가득 담을 수 있으면…' 좋겠다는 그 집은 바로 죽음이다.

가장 청청한 시절에 벌써 고단한 사람살이의 정체를 깨닫고 영원한 환원의 자리를 고즈넉하게 바라볼 줄 아는 시인의 통렬한 영가를 나는 그렇게 맛없는 밥알을 씹으며 들을 수 있었던 것이다.


오후 한 시 조금 넘어 내 연구실의 문을 잠갔다. 교수식당에 가서 점심을 먹겠다는 당초의 요량은 벌써 지웠다. 마주치는 동료들마다 악수하고, 남경 이야기를 하는 일 자체가 거추장스러운 탓이었다. 흔적 없이 내 학교를 찾아왔다가 흔적 없이 사라지는 것, 벌써 두 주째 계속하는 내 버릇은 남경에 돌아가는 때까지 바뀌지 않으리라. 학장, 부학장을 비롯한 몇몇 보직자들에게만 내 잠깐의 귀국을 알렸을 뿐이다. 나는 예전처럼 서울과 대전을 오르내리고 온전히 한국말만 쓰고 있지만 아직 중국에 있다. 나는 여전히 샤오쫭(曉庄)대학의 교정을 거닐고 있을 따름인 것이다.

　대전 톨게이트 근처 주요소에서 기름을 가득 넣고 경부고속도로 신탄진 휴게소에서 점심을 먹었다. 고속도로에 다시 진입하기 전 시계를 봤다. 2시 5분. 천천히 달려도 4시 약속 시간 이전에는 강남역에 닿을 수 있었다. 내 모교의 학교장, 총동창회장을 비롯한 100주년 기념사업회의 역원들이 모인 자리에서 내가 담당한 [100년사] 편찬의 작업 진행 과정을 보고하는 모임이 준비돼 있었다.


　2차선을 달렸다. 차 속도는 금세 100킬로를 넘어섰다. 약간의 경사길. 그 너머가 신탄진의 금강대교였다.

　눈 깜짝할 사이의 일이었다. 1차선 버스 전용차선 쪽에서 승용차 한 대가 내 앞으로 꺾여 들어왔다. 금빛 차체의 돌입. 충돌을 피하기 위해 나는 본능적으로 핸들을 꺾었다. 옆 차선을 경계하는 습성 탓에 각도는 크지 않았다. 그럼에도 불구하고 내 앞쪽 범퍼가 앞차에 닿았다고 느끼는 순간 내 차가 눈길을 미끄러지듯 오른편으로 쭉 밀렸다. 활주를 막으려고 브레이크를 밟으며 핸들을 움켜쥐었다. 그러자 이번엔 왼편으로 급격히 쏠렸다. 튕겨 오르는 차체. 로데오 게임에 등장하는 미친 말이 이러할까. 이내 자동차는 다시 오른편으로 튕겼다. 그 찰나에도 다른 차들이 나를 치고 말 것이라는 생각이 빛살처럼 스쳤다. 그 순간 그쪽 차선에 질주하는 차들이 있었다면 그들 또한 제멋대로 차선을 옮겨 다니는 내 차를 피할 방법은 없었다. 감속도 되지 않았다. 죽음은 이렇듯 순식간에 다가든다는 생각을 했다. 정신은 놓지 않았다.

　4차선까지 밀려 나가서야 차는 조금 진정이 되는 듯싶었다. 한

순간 거대한 충격음이 귓전을 때렸다. 굉음과 함께 내 몸체가 날아가는 느낌. 이제 끝났다, 그 생각뿐. 내 차는 화단석을 타 넘어 방음벽 아래 주저앉았다. 그때까지도 나는 살아 있었다. 도로를 질주하는 차들이 내 시야에 들어왔기 때문이다. 나는 숨을 몰아쉬었다. 이 차에서 탈출해야 한다는 생각도 비로소 했다. 불타는 차체의 환영이 눈에 어른거렸다. 차 문을 열려고 했지만 소용없었다. 조수석차 문도 마찬가지였다. 언제 뛰어온 것일까. 한 청년이 창문을 두드렸다. 윈도우 버튼을 눌러보라고 그가 손짓했다. 내가 왜 그 생각을 못 했을까. 버튼을 누르자 창문이 벗겨졌다.

조수석 창문으로 몸을 빼냈다. 어느새 서너 사람이 나를 둘러쌌다. 다친 데 없느냐? 그들이 내 안위를 물었다. 걸음을 떼 보았는데 아무렇지도 않았다. 죽음의 문턱에서 내가 살아 돌아왔음을 알았다. 내 차의 몰골은 차마 눈으로 보기 힘들었다. 트렁크 뚜껑은 어디로 날아간 것일까. 자동차의 후미가 찌그러진 캔처럼 돼 있었다.

"정말 하늘이 도왔습니다. 후방에서부터 내가 브레이크를 밟지 않았으면 정말 어찌 됐을지….."

내 차를 들이받은 트럭 운전수의 말이었다. 여전히 내 몸부터 걱정해줄 줄 아는 착한 이였다. 트럭의 앞부분도 찌그러져 있었다. 내 차가 터무니없이 미끄러지고 한순간 내가 자동차를 통제할 수 없었던 것은, 핸들을 꺾는 그 순간에 내 차의 타이어가 찢겨나간 탓임을 뒤늦게 알았다.

한꺼번에 예닐곱 대의 견인차들이 다가들고, 보험회사 직원이 달려오고, 경찰이 오는 그 십여 분 동안 나는 담배 두세 대를 거푸 피웠다. 정말 나는 살아있는 것일까. 여전히 이곳은 이승이며 아직 내가 집으로 돌아갈 날짜는 되지 않은 것인가. 그런 생각들이 뇌리를 이었다. 약속 시간에 회합 장소에 이르지 못한다는 걱정도 있었다.

여러 사람이 내 전화번호를 묻고, 증명서를 보여줄 것과 서명을 요구했다. 나는 그 모든 요구에 순순히 응했으며 마지막으로 내 차가 폐차장으로 실려 가는 모습도 보았다. 장렬한(?) 내 차의 최후. 1994년 봄 나를 만나 나를 태운 채 24만 킬로미터를 달렸다. 오로지 한 주인만 섬기다가, 주인은 그렇게 몸 성히 남겨놓은 채 자신은 지상에서 사라지는 것이었다.

연락받고 대전에서 달려온 지인의 차에 몸을 실었다. 서울로 달리는 도정, 내 시야에 잡히는 풍경들은 모두 낯설기만 했다. 턱없이, 남경 샤오좡대학 교문 앞의 그 자전거 떼들이 눈에 들어오는가 하면, 중국 아이들의 왁자지껄한 소리도 귓전에 울렸다.

1시간 20분이나 늦어 나는 회의장에 들어갔다. 일흔 훨씬 넘긴 노 교장까지 내 손을 부여안으며 내 환생(?)을 반겨주었다. 회의는 20분도 안 돼 끝났다. 내 제안을 단 하나의 수정도 없이 통과시켜 주었다. 소줏집으로 자리를 옮겼다. 노 교장이 나를 위해 일부러 만든 술자리였다. 두 달 전 위암 수술을 받은 까닭에 그 좋아하는 술도 끊었다는 교장 선생은 거푸 내 잔을 채워주기만 했다.

택시를 타고 집으로 돌아가는 길. 나는 비로소 오늘 만난 모든 고마운 이들의 얼굴을 하나하나 떠올렸다. 나를 만드신 분들은 아직 나의 귀가를 바라지 않음도 알았다. 그분들에 대한 고마움보다는 집 떠나온 나와 함께 하는 무수한 착한 이들이 내 곁에 있음이 더욱 고마워 가슴이 뜨거웠다.

<2005. 단행본 「니하오 난징」>

숲으로 난 작은 길—173

# 미세한 어신(魚信), 예리한 찌 오름

물고기를 사랑한다. 고놈, 그 토실한 몸매며 윤기 있는 살갗을 보라. 물방울을 튕기며 요동치는 자태는 어찌할까. 비늘 있는 것이든 없는 것이든 물속에 사는 생명체들은 한결같이 사랑스럽다.

하도 사랑스러워 녀석들을 혼신의 힘으로 꼬드길 뿐만 아니라 기어이 잡아먹기까지 한다.

홀리고 껴안고 살점을 뜯어먹어도 허기는 허기대로 남으니 이 사랑을 어찌할거나.

낚시의 도락(道樂)을 말할 줄 모른다. 언감생심 물가의 인생론을 어찌 운위할 수 있을까.

사랑스러운 여자를 좇음에 도를 논하지 아니하고 인생을 처바르지 않는 까닭과 같다.

그녀가 향기를 내는 대신 향기가 그녀를 품어 내게 보이듯이 바람과 새소리, 별 떨기와 물안개가 물고기를 키우는 까닭에 내 사랑은 더욱 속절없는 것이 된다.

그렇게 물가로 달아나고 물가에 서성거린 세월이 서른 해 가까이 된다. 그것이 빌미가 되어 낚시 전문 월간지에 일곱 해 동안 낚시 이야기를 연재했다.

그것들을 추리고 골라 책 한 권으로 묶었으니 이는 곧 여분의 복이다. 이 땅에, 낚시 이야기만으로 소설책 한 권을 만든 작가가 어디 있느냐, 엉뚱한 내 자랑도 이에서 비롯된다.

사랑을 말하면서도 내 글들은 열정과 환희를 노래하기보다 허무와 적막에 더 많이 경도돼 있다.

　미세한 어신(魚信) 그리고 예리한 찌 오름. 그것은 언제나 수면에서 한 뼘의 파문밖에 거느리지 못한다. 그 바깥의 무량한 적막과 공허 때문에 사랑은 더욱 통렬할 수밖에 없는지도 모르겠다.

　어느덧 나 또한 물가를 찾는 일보다 산길을 걷은 일이 훨씬 많아졌지만, 물고기에 대한 내 사랑이 변한 것은 아니다.

　그들은 이제 비안개 덮인 산 능선에서 혹은 낙엽 지는 숲에서 여전한 비늘을 번뜩이며 나를 감질나게 만들고 있을 따름이다.

　<2003. 낚시소설집「사내는 수요일에 낚시를 간다」서문>

# [국역 이강집(以剛集)] 후기

아버지 문집을 엮어야 한다는 큰형의 말은 들은 것은 내 코흘리개 시절부터다. 그 후, 거침없이 세월을 흘려보내는 동안 나 또한 드물지 않게 아버지의 필적을 접했지만, 그것을 어떻게 수습하고 새겨 볼 염은 내질 못했다.

외숙부 생전에 이 일을 하지 못하면 영영 가능치 못하다는 큰형의 걱정은 여전했지만, 아우들은 이렇듯 무심하기만 했던 것이다.

어머니 세상 버리신 그 해, 나 스물둘의 나이로 생전 처음 외가라는 데를 찾아가 외숙부 앞에 무릎을 꿇었으니, 그 사이 우리 형제가 버팀한 고단한 형편은 달리 말할 필요가 없다. 그러나 그것이 문집 수습의 일이 늦춰진 것에 변명이 될 수는 없다.

뒤늦게나마 더 이상 미룰 수 없다고 하여 우리 큰형이 떨쳐나섰고, 외숙께서 그를 부추기며 몸소 험한 일들을 다 해 주셨다.

흩어진 글의 일부나마 모아 편을 가르고 정리하여 책의 모양새를 갖출 수 있게 한 것이 모두 우리 외숙의 일이다.

허나 바뀐 시대에 바뀐 공부를 한 자식들이 아버지 글 한 편을 제대로 읽을 줄 모르는 부끄러움은 그대로 남았다.

누가 봐도 제대로 거침없이 뜻을 새길 수 있게 해 주실 분은 오로지 우리 외숙밖에 안 계시는데 아, 차마 그 일을 부탁드리기도 전에 외숙마저 세상을 떠나셨다.

뒷사람이 새겨 뜻을 얻을 수 없는 글은 글로써 뜻이 없다고 하여 몸소 큰형이 나섰다.

자획과 다투고 문맥과 씨름하였는데 그 일은 침석(寢席)이며 환중(患中)에도 그치지 않았으며 글자 한 자의 본뜻을 얻기 위해 고로(古老)와 석학 중에 찾아가 뵙지 않은 이가 드물다.

그러기 십여 년 비로소 앞뒤가 통하는 주석과 풀이를 가질 수 있었으니 이 일이 모두 큰형의 일이었다.

명색이 국학을 전공하고 글쓰기를 업으로 한다는 자식이 아버지 글 하나 요샛말로 옮기지 못하면서 고작 오탈자나 수습하고 토씨나 옮겨 달 수밖에 없었던 부끄러움을 갖고 책의 맨 뒷자리에 이름을 올린다.

－여덟째 아들, 학 씀

<2002. 「국역 이강집(以剛集)」 후기>

* [이강집(以剛集)]은 저자의 부친 이강(以剛) 최남식(崔南植)의 문집.

# 자전거 페달을 밟는 사람
--김교신(金教臣) 선생

일제하의 민족주의자 또는 무교회주의자(無敎會主義者)로 잘 알려진 김교신(金敎臣) 선생이 요즘 식으로 표현하면 대단한 환경주의자였다는 사실을 아는 이는 별로 많지 않다.

양정고보(養正高普, 현 양정고등학교의 전신)에 근무할 무렵, 선생은 지금의 서울 성북구 정릉에 살고 있었다. 양정 학교가 서울역 뒤편의 만리동 언덕에 있었음은 다 아는 사실이다.

정릉에서 만리동까지의 거리는 지금의 교통편으로도 한 시간은 더 걸리는 꽤나 먼 길이다. 아마 그 시절의 가장 대중적이고도 보편적인 교통수단은 전차(電車)였으리라.

그러나 선생은 하루하루의 출퇴근을 오로지 자전거에만 의지했다. 요즘의 버스나 전철에 비하면 당시의 전차는 무공해에 가까운 교통수단이었음에도 불구하고 선생은 그 먼 길을 굳이 자전거를 타고 다녔다.

이유는 간단했다. 다리에 힘이 있는 한 사람은 그 다리 힘을 써서 다녀야 한다는 것뿐이었다.

대머리에 가까운 짧은 머리칼, 검소하기 짝이 없는 옷차림의 선생이 자전거 뒷좌석에 도시락 하나를 달랑 싣고 눈이 오나 비가 오나 하루도 빠짐없이 정릉동의 언덕바지 혹은 만리동의 비탈길을 오르내리는 모습을 상상해 볼라치면 그 외경(畏敬)스러움에 전신이 오싹해지는 때조차 없지 않다.

물론 그렇게 싣고 간 도시락을 선생 혼자서 드신 경우도 별로 없다. 가난한 제자를 교실 밖으로 불러내 말없이 건네주기가 일쑤였는데, 우리가 잘 아는 베를린 올림픽의 영웅 손기정 선수 또한 그 도시락의 수혜자(?)들 가운데 한 사람이었음은 손 선수 스스로가 밝히고 있다.

당시 선생의 담당 과목(박물학)이 그러했다 하더라도 교실 안 수업보다는 야외 수업을 더 자주 하면서 학생 한 사람 한 사람에게 우리 국토의 풀 한 포기 벌레 한 마리를 온전히 이해하게 하면서 그것을 사랑하는 방법을 일러주려 했던 노력은 지금의 안목으로도 그렇게 간단히 헤아릴 것이 아니다.

민들레의 생장을 제대로 아는 일, 갯지렁이의 생태를 바르게 살피는 일 그 자체가 이 조선을 사랑하는 일임은 당시의 그 어린 제자들도 느끼고 있었기 때문이다.

채석장, 골프장, 관광휴양지로 개발되면서 무수한 산들이 그 속살까지 다 드러내면서 황폐해 가는 꼴을 자주 본다. 어디 산뿐이랴, 우리네 강이 그러하고 개펄이 그러하고 농토가 그러하다.

사라져 가는 것은 녹색 자연이요 지천으로 쌓이는 것은 악취 풍기는 쓰레기뿐인데도 개발과 이용을 내세우는 사람들은 이 모두가 우리네 삶의 질적 향상을 위하는 일이라고 강변한다.

과연 그러한가. 자전거보다 자동차를 타는 일, 원두막이 있던 자리에 호텔을 세우는 일, 소나무 숲을 깎아 골프장을 만드는 일이 진정 우리의 삶을 향상시키는 것일까.

그렇지 않다. 당장의 편리함과 목전의 이익을 위해 자연을 파괴한다면 결국 인간은 자연이 내리는 재앙을 고스란히 맞이할 수밖에 없음은 자명한 일이다.

따라서 자연과 환경에 대한 우리의 태도는 가장 완고한 보수성을 띨 필요가 있다. 실리와 실제를 중요시하는 교육여건 속에서는 더더욱 환경에 대한 이러한 보수적인 입장과 교육이 더 절실하게 요구되는 까닭도 여기에 있다.

이 시대, 도심의 큰길 한가운데도 유유히 자전거의 페달을 밟고 가는 김교신 선생의 모습을 상상해 본다.

왜 우리는 그분을 따르지 못하는 것일까.

<2001. 중도일보>

# 현민(玄民) 유진오(兪鎭午) 선생에 대한 추억

[유진오문학상]을 만들자는 논의

지지난해에 '한국작가교수회'라는 단체 하나가 새로 태어났다. 소설가이면서 이울러 대학교수인 사람들끼리 모인 단체다. 여느 모임이 그러하듯이 회의 취지도 그럴싸하다.

상호 정보를 교환하면서 장래 소설가가 되고자 하는 제자들을 좀 더 효율적으로 돕자는 뜻이다.

이태 동안 80명 가까운 회원이 등록됐으며 전문 문학지 [소설시대]까지 만들어 벌써 3호를 냈다. 나도 말석에다 이름을 걸었는데 어느결에 부회장이란 감투까지 썼으니 남들이 보면 참으로 용한 일도 있구나, 여길 수 있겠다.

결국 나 자신한테 하는 말이 되지만, 사정이 여하튼 젊어서부터 소설 쓰는 일을 평생의 업으로 삼겠다고 했던 이가 다른 직업을 가지는 것은 결코 바람직스럽지 못하다. 비록 그것이 소설을 가르치는 일이라고 해도 마찬가지다.

소설가는 어디까지나 소설 쓰는 일만 해야 마땅한데 우리 주변에서는 그렇지 못한 경우를 너무도 무수히 대하게 되는 것이다. 그중 가장 보편적인 것이 대학교수다.

특히 근래 대학마다 문예창작 코스가 생기면서 다투어 작가들을 모셔(?) 가는 현상이 일어나고 작가들 또한 내심 기다렸다는 듯이

마다하지 않고 달려간다.

세태가 이렇다 보니 단체 하나가 거뜬히 생길 만큼 작가 교수들이 늘어나 버린 것이다.

소설가가 교수가 되고 나면 소설 쓰는 일, 교수하는 일 양쪽이 다 시원찮아진다는 사실은 나를 포함한 이들 작가 교수가 더 잘 알고 있다.

사람의 능력이란 한계가 있는 법, 한 가지 일에만 온 생애를 걸어도 그 일이 될까 말까 한 판국에 또 다른 일까지 맡아 하다니!

결국엔 그 모든 것을 대강대강 하고 말겠다는 뜻은 아닌지… 이런 깊은 고민까지 함께 나누어 보자는 뜻에서 이런 모임도 생겨났는데 글쎄.

이럴 수밖에 없는 사정을 온전히 우리 사회의 현실 탓으로 돌려 버리면 마음의 짐은 조금 덜 수 있을지 모르나 그렇다고 해서 작가로서의 채무감까지 탕감되지 않음은 모두가 잘 알고 있다.

소설이 밥이 되지 않는다, 소설이 생계가 되질 않는다는 현실 여건은 소설 자체와 무관한 사안이기 때문에 더욱 그러하다.


우리의 유진오 선생님은 어떠하셨나? 작가 교수들이 마침내 떠올린 인물이 현민 선생이지만 그분 또한 작금의 이네들이 가지는 고민의 해결 선상에 서 계시지 못함은 이내 절감할 수밖에 없다. 그분은 소설로써 대학교수가 된 분이 아니었다. 그리고 대학교수가 된 뒤에는 아예 소설을 쓰지 않았다.

더 근원적으로 그분은 애당초 밥걱정, 생계 걱정은 없었던 분이다. 그런데도 요즘 작가교수회에서는 그분이 현실적인 화두(話頭)가 되고 있으니 이를 어떻게 설명해야 할 것인가?

논의의 내용은 다른 것이 아니다. 작가교수회에서도 단체의 이름에 걸맞은 연간 사업을 하나 해야 되겠다, 무엇이 좋겠는가? 정말이지 권위 있는 문학상 하나를 제정하는 것이다.

무슨 문학상? '현민문학상'이 어떠냐? 우리 문학사에서 작가 교수의 이미지에 가장 훤칠한 분이 유진오 선생 아니냐?

옳거니, 그 참 좋겠다, 그런데 유족분들이 우리의 얘기를 경청해 주실까? 고대 나온 최 교수부터 앞장서서 총대를 매야지, 뭐… 이런 식인 것이다.

헌법학자, 고대 총장, 야당 당수 등등의 화려한 수식이를 떠나서 '소설가 유진오'이기를 바라는 이들 교수 작가의 딱하고도 건방진 내면 의식을 지하의 선생께서는 요량이나 하실지.


[창랑정기(滄浪亭記)] [화상보(華想譜)]를 읽고


아마도 내가 맨 처음 현민 선생을 뵌 것은 고등학교 교과서를 통해서일 것이다. 당시 국어 교과서에는 단편소설 [창랑정기]가 실려 있었는데, 그 작품을 읽은 감동은 지금까지도 생생하다. 한 퇴락한 정자를 찾아가는 동심(童心)을 통하여 급변하는 세태를 실감케 하고, 옛것과 새것이 여하히 교차하는가를 섬세히 그려나가는 이 소설은 고가(古家)의 사랑채 벽에 걸린 난(蘭) 그림처럼 은은한 기품을 지니고 있었다.

사라지는 것의 아름다움을 볼 줄 아는 이는 인생의 묘경(妙境)을 깨친 자일지도 모르겠다.

싸한 통증과도 같은 감흥을 가졌던 나는 이런 작품을 쓴 이가 어떤 사람인가에 일찌감치 관심을 가졌다.

차라리 작가의 연보(年譜)며 문학사적 규정은 의미가 없는 것처럼 느껴졌다. 작품 한 편이면 온전히 작가를 만날 수 있다는 믿음은 그래서 더욱 굳건히 했다.

그분의 연애소설 [화상보]는 대학입시에 실패하고 재수하던 곤궁한 시절에 읽었다.

비록 나 자신은 남루하고 초라해도, 화사하고도 안타까운 연애이야기는 언제나 젊은이의 가슴을 설레게 하며 새로운 꿈 꾸기를 유도한다는 사실도 그러한 독서법을 통해 새삼스레 알아챘다.

그리곤 마침내 아직도 그분의 체취가 남아있을 듯싶은 대학에 입학했다. 수년 전까지만 해도 총장으로 계셨다는 사실은 알았지만 내가 대학에 몸담을 무렵에는 이미 선생님은 그곳에 계시지 않았다. 뒤늦게 나는 내가 처한 현실에서는 창랑정기의 아취(雅趣)도 화상보의 감미로움도 더 이상 감흥이 되질 못함을 알았다.

현실적인 힘을 가지지 못하는 작가 정신은 되레 역사 운행에 저해가 된다는 극단적인 생각까지 가졌다.

그만큼 세상은 각박하고 혹독했다. 박정희 개발독재의 극성기, 날마다 대학 교정에는 최루탄 연기가 자욱했고 친구들은 하나둘 감옥으로, 군대로 끌려갔다. 현실의 조건이 암담하면 할수록 문학의 힘은 더욱 무력하기만 했다.

그러나 나 스스로 데모대의 앞에 서지 못하고 감옥엘 가지 못하는 처지에서 내가 껴안을 것은 원고지밖에 없었다. 소설 또한 세상을 바꾸는 일에 크게 이바지할 수 있다는 환상이 그것을 가능하게 했는지도 모른다.

이 당시 나를 매료시켰던 이는 구(舊)소련의 반체제 작가 솔제니친이었다. 왜 우리에게는 솔제니친이 없는가? 이 점이 나를 답답하게 만들었다.

그럴수록 우리의 선배 작가 특히 유진오 선생 같은 엘리트 작가에 대한 원망이 컸던 것이 사실이다.

가장 영향력 있는 작가로서 어떻게 일제강점기를 그렇게 버팀하셨는가? 해방공간, 자유당 시대, 군사독재 시대에 무엇을 하셨는가? 내 식의 질문법은 그치질 않았다. 학부 졸업논문으로 [유진오론]을 쓰면서 서두에 장황하게 솔제니친의 노벨상 수상소감을 언급했던 까닭도 실은 거기에 있었다.

그 전에 이미 선생님은 통합 야당의 영입으로 대통령 후보가 돼 있었다. 박정희 정권을 끝장낼 마지막 대안으로 선생님을 택했던 것이다. 절호의 기회처럼 보였다.

그러나 제대로 유세도 해 보기 전에 선생님은 신병으로 후보직을 사퇴했다. 나 같은 젊은이들의 기대도 한 순간에 수포로 돌아가고 만 것이다.


선생님의 원고료를 떼먹은 사건


1972년 늦가을쯤이었던 듯싶다. 학생회관 3층에 있는 교지 [고대문화(高大文化)] 편집실에서 또래들과 한담을 즐기고 있을 때였다. 총장실(당시 김상협 총장)에서 뜻밖의 전화가 걸려 왔다. 용건은 간단했다.

자네들, 유진오 선생께 원고료를 전해 드렸느냐? 그 순간 나는 가슴이 철렁 내려앉았다. '아니요, 아직….' 뒷말을 잇지 못하고 있는데 다시금 야단의 목소리가 들렸다. 오늘 중에라도 빨리 전해 드려, 선생님이 직접 이쪽으로 전화를 하셨단 말이야….

혼비백산한 우리가 그 자리에서 주머니를 털기 시작했는데 이것은 우리의 상상에조차 없던 일이었다.

고대문화 편집회의를 할 때부터 선생님은 첫 번째 필자였다. 원고를 얻기 위해 나는 선생님이 요양 중이라는 대전 유성에 있는 그분의 별장까지 찾아갔다. 그러나 헛걸음이었다. 서울집으로 돌아가셨다는 말을 듣고는 또 필동 자택을 찾아갔다.

선생님을 직접 뵙지 못한 채 청탁서만 놓고 왔는데 고맙게도 며칠 후 원고가 왔다.

그래서 뜻한 바대로 책을 냈다. 그런 다음은 필자분들에게 원고료를 전해 드려야 되는데 여기서 갈등이 생겼다.

희미한 기억이지만 선생님의 고료는 당시 4~5백 원 정도였던 것 같다. 요즘 돈으로 치면 3~4만 원은 될까. 필동까지 가는 일이 귀찮아 차일피일 시간을 끄는 사이 못된 생각이 들었다.

우리끼리 '먹어' 버려도 괜찮겠다는 생각이었다. 일국의 대통령 후보까지 지내신 분이 원고료 4~5백 원을 기억해서 우리 같은 '얼라'들을 닦달하실까 하는 턱없는 생각. 그 길로 우리는 학교 앞 술집으로 달려가 거나하게 퍼마셨다.

그리곤 우리가 어떤 나쁜 짓거리를 했는가도 잊은 채 여느 때와 같이 자유, 지성, 진리를 뇌까리고 있었던 것이다.

간신히 원고료를 별충한 우리는 그 길로 택시를 타고 필동으로 달렸다. 무조건 살려 주십사, 무릎 꿇고 빌 참이었다. 2층 거실에 계시던 선생님이 직접 우리를 맞아 주셨다. 나는 그곳에서 책으로 그리고 사진으로나 봤던 선생님을 처음 뵈었다. 티 없는 은발, 안온한 용모의 바로 그분이었다. 창밖의 온실에는 열대 관상수들이 무성히 자라 있었다.

봉투를 받은 선생님은 세어 볼 필요도 없는 작은 액수의 그 돈을 한 장 한 장 손수 확인하셨다. 그리고 "고마우이, 수고들 했네." 한 말씀뿐이었다. 그곳을 물러 나오는 때에도 내 등짝에는 식은땀이 흘러내렸음은 물론이다.

두 번째 그리고 마지막으로 선생님은 뵌 것은 내가 대학을 졸업하고도 훨씬 시간이 지나서이다.

당시 나는 모 여성잡지의 편집장 일을 보고 있었다. 새해 들면서, 매달 나오는 잡지의 모양새를 바꾸기로 했다.

'권두 대담'이라고 해서 책머리에 유명 인사와의 인터뷰를 싣기로 한 것. 나는 당연히 그 첫 번째 인물로 유진오 선생님을 떠올렸다. 전화를 드렸더니 쾌히 승낙하셨다.

사진 기자 한 사람을 대동하고 필동 자택을 다시 찾았는데 여전한 한복 차림의 선생님이 반갑게 나를 맞아 주었다. 인터뷰는 장서가 가득한 서재에서 이루어졌다. 잡지의 성격에 따라, 우리나라 여성의 역할이 주 내용이었지만 선생님은 시종 진지한 자세로 평소 당신이 생각하시던 바를 역설하였다.

인터뷰가 모두 끝난 뒤였다. 차를 마시는 자리에서 나는 내가 고려대학을 졸업했음과 소설가로서 문단 말석에 이름을 넣고 있음도 밝혔다. 더불어 겁 없는 날에 썼던 논문 얘기며 원고료 소동 얘기까지 말씀드렸는데 선생님이 그렇게 반가워하실 수 없었다.

"정한숙 선생한테서 배웠겠군 그래, 나에 관해 썼다니, 자네 논문을 꼭 한 번 보고 싶으이. 보내 줄 수 있겠지?"

원고료 사건은 기억하지 못하셨다.

"그랬어? 내가 자네들한테 너무했구먼, 그래, 허허."

거동이 불편함에도 불구하고 선생님은 새카만 후배를 위해 굳이 정원 잔디밭까지 나오셔서 기념 촬영에 응해 주었다.

많이 늙으신 선생님. 어쩌면 선생님은 한두 해를 더 넘기지 못하실지도 모른다는 생각은 그때 석인상(石人像) 하나를 배경으로 두고 사진 찍던 자리에서 가졌다.

약속과 달리 나는 선생님께 논문을 드리지 못했다. 부끄럽고 창피한 그것을 어디다 내어놓는담. 조금이라도 뜯어고친 다음에 드린다고 작정하고 있었는데 선생님이 오래 기다려 주시질 않았다.

여전히 어지러운 한 세상.

선생님이 일러주신 원고료 4백 원의 교훈은 창랑정기의 감동보다 더 깊이 내 생애 바닥에 남아있다.

<2002. 고대경제인회보>

# 정한숙 선생에 대한 추억

어느새 또 십여 년 세월이 흘러 버렸다. 모교에서 '소설창작연습'을 강의하던 때가 생각난다. 이는 원래 송하춘 선배의 담당 과목인데 송 선배가 문과대학장 보직을 맡아 바쁘다면서 만만한 후배인 나한테 떠맡긴 것이었디. 부담감 빈 기쁜 마음 빈으로 4~5년 만에 다시 안암동 강의실에 섰다.

서창캠퍼스의 문예창작과 수업은 자주 했지만, 젊은 날의 내 자취가 아직도 남아있을 것 같은 안암동에서의 강의는 그리 잦은 편이 아닌 탓에 강의 때마다 약간의 감개가 동반하던 것이 사실이었다. 그 사이 강의동 건물도 위풍당당한 석조 건물로 바뀌었지만, 주위의 학생회관이며 등나무 광장은 조금도 달라지지 않았다. 강의실 또한 그 옛날 내가 입학시험을 치던 교실 그쯤이었다.

첫날, 등나무 광장에서 담뱃불을 끄고, 강의동 2층 로비에서 커피 한 잔을 빼어 마시고, 천천히 교실을 찾아가는 그 짧은 시간에도 내 머릿속엔 자꾸 정한숙 선생님이 떠올랐다.

도대체 그 사이 흐른 세월은 얼마나 아득한 것인가. 내가 학생이던 때 선생님한테서 들은 강의가 바로 '소설창작연습'이었고 그 강의의 과제물로 제출했던 단편소설 한 편으로 이른바 등단이란 것을 했는데 어느새 선생님 대신 내가 그 강의를 한답시고 교실을 찾아가고 있었으니 말이다.

셈해 보면, 내가 고대 신입생이 되어 선생님을 뵙던 때 선생님의 연세는 사십 대 후반으로 당시의 나보다 훨씬 젊었다. 그런데도 내가 떠올리는 선생님의 모습은 항상 백발이 성성한 노교수였다. 그렇다면 서른 해 아래쯤 되는 내 후배 학생들은 교단에 선 나를 어떤 시선으로 쳐다보았을지 적이 궁금하다.

내가 선생님을 처음 뵌 것은 1970년 1월 고대 입학시험 면접 고사장에서였다. 평소 사진을 통해 선생님을 봬 왔던 터라 나는 면접관이 그분임을 대번에 알았다. 동안(童顔)에 장난기 서린 웃음까지 머금은 그 분이 필답고사 성적 카드를 앞에 놓고 내게 물으셨다.

"자네 수학 몇 점 받았는지 알어? 2점이야, 2점. 이 성적 갖고 고대엘 오겠다고?"

"빵점이 아니어서 다행입니다."

각오했던 바 있어서 나는 당황하지 않고 대답했다. (당시 고대 입시 규정에는 한 과목이라도 0점이면 다른 모든 과목에서 만점을 받아도 낙방이었다. 장담컨대, 120점 만점의 수학에서 나처럼 단 2점의 점수를 받고 고대에 합격한 이는 전무후무하리라.)

선생님은 어이없다는 듯 허허 웃으셨지만 나는 벌써 나와 선생님의 연분이 이것으로 끝나지 않을 것임을 예감하고 있었다.

안암고등학교에 다닌다고 자조적으로 일컫던 교양학부 시절, 선생님은 교양학부장의 보직을 맡고 계셨다. 1학년 말, 나는 교양학부 기관지 [교양]의 편집책임의 일을 맡은 데다 벌써 꽤 문명(文名?)도 얻고 있는 터여서 으레 내 소설 하나쯤은 내가 만드는 책에 그냥 실을 수 있을 줄 알았다.

그런데 선자(選者)인 선생님의 손을 거쳐 온 소설들에는 내 것이 빠져 있었다. 선생님을 찾아가 이유를 물었더니 '문제가 많다.' 는 것이었다. 오기가 발동한 나는 이틀 만에 단편 한 편을 새로 만들어 선생님께 갖고 갔으며 간신히 그것을 책에 실었다.

요즘 같으면 강단에 서시기도 어려울 법한데, 당시 선생님은 턱없이 학생들에 대한 호불호가 분명하셨다. 저놈은 A학점, 저놈은 B학점… 1학년 첫 학기 때 이미 선생님은 학생들 하나하나의 전 학년 성적을 정해 놓고 계셨다.

시험 때 써내는 답안지는 물론 출결 사정과도 무관한 판정이고 재단이었지만 억울히고 대들 수도 없었다. 결코 신생님께는 참한 학생이 될 수 없었던 나는 마음먹고 시험공부를 해도 B학점이요, 백지 시험지를 내도 B학점이었다.

나는 나대로 나 같은 인재를 몰라준답시고 선생님의 강의를 빼먹기 일쑤요, 교실에 앉아 있을 때도 딴 짓거리하기가 보통이었다.

"소설가가 아니야, 소설쟁이가 돼야 해."

"소설가는 미장이 목수와 똑같아."

"소설은 많이 쓸수록 좋아. 백 편의 작품 중 한두 편 좋은 것만 있어도 돼. 나쁜 작품은 문학 연구가들이 다 걸러줘."

…당시 소설을 세상 구제의 뭣쯤으로 여기던 내게 선생님의 이런 '소설론'은 자못 천박하기까지 했으니 내가 어찌 선생님의 본뜻을 헤아려 보겠다는 기특한 마음을 먹을 수 있었겠는가.

3학년 2학기 '소설창작론' 시간이었다. 수강생 전원이 단편소설 한 편씩을 지어 와 낭독 발표를 하고(당시엔 복사기가 없었다), 합평하는 시간이었는데 내가 첫 번째 발표를 자청했다.

이 기회에 우리 선생님의 눈을 번쩍 뜨이게 해드리겠다는 치기와 오만의 발동이었다.

그래서 밤잠을 버리고 한 주일 만에 만든 작품이 문제의 [폐광 (廢鑛)]이었다. 발표 날, 내가 감정을 잡아 소설을 읽는 동안에도 선생님은 조시는 듯 내내 눈을 감고 계셨다.

종합평가 시간, 선생님은 칠판에다 내 소설의 첫 문장을 적어놓으시곤 최 아무개의 소설은 수필도 아니라고 단언하셨다.

소설은커녕 수필도 아닌 이유를 선생님이 설명하셨는데, '바다는 저만큼 멀리 밀려 나가 있었다.'는 첫 문장부터 돼먹지 않았다는 것이었다. '저만큼'이 도대체 얼마만큼이냐? 10킬로냐 오십 리냐…? 작품 내용에 대해선 한마디 언급도 없이 문장 하나를 갖고 트집을 잡으시는 선생님이 몹시 못마땅하였지만, 나는 말씀만큼은 틀리지 않는다고 고개만 떨구고 있었다.

당시의 충격은 아직도 생생한데, 구체적이고 정확한 소설문장을 쓸 줄 알아야 한다는 가르침 하나는 그렇게 얻었다.

그해 겨울, 나는 첫 문장을 '바다는 미역섬 너머까지 밀려 나가 있었다.'로 고치고 여주인공의 원피스 색깔을 '보라색'에서 '연둣빛'으로 고친 이 작품을 경향신문 신춘문예에 던져 운 좋게 당선이 되었고 나는 또 하는 수 없이 선생님께 먼저 인사를 드리러 갈 수밖에 없었다.

"그 봐, 내가 고치란 데 고치니까 되지?"

차 한 잔까지 끓여 주시는 선생님이 전혀 밉지 않았다.


"인마, 2등은 필요 없어. 그런 걸로 책 만드는 거 아냐!"

졸업 다음 해였다. 모 신문사의 장편소설 공모에 응모했다가 최후 두 편이 겨루는 최종심에서 탈락했다. 그랬더니 몇 군데 출판사에서 그 떨어진 작품을 사겠다는 제의를 해왔다.

마음이 동하지 않는바 아니었지만 찜찜한 구석이 있어 전화로 선생님께 의논드렸더니 단호히 하신 말씀이 이것이었다. 참으로 고마운 말씀이었음은 세월이 많이 지난 뒤에야 제대로 깨쳤다.

선생님께는 두리뭉실함이란 것이 없었다. 당신이 생각해서 옳으면 옳고 그르면 그른 것이었다. 시국과 관련된 데모가 한창이던 무렵, 학생들이 큰길로 진출하기 위하여 교문 쪽으로 나아갈라치면 학내 교수분들 중에서도 가장 먼저 앞서서 팔을 벌리고 막아서던 분이 선생님이셨다.

명분이야 어떻든 학생들을 다치게 할 수 없다는 뜻에서였다. 그 단호함, 당당함은 아직도 눈에 선하다.


선생님의 비상한 기억력은 자타가 인정하는 바다. 몇 년 전 졸업한 학생의 집안 내력을 훤히 꿰시는 선생님이시기 때문이다. 고등학교 2학년 때였다. 고대신문사에서 주최하는 전국고교생문예콩쿠르에 나도 작품을 내겠다고 끙끙거렸는데 작품을 완성하기 전에 마감 날을 넘겨 버렸다. 응모를 포기할 처지였는데 내 담임선생님이 더 아쉬워했다.

"정한숙 선생님께 부탁을 드리면 며칠은 봐 주실 게다."

담임선생님의 말을 듣고 교복 차림으로 따라나섰다. 담임선생님의 대학 은사이신 전광용(작고. 소설가. 서울대 교수) 선생님 댁을 먼저 찾아가서 선생님의 댁 위치를 알았다.

그래서 처음으로 삼선동 비탈길을 올랐는데 선생님이 계시질 않아 작품만 놓고 돌아섰다. 상 하나 타지 못하면서 나는 그 일을 곧 잊어버렸다.

대학 3학년 때, 울릉도로 학술답사를 갔을 때였다.

교수와 학생들이 함께 어울린 술자리에서 선생님이 지나가는 투로 내게 말씀하셨다.

　　"자네, 고등학교 때 내 집을 다녀갔지?"

　　선생님의 단편소설 중에는 실명으로 내가 등장하는 소설이 한 편 있다. 그것도 주인공 격이다. <현대문학>에 발표하셨던 [울릉도 답사]가 그것인데 실제의 학술답사를 소재로 하면서 르포 이상으로 우리 얘기를 생생하게 그린 소설이었다.

　　3년 전에 있었던 학생들의 일상적인 대화까지 꼼꼼히 적고 계시는 우리 선생님이 놀랍기만 했다.

　　소설에서 나와 함께 한 사건을 만들고 있는 동기 여학생이 먼저 이 작품을 읽고 내게 일러 주어 사정을 알았다. 선생님이 당시의 사건을 오해하고 계신다는 것쯤은 쉬 넘길 수 있었지만, 제자의 실명을 소설에다 함부로 쓰고 계심은 좀처럼 이해되지 않았다.

　　곧바로 선생님께 전화를 드려 항변조로 말했다.

　　"선생님, 이러시면 저도 선생님을 주인공으로 해서 똑같은 제목의 소설 한 편을 발표하겠습니다."

　　"그렇게 하렴."

　　선생님이 통화기 저편에서 기분 좋게 웃고 계셨다.

　　젊기만 하던 시절, 나는 외람되게도 나와 선생님은 애증의 관계라는 말을 곧잘 하곤 다녔다. 이런 가당찮은 소리가 또 있을까.

　　나는 제자로서 도리를 다하지 못했는데 선생님으로부터 사랑만 입었다. 나 자신이 내가 대학 다닐 때의 선생님 연세보다 더 많은 나이가 되고 그때의 나 같은 학생들을 강의실에 앉히는 처지가 되고 보니 이 부끄러움과 고마움은 더 여실해졌다.

　　선생님이 잘 가시던 종로의 맥주집 '낭만', 이항녕 홍익대 총장도 계시는 자리에서 "저눔은 상금만 타 먹는 소설쟁이야." 하시던 자랑 섞인 경계, 짧은 내 결혼식의 주례사, 나와 유만상(소설가)의 대학원 논문심사가 끝나는 날, 점심값만큼은 우리 둘이 내겠다고 작정하고 있었는데, 어느 틈에 계산을 다 하시곤 훌훌히 떠나신 일, 문예진흥원 원장실에서 내 손에 쥐어 주시던 당신의 책 한 권… 그 어느 것 하나 선생님의 사랑에서 나오지 아니한 것이 없음을 알 수 있다.

이 세상을 떠나시던 때에도 선생님은 티끌 하나 남김없이 홀연히 떠나셨다. 사모님께마저 임종의 기회를 주시지 않은 청결함이 무서울 정도였다.

동대문 근처의 술집에 앉아 있다가 선생님의 부음을 듣고 그 길로 고대병원에 달려가 선생님 영정 앞에 무릎을 꿇은 때가 1997년 9월 어느 저녁이었다.

선생님으로 인해 숱한 제자들이 홍복(洪福)을 입었지만, 선생님도 기라성 같은 제자들이 저마다 큰일들을 이루면서 당신같이 늙어 감을 저승에서 보시면서 즐거워하실 것은 분명하다.

<2022. 고대출판부 「정한숙 선생 탄생 100주년 기념문집」>

# 속 깊은 양반네의 꼿꼿함과 정다움
--지례마을의 시인 김원길 선생

　노트북 컴퓨터 한 대만 껴안고 처음 안동 지례예술촌을 찾아갔던 때가 벌써 10여 년 전이다. 솔직히 말해 그 무렵만 해도 나는 김 선생에 대해 아는 것이 거의 없었다. 단지 안동 반가(班家)의 후손으로서 대대로 이어온 집안 고택(古宅)을 꾸며 문학인들에게 집필 장소로 제공하는 호사가쯤으로만 여겼다.

　내가 소설가임을 밝히고 찾아온 용건을 밝혔지만, 섭섭하게도 그 또한 나에 대해 아는 것이 별로 없었다. 아무려나, 차라리 이런 처지가 피차 편하겠다고 생각했다.

　산속에 외따로 앉은 '그 집'은 썩 마음에 들었지만, 객(客)을 온전히 객으로 대접(?)할 줄도 모르는 그 무뚝뚝한 주인장에 대해서는 제법 기이한 느낌마저 없지 않았다.

　당초 나는 고택에서도 가장 위쪽에 위치한 한적한 별채(정곡강당)의 한쪽 방을 홀로 차지하여 퍽 기분이 좋았는데 이틀 만에 그 무례한 주인장에 의해 사랑채로 쫓겨 내려오는 일을 당했다.

　예약을 한 서울의 모 대학 교수가 당일 내려온다나… 공짜로 먹고 자는 것도 아닌데 모든 게 쥔 마음대로라니, 쯧쯧. 허나 낙천적인 나는 크게 마음 구길 것도 없이 짐을 싸 들고 내려왔으며 밥 먹는 시간 화장실 가는 때를 빼고는 노트북의 자판만 두들겨댔다.

　그래도 이 집에 있는 동안 가장 기다려지는 것은 세 끼 식사 시간이었다. 땡땡땡, 종을 쳐서 밥때를 일러주는데 조건반사에 길들여진 개처럼 어느새 나는 나도 모르게 종소리를 기다리는 때가 많았다. 실례를 무릅쓰고 말하거니와 안주인은 바깥주인보다 세 배쯤 낫다. 몸에 밴 반가 종부의 고요함과 따스함을 거느리고 있을 뿐만 아니라 그 손끝을 거쳐 나온 음식이 그렇게 맛깔스러울 수가 없다. 끼니때마다 달라지는 그 분의 음식을 먹고파 그렇게 종소리를 기다렸는지도 모른다.

식사는 언제나 식당이 아닌 문간방에서 하는 호사를 누렸는데 이 또한 나 때문이 아니라 그 모 대학 교수 덕분임을 알았지만, 어떠랴! 밥상을 가운데 놓고 촌장은 안동 이야기, 집안 이야기, 시 이야기를 하고 그 교수는 종교와 건축 이야기 등을 하고, 나는 나대로 소설과 역사 이야기로 훈수를 놓는 그 밥 먹는 분위기는 꽤 괜찮은 것이었다.

이런 언사들을 통해 나는 이 주인장이 쌈꾼, 나무꾼이기는커녕 단순 하숙집 주인도 아님을 깨쳐나갔다.

스스로를 고추 세우는 태도 또한 경박과 허사를 경계하는 유가(儒家) 집안의 자긍에서 비롯됨을 느낄 수 있었다. 박학다식과 솔직 검박도 놀라운 것인데 의식과 행위는 관습과 틀에서 벗어나면서 절로 천연덕스럽다.

어느 점심 식사 때 슬그머니 그가 꺼내 놓은 술 한 병 때문에 오후 작업을 포기하긴 했지만 무뚝뚝한 남정네의 그 살풋한 인정의 향훈은 오래 내 뇌리에 남았다.


지례와의 첫 인연은 닷새 만에 내가 그곳을 떠나면서 끝났지만, 그 옛집과 주인장에 대한 향수는 내 번잡하고도 남루한 일상의 삶에서 문득문득 고개를 쳐드는 경우가 많았다. 그리하여 두 해 뒤에는 내가 지도하는 문예창작과 학생들의 졸업여행에 굳이 지례를 끼워 넣어 관광버스 한 대를 끌고 쳐들어가기도 했다.

그날은 지산서당 뒤뜰에 모닥불을 피워놓고 촌장과 선생이 아이들과 뒤섞여 밤새워 통음(痛飮)했다.

깜깜한 밤하늘에 별들은 초롱한데, 촌장은 손수 불을 지피다 말고 슬그머니 안채로 가서 술병을 들고나오고, 또 한 차례 흥이 돌면 시를 읊고 노래하기를 마다하지 않았다.

문학과 역사가 별것인가.

여직도 호호탕탕 선비의 글 읽는 소리가 들릴 듯한 서당 뒷마당에서 우리의 생애처럼 불타고 소멸하는 모닥불을 두고, 앞뒤 세대가 한데 어울려 환희와 절망을 들이마시는 것 자체만으로도 세상 모두를 얻은 듯한 감개를 가지지 아니하였던가.

그 후로도 나의 지례 행은 그치지 않았다.

칠십 노령의 선배부터 90년대 학번까지 섞인 내 모교의 등산회원 3~40명과 함께 찾아가서 촌장의 안동소주와 우리가 준비한 중국 백주를 뒤섞으며 조선 오백 년 역사를 관통하던 일도 엊그제 일처럼 생생하며 어느 추운 날, 촌장의 엄명(?)을 받고 달려가서 지산서당 마루에 앉은 문학도들 앞에서 한국소설이 어떠네, 하며 영양가 없는 소리를 했던 것도 아득한 옛일이 아니다.

그리고 올봄에는 나의 아내와 함께 출가한 여식이며 사위를 데리고 다시 그곳을 찾았다. 김 선생은 여전히 당당하고 씩씩하며 또 무뚝뚝하다. 그렇지만 말없이 주고받는 술잔에서 변할 줄 모르는 그이의 정감을 읽는다.

이른 아침에는 가족들을 데리고 개나리꽃 사이로 피어오르는 물안개를 몸에 감으며 산길을 걷는다. 촌장의 윗대 어른들 무덤들도 둘러보고, 나의 가형(家兄)과도 친분이 깊었던 김호길(전 포항공대 총장) 박사 묘소에서도 오래 걸음을 멈춘다.

나지막한 흙담 길을 다 돌아 정곡강당 쪽으로 내려오면 벌써 낮게 모자를 눌러쓴 촌장이 자신의 애마 갤로퍼를 둘러보는 모습을 볼 수 있다.

'오늘은 또 어디로 큰소리를 치러 가시려나…?'

우리 시대의 마지막 안동 양반 김원길 선생은 그렇게 지례촌에 꼿꼿이 서 있으며, 나는 어느새 그 양반의 위세를 꽤나 흠모하는 처지가 돼버렸다.

<2008. 안동문학>

# 허락되지 않는 자존의 노래
-- 시인 신정식을 보내고

    한 개인의 소박한 자존마저 쉬 허락되지 않는 사회는 그 자체로 비극성을 띤다. 술 마시고 헛소리를 늘어놓을 수 있는 자유조차 포악한 권력에 의해 강탈당하는 시대, 정다운 벗에게 마음 놓고 담배 한 개비를 건넬 수 없는 더러운 가난, 부유하는 인심 속에서나마 이름값을 해야 하는 치사한 명분주의 가운데서 한 인간의 독존은 단순한 아집에 지나지 않으며 그의 고집은 편벽의 다른 표현으로밖에 평가되질 않는다. 하여 사람은 당당하지 못한데 차라리 '우리 집 삽살개'가 당당하다.

> 언젠가 밀려날 장독대
> 구습던 인정의
> 손길을 기다릴 뿐
> 우두커니 제자리 지킬 뿐
> 한세월 잊으며 너무나 달라져 가는
> 하루를 이렇게 삽살개가 지킨다
> 당당한 우리 집 삽살개
> --신정식 시 [삽살개] 부분

    대전에서 금산 가는 국도변에 고 신정식 시인의 시비가 서 있다. 제막식에도 참석하지 않았던 나는 혼자서 그곳엘 몇 차례 찾아간

적 있다. 신 시인, 죽어서 출세했구먼⋯ 문득 그리운 그를 떠올리며 한 소리 내뱉는다. 옹졸하고 꾀죄죄하기 짝이 없는 그의 생애에 비하면 그의 시비는 너무 크고 외람하다. 민망하고 쑥스러울 정도로 호사롭다. 그 돌올한 돌덩이리를 안전에 두지 않는다면 그리하여 한가로운 햇살과 새소리 물소리와 뒤엉키는 차 소리 등속만을 염두에 둔다면 그의 시는 그렇게 제 있을 곳에서 떠돌고 있는 셈이다. 그렇듯 그는 남루하고도 외롭게 그리고 꼿꼿하게 한 시대를 살다가 우리 곁을 떠난 시인이다.

그의 시는 그의 생애처럼 간출하고 소박하다. 누여운 시대를 건너면서도, 분통 터지는 인심을 견디면서도 그는 그 정서를 굳이 시로 새기려고 애쓰지 않는다. 시세와 유행이 어떠한가를 알면서도 제 시까지 그것으로 포장하려 욕심부리지 않는다.

이웃집들이 2층 3층으로 층수를 높이고 창틀마다 알루미늄 샷시를 번뜩이는 때에도 키 낮은 제집 지붕에는 호박넝쿨밖에 올릴 줄 모르던 그는 제 시 또한 그렇게 못났으면 못난 대로, 후줄근하면 후줄근한 대로 내버려 둘 줄 알았다. 그리곤 텃밭에 실한 고추모종을 내듯이 세상 어디에도 용납되지 않는 독존과 자존으로 호(好), 불호(不好)의 경계를 도끼날처럼 예리하고 굳세게 세웠다.

그는 꽃과 구름을 노래하는 서정시인이 아니다. 세태를 찌르고 현실을 풍자하는 시인도 아니다. 그렇다고 고상한 사고의 세계를 펼쳐 보이는 관념의 시를 쓰는 것도 아니다. 쉽사리 여하한 범주에도 들지 않는 그만의 육성, 그뿐이다.

&lt;2001. 대전여성시인회보&gt;

# "밥 한 끼 살 때까지 살아줘"
## --시인 이명자(이채강), 최승자에 대한 단상

날 흐린 일요일 아침입니다.

그저께 받았던, 이명자 선배의 흐느낌 담긴 전화 목소리가 아직도 귓전에 남아있어서 몇 자 적습니다.

배희임 교수라고, 배재대 교수이신 국문과 선배분이 계십니다. 66학번이니 이 선배와 동기분이지요. 안팎으로 고운 분이라는 얘기는 여러 선배한테서 자주 들었습니다만 나는 공적 모임에서 딱 한 번 뵌 적밖에 없습니다. 그분이, 교환교수로 가 있던 영국 현지에서 교통사고로 별세했다는 소식이었습니다.

'나, 그 친구한테 밥 한 번 사 주질 못했는데….'

이 선배는 제대로 말을 잇지 못하고 있었습니다.

이런 표현이 용서된다면, 이 땅에 이명자 선배처럼 불행한 여자도 드물다는 말을 감히 해 봅니다. 촉망받는 시인으로, 문학사상 편집장으로 활약하던 70년대 말쯤만 하더라도 어떻게 오늘의 이분을 상상이나 할 수 있을까요.

자세한 얘기는 필요 없겠습니다. 결혼하여 미국으로 떠났던 선배는 3년 만에 남편과 헤어져 아이 하나만 안고 귀국합니다. 주위에 가까운 이도 남아있질 않고 수중에 쥔 것조차 없습니다. 아이가 지독한 자폐증을 가지고 있음도 뒤늦게 압니다.

오랫동안 충청도 시골에서 숨어 살다시피 하던 선배는 아이의 치료와 연명을 위해 대전으로 이거(移居)합니다. 이맘때, 무리해서까지 시간을 만들어 강사료나마 받게 해주었던 분이 바로 배 교수님이었습니다. 10년 가까이 도움을 받으면서도 '밥 한 번 사 주지 못했다.'는 것이 친구를 떠나보내는 이 선배의 한탄이었습니다.

대학 재학시절, 학번이 다섯이나 뒤처지면서도 최승자는 이명자 선배 면전에서도 이 선배를 '드라큐라'라고 불렀습니다. 승자가 언제 농담을 농담처럼 합니까. 빼빼 마른 몸에 키가 훌쩍 크고 거기다 눈이 들여다보이지 않는 알 굵은 안경을 낀 이 선배의 외양에 대한 승자다운 직설이지요.

그런데도 이 선배는 새카만 후배의 이런 버릇없는 소리에도 늘 웃음으로 응대하며 예쁜 컵이든 화집 한 권이든 손에 쥐어 주질 못해서 난리를 피우곤 그랬지요.

'이 선배가 드라큐라라면 너는 토종 납작 귀신이냐?'

내가 승자에게 말했듯이 외양만을 보자면 그녀라고 나을 게 하나도 없습니다. 아무튼 그 무렵 이렇게 선후배가 친하게 어울렸는데 내가 차마 말하지는 못했지만, 이 선배와 승자가 나란히 걷는 걸 보면 시쳇말로 대단한 '엽기' 그 자체였습니다.

이 선배와 승자가 십수 년 만에 다시 만난 것이 대전의 내 봉직 대학 내 연구실에서였습니다. 이미 승자의 병이 깊은 그때, 세 사람의 재회와 상봉은 기이하기 짝이 없는 현상이었다고나 할까요.

희한한 생김새와 차림새를 가진 할머니 시인 둘을 앉혀 놓고 나는 우리가 흘려보낸 막막한 시간에 대한 막막한 감상밖에 갖질 못했는데 이는 뒤이은 술자리에서도 쉬 떨칠 수가 없었습니다. 그것도 벌써 5, 6년 전의 얘기입니다.

그렇게 친했던 명자와 승자는 그날 이후로 또 두 번 다시 만난 일이 없으며 전화 통화조차 없었음을 내가 압니다. 그들 개개의 생애적 불행이 그러한 단절을 쉽사리 용인하는 것이겠지요.

하늘이 **빼**어난 자품(資品)을 준 인간에게는 속진(俗塵)의 안일과 행복을 주지 않는다는 말이 있던가요. 한편의 부러움과 한편의 안타까움을 갖는 것이 그 둘레의 범용한 인사들이지만 연분은 연분대로 남아 속절없는 애증을 이끌어내는 듯싶습니다.

'최 교수도 나 밥 한 번 살 때까지 오래 살아야 돼….'

이 선배의 마지막 울먹이는 말을 듣는 때에도 내 머릿속엔 귀신 같은 승자의 하얀 얼굴이 떠올랐음도 사실입니다.

<2003. 인터넷, 최승자와 함께 하는 세상>

※주: 이명자(이채강) 시인도 2019년 세상을 떠났다.

# 돌에서 달로 가는 여로(旅路)
## --만당(晩堂) 최견(崔熞) 서예전에 부쳐


마흔 해 가까이 서법(書法)을 공부해온 아우 만당(晩堂)의 개인 전시회를 맞이하는 소회가 크다. 그동안 입문에서부터 정진, 천착은 물론 좌절과 방황의 궤적까지도 곁눈질로 봐 왔던 처지이기에 이순(耳順)의 갑년(甲年)에 마음먹고 펼치는 그의 글씨 세계에 대한 관심과 기대는 지대하다.

예술의 혼은 불우(不遇)의 토양에서 싹을 틔우고 고난의 거름을 먹고 자란다고 했던가.

돌이켜 보면 대학의 전공이며 이후 맡은바 공직의 분야가 예(藝)와는 지극히 이질적임에도 불구하고 아우가 일찌감치 그 세계에 발을 디딘 것도 태생적이랄 수 있는 유년 혹은 성장기의 그 고단한 환경과 무관하지 않다고 여기는 바다.

누대(累代)의 가산(家山)이 있는 대구에서 생장한 여타 형들과 달리 아우와 나는 경상도의 한 궁벽한 산촌에서 태어났다. 일제 말 선친께서 병화(兵禍)를 피해 이곳으로 이거(移居)한 때문이었다.

선친은 아우가 첫돌을 맞기도 전에 홀연 세상을 버렸으며 그와 함께 대구 원대(元垈) 3대 진사(進士) 집안의 마지막 지탱점이 사라졌으며 적잖았던 전답마저 소멸됐다.

선친은 일찍이 영남 퇴계학파의 마지막 정점이었던 성주(星州)의 제서(濟西) 이정기(李貞基) 선생 문하에서 수학하였는데 그 무렵 선친이 남긴 것은 갓난아이 아우를 비롯한 아들 아홉과 나중 문집 [이강집(以剛集)]으로 엮어질 원고 꾸러미들뿐이었다.

제서 이 선생은 우리의 외조(外祖)가 된다.

선생의 셋째 딸인 우리 어머니는 마흔 초반에 과부가 되었으며 논 한 마지기 물려받은 것 없이 맨손으로 아들 아홉을 키웠다.

님천(南川) 과수원집을 떠나 경산(慶山) 옥실[玉谷]의 대밭 초옥(草屋)으로 이주한 일이며, 선비의 따님으로 곱게 자라 대구의 큰 집안으로 시집갔던 우리 어머니가 자식들을 먹여 살리겠다고 시장 귀퉁이에 멸치 좌판을 폈던 일도 그즈음이었다.

백형(伯兄)이 있었다.

일제의 학창 때부터 사회운동을 했던 형은 해방 후 벗들과 함께 폐광 아래에 판잣집을 세우고 농림학교를 열었는데 아버지를 여읜 뒤에는 힘겨운 가장의 역까지 짊어지고 매일 절뚝거리며 학교로 오갔다.

우리 집만은 아니었다. 모두들 배고프고 헐벗고 서럽기만 하던 그 시절을 어찌 온전히 다시 그릴 수 있으랴.

소설 쓰기를 마흔 해 넘게 해온 나에게도 더러 문학의 뿌리가 무엇이냐고 물어오는 이들이 있고 그럴 때마다 나는 이 간난(艱難)의 어린 때를 떠올리는데 내 아우도 다를 바 없다고 여긴다. 이틀 내리 어린 자식에게 밥 한 술 떠먹이지 못한 어미의 심정이 어떠했으며 나름 월급봉투를 갖고 온다는 큰형의 마음이 어떠했으랴.

허나 내 어머니는 배고파 칭얼대는 아이들을 무릎에 뉘어 놓고 밤 깊도록 단종과 사육신의 이야기며 [사씨남정기(謝氏南征記)]와 [유씨삼대록(劉氏三代錄)]의 얘기를 들려줄 방도밖에 없었다.

사방 책들로 가득한 큰형의 방은 어린 우리들에게도 현재의 고통을 잊게 해주는 신비의 창고였다.

언제든 그곳에서는 프랑스와 오스트리아의 풍경은 물론 그곳 황제들을 만날 수 있었으며 읽지도 못할 한서(漢書)를 펼치면 송시열, 곽재우의 초상들을 대면할 수도 있었다.

경이(驚異)와 두려움과 설렘. 한(恨)에서 스미어 나온 이야기와 묵힌 세월의 서고(書庫)를 통해 접하는 새 세상은 빵 우유와는 또 다른 자양이 되어 우리의 육신과 혈관으로 퍼졌는데 감히 나는 이를 예(藝)를 발현시키는 원형질쯤으로 보는 것이다.

재미 삼아 글씨를 써본다는 얘기를 들을 때만 해도 나는 내 아우 또한 어느 정도 삶의 여유를 얻어서 여느 호사가늘마냥 단순한 고완(古玩)의 취향에 든 줄만 알았다.

허나 그게 아니었다. 삼 년, 15년, 스무 해의 세월을 오롯이 한 길만을 파고드는 집념과 열정을 보고서는 아연 위태로움마저 느꼈는데 이는 겹겹의 태산준령을 차례로 넘어야 하는 그 세계의 험난함과 그리고 마침내 이루고 얻었다 하는 때의 부질없음까지 짐작하는 이로서의 심사였다.

'어디까지 어떻게 가려는가?'보다 '뭐 하러 거기를 가려 하는가?' 쪽이 훨씬 솔직한 내 심정이었다. 때로는 전시장에서, 더러는 인쇄물을 통해 아우의 작품을 보는 때에도 짐짓 심드렁한 표정이 되었던 연유도 실은 이런 데 있었는지도 모른다.

한동안 당대(唐代)의 것을 전범으로 하는 부드럽고 온화한 예행(隸行)의 세계에 천착하던 그가 어느 때부터인가 거칠고 투박하면서도 고졸(古拙)한 미를 풍기는 금석기(金石氣)를 좇아 매진함을 알고 있다.

따라서 여가의 방점(傍點)인 양 간소한 그림이 곁들여지기도 하고 글자에도 하늘빛의 푸른색 혹은 녹 빛의 붉은색이 입혀지는 것도 볼 수 있다.

안온과 원만의 지극한 경지에 족하지 아니하고 되레 지층(地層)을 파고들어 태고의 화석(化石)들을 끄집어내는 그 심사를 요량하지 못할 바는 아니다.

문외한의 처지이지만 우리네가 서예(書藝)라 하는 것을 중국에서 서법(書法)이라 칭하는 까닭도 나름으로 헤아려 본다.

이편이 흥과 신명을 담은 미적 구조를 중시한다면 저편에서는 도리적(道理的) 규범이 앞선다고 해야 하나.

어쩌면 이는 주기(主氣)·주리(主理)의 세계 인식을 가장 축약적으로 보여주는 예가 될 수 있는데 금석의 서기(書氣)는 차라리 전체를 아우르는 것이 될 수 있을 성싶다. 하여 나는 내 아우 만당이 이르고자 하는 세계의 지평도 아슴푸레 그려 보기도 하는 것이다.


어느 가을날, 나는 중국 안휘성 마안산(馬鞍山)에 있는 채석기(彩石磯)의 큰 바위에 앉아 넋 놓고 장강(長江)의 물결을 내려다본 일이 있었다.

내가 앉은 너럭바위엔 '착월암(捉月巖)'이란 큼직한 글씨가 새겨져 있었다. 그 옛날 이백(李白)이 수면의 달을 잡으려 손을 뻗었다는 바로 그 바위였다. 그의 의관총(衣冠塚)은 뒤편 산 높은 데 있어서 이곳을 빤히 내려다본다.

중국인들이 즐겨 쓰는 '득월(得月)'은 최고의 미학적 성취를 뜻하며 이는 물론 이 바위에서 유래된 말이다. 한 구덩이를 파서 궁극(窮極)에 이른 이가 마침내 껴안는 달덩어리. 예(藝)와 흥(興)을 좇은 자, 이로써 여한이 없다.

이왕 달 얘기가 나왔으니 소동파가 제 아우를 그리워하며 썼다는 글 구절 하나를 옮기면서 못난 글을 거둔다.

　人有悲歡離合 月有陰晴圓缺 此事古難全 但愿人長久 千里共嬋娟
　(기쁨과 슬픔이 있어서 이별과 만남이 있고, 달 또한 가득 차고
덜함이 있어서 밝음과 그늘이 있는데 예부터 이를 온전히 알기는
어렵다네. 다만 바라건대 오래 건강히 살아서 서로 천리 밖에 떨어
져 있더라도 저 달빛을 함께 즐길 수 있기를 바라네.)
　<2013. 만당 최견 서예전 도록 서문>

# 장미 꽃송이를 문 붕어
## --권영우 개인전에 부쳐

꽃송이 한가운데서 함초롬히 여자가 피어나면 먼 데의 도형적인 검은 산이 음험하게 그녀의 자태를 훔쳐본다. 하늘에서 내려온 채색 구름이 새 꽁지에 달라붙어 관능적인 부챗살을 펼친다. 단청색 액자 속에서 알몸의 여인네가 염화시중을 노래하고 장미 송이를 입에 문 붕어 두 마리가 제 흥에 겨워 식탁에 드러눕는다⋯.

우리 권 선생의 이런 턱없이 천진하고 얄궂은(?) 그림들은 다름 아닌 권 선생 스스로가 내면에 거느리고 사는 이야기들이다. 드물지 않게 이들 이야기는 그림의 자리를 벗어나 시가 되기도 음악이 되기도 한다.

이렇듯 물정 없는 이야기들은 여느 때든 들여다보기만 해도 즐거운데, 나에게 있어서는 그 얘기들을 표 나지 않게 감추고 사는 우리 권 선생이 더 즐겁다. 천진의 한 배면에 잇속을 새길 줄도 알며 어눌함의 한쪽에 바늘 같은 오기를 거느릴 줄 아는 우리 화가는 실제로 그림보다 더 많은 재미난 얘기를 가슴에 묻고 있기 때문이다. 그래서 스무 해를 함께 술을 마시고도 한 주일이 지나면 또 그가 보고 싶어지는 것이다.

둘 다, 아직도 나잇값 못하는 이야기를 두르고 사는 동안에는 남루한 현실조차도 결코 남루하다고 여기지 않는데, 글쎄⋯.

<2001. 권영우 작품전 초대 글>

# 시간의 흔적, 그 사라짐에 대하여
-- 백혜옥 비구상전에 부쳐

크기가 조금씩 다른 사진들을 면마다 네댓 장씩 꽂아두고 있는 앨범을 펴면 과거의 한순간을 생생하게 돌이킬 수 있다. 웃는 얼굴, 화난 모습, 근엄한 표정, 장난치는 장면…. 그 찰나의 모습을 통해 우리는 그날 그때 누구와 어디서 무슨 일을 하였는가, 생각을 떠올릴 수도 있다. 그래서 흔히들 사진을 과거 시간의 흔적, 추억의 단서라고 말하는 것이리라.

그러나 분명한 것은 사진은 사진에 지나지 않는다는 점이다. 과거 한순간의 겉모습을 온전히 재현하고 있지만 대상의 내면, 물상의 본질을 헤아리는 데는 한계가 있다는 사실이다.

단풍나무 앞에서 나와 함께 활짝 웃고 있는 친구의 모습이 새겨진 옛 사진에서는 당시 친구 혼자서 앓고 있던 불치의 병과 그 고통을 읽을 방법이 없다. 사진을 찍은 그날 저녁, 친구의 고백을 통해서 나는 사실을 알았고 이후 그 사진을 볼 때마다 마음이 미어졌지만, 함께 사진을 보는 내 어머니는 친구가 세상을 떠나기 전까지도 그 사실을 몰랐다.

분절된 면 구성을 통하여 과거 시간과 기억의 파편들을 가려 모으고 재구성하여 한 편 한 편의 제 이야기를 꾸미고 있는 백혜옥의 그림은 사진과 평면적 그림이 가지는 이러한 단순 왜곡성에 대한 도발처럼 보인다. 물론 그의 그림이 매우 새롭다거나 파격적인 것은 아니다. 오히려 피카소, 브라크에서 시작된 입체파의 화법을 충실히 따르는 데서 오는 친숙성, 안정성이 이야기의 이해와 감상에 도움을 주기 때문이다.

빨강, 검정, 황색, 푸른색, 회색 등이 칠해진 단색조의 분할 면들은 소설로 치면 각각의 삽화가 되는데 소설의 삽화가 그러하듯 이들 면은 분리되면서 동시에 전체로 통합된다. 그리고 이들 면면에는 소설에서의 소도구라고 할 만한 크고 작은, 분명하거나 추상적인 형상들이 배치되는데 이들은 대개 꽃, 나무, 나뭇잎, 새, 사슴, 벌집, 건물, 유리컵, 물고기, 부처, 색동, 인물 등이다.

이런 소재들은 더러 너무 작거나 의도적으로 감추어져 있기에 숨은그림찾기 식의 세밀한 관찰을 요구하기도 한다.

가운데 면이 뭔가로 빽빽하고 짙은 데 비해 가장자리로 갈수록 면이 커지고 듬성듬성해지는 것도 분석적 입체파의 한 전형적 기법이지만 기억의 멀고 가까움 즉 시간의 원근법을 빌려 왔다고 여기면 좋을 듯싶다.

훈민정음체 문자들을 배면에 깔고 그 위에 거칠게 혹은 부드럽게 색을 칠하는 콜라주 또한 추상성에의 관심을 강조하는 종합적 입체파 기법의 원용이다.

이러한 기억 혹은 시간의 층위(層位)를 통하여 화가가 들려주는 이야기는 몽환적으로 아름답고 또 그만큼 처연하다.

바다와 하늘이 맞닿은 환한 장소에서 마시는 몇 잔의 음료에서도 뭉게구름 같은 꽃이 피어나는가 하면, 보석으로 수놓인 꽃병에서는 세상의 어여쁜 소리를 다 듣고자 하는 여인네가 피어나고 산짐승과 풀벌레를 불러 모은 꽃과 나뭇잎이 흰 눈처럼 하늘 가득 떠오르기도 한다.

도회의 바닥 인생들이 살아가는 달동네 작은 집, 작은 방에도 주인인 양 큰직한 꽃들이 들앉은 모습도 마찬가지다.

금세 금이 가듯 쨍쨍한 겨울 하늘이지만 그것은 잿빛 대신 바다 같은 푸른빛으로 칠해져 있으며 깨진 항아리며 폐타이어가 쌓여 있을 법한 공터엔 사금파리 같은 꽃들이 쌓여 있고 거기엔 가난한 이들의 기원과 희망을 담은 막대기까지 꽂혀 있다.

이렇듯 어여쁨과 화사함이 주조(主調)를 이루고 있음에도 불구하고 백혜옥의 그림이 넉넉하고 포근하게만 다가오지 않고 곳곳에서 긴장감을 일으키고 더러 비탄마저 불러오는 이유는 무엇일까.

유리창을 쪼개는 듯한 예리한 선괴 기친 손톱지국, 괴녁에 꽂혔거나 아직 시위에 걸려 있는 화살의 형상들 때문만은 아니다. 앞서, 화가가 전하는 이야기는 시간의 흔적 그 추억이라고 말한 바 있다. 과거 시간은 실재가 아니다. 흔적도 실상은 아니다.

따라서 그림의 이야기는 이미 사라지고 없는 것 그 소멸에 대한 노래와 다르지 않다. 그림을 대하는 이가 가지는 비감의 정서도 여기서 비롯된다. 밝음과 어둠, 거침과 부드러움, 경계와 무경계의 부단한 대비로 전해지는 꿈과 소멸의 이야기에서 우리는 나름의 위안과 슬픔을 가질 수밖에 없다.

백혜옥의 그림에서는 구상, 비구상은 물론 추상과 구상의 논의는 쓸모가 없다. 짧은 기간에 그의 그림은 숱한 변신을 꾀하고 있기 때문에 더욱 그렇다.

근래 작품에서는 면의 분절이 점차 사라지고 색조마저 더욱 단순해지고 있다. 하늘에 구름 덩어리 하나만 떠 있으면 지상의 모든 것을 담을 수 있다는 포부와 배짱마저 느껴진다.

&lt;2023. 백혜옥 개인전 팸플릿&gt;

# [조선상고사]에서 만나는 단재 신채호의 꿈

녹음이 우거진 대전 뿌리공원의 호반도로를 벗어나 남쪽으로 10여 킬로를 더 전진해서 이윽고 마주하는 곳, 단재 신채호 선생의 생가지다. 사위가 키 낮은 산들로 둘러싸 있어 논 한 마지기 제대로 펼칠 만한 공간이 없다.

농가 서너 채가 드문드문 숲속에 앉아 있지만 인적이 없는 주위엔 그 흔한 가축 소리마저 들리지 않는다.

주차장에 차를 세운 뒤, 유허비 옆의 숲길로 들어서면 개울에 걸쳐진 나무다리와 원두막을 차례로 만나게 되고 뒤이어 잔디밭으로 꾸며진 탁 트인 공간을 맞닥뜨린다.

돌담을 두른 초가 한 채가 왼편 산 아래 서 있고 잔디밭 끝자락에 동상이 서 있다. 뒤편 담벼락 너머로는 키대로 자란 죽순들이 군병들의 창대인 양 삼엄한 자세로 도열해 있다.

이 생가지 복원사업은 1992년 관계 당국의 현지 발굴조사가 있은 뒤 이루어졌다. 1880년 이곳에서 태어난 신채호는 아버지가 세상을 떠나 청주로 이거하던 8세 때까지 여기서 살았다.

당시의 이곳은 충남 대덕군 산내면 외남리였지만 현재는 대전광역시 중구에 속한다. 증조가 정3품, 조부가 정6품(사간원 정언)의 벼슬살이를 했지만 쓰러져 가는 나라의 형편처럼 선생의 집안 또한 부친 때부터 급격히 가세가 기울어졌던 것으로 보인다.

별다른 연고도 없고 더더욱 농토마저 비좁은 이곳에서 태어나

곤궁함부터 직면했을 단재 신채호. 고개를 쳐들어도 하늘보다 산봉우리들이 더 많이 눈에 들어오는 궁벽한 터에서 어린 시절을 보낸 그가 훗날 어떻게 시공을 초월하는 광대무변의 역사적 상상력을 펼칠 수 있었던가 싶은 놀라움을 갖게 되는 현장이 바로 이 생가지이기도 하다.

"역사는 아(我)와 비아(非我)의 투쟁"이라고 한 단재의 유명한 정의는 그의 [조선상고사] 총론에 나온다. 헤겔 변증법 이론의 소박한 인용이란 점이 지적되지만, 그 단순명료함, 강렬함으로 인해 오늘날에도 자주 사람들의 입에 오르내리기도 한다.

여기서 '아(我)'는 주체 혹은 그 위치를 가리키며 '비아(非我)'는 그 밖의 것을 뜻한다.

이 관계의 투쟁이 곧 역사일진대 이에 대한 기록은 응당 '내 편' '내 쪽'에서 바라보고 '나를 위해' 쓸 수밖에 없다 극단에 흐른다는 비판을 받으면서도 단재의 역사관이 '민족주의'에 바탕할 수밖에 없는 이유 또한 여기에 있다.

글이 발표된 지 1백 년 가까이 돼 감에도 불구하고 신채호의 [조선상고사] 책은 꾸준히 재발행되고 있다. 그만큼 이 땅에는 우리 역사에 대해, 특히 고대사에 관심을 가진 독자들이 많다는 것을 증명하는 현상인데 필자의 솔직한 생각은 모든 독자가 굳이 이 책을 다 읽을 필요는 없겠다는 점이다.

더 구체적으로 말하자면 총론 부분만 읽어도 우리는 신채호의 역사관은 물론 우리 고대사에 대한 그의 대강 생각들을 파악할 수 있다는 사실이다. 총론 이후 전개되는, 즉 단군조선, 삼한시대 그리고 고구려 백제 신라 등에 관한 각론들은 사실 우리 고대사에 대한 기본지식이 충분하지 않을 경우, 이해가 어려울 뿐만 아니라 현시대에 어울리지 않는 서술들로 인해 쉬 지루함을 가질 수 있으리란 염려에서다.

1931년 6월 조선일보에 처음 글이 연재될 때만 해도 제목은 '조선상고사'가 아닌 '조선사'였다. 단재로서는 신문 연재를 계기로 우리 역사 전체를 아우르는 통사 혹은 개설서 한 권을 만들겠다는 욕심이 있었겠지만, 여러 사정으로 연재는 그해 10월 103회에서 중단되고 말았다.

이후 세월이 한참 흐른 뒤인 1972년 단재신채호기념사업회에서 이미 연재됐던 글들을 모아 책으로 묶으면서 제목을 [조선상고사]로 고쳤기에 그 이름이 지금껏 전해 오는 것이다.

이 책에 관통하고 있는 단재의 역사관을 분명하고도 철저하다. 그동안 우리 역사 서술의 뼈대가 돼왔던 중심 사서(史書) [삼국사기]와 [삼국유사], [고려사]에 대한 깊은 불신이 그것이며 나아가 그에서 비롯된 기존의 역사기술 전체를 해체 재구성하여야 한다는 관점이다.

예컨대, 종래의 단군-기자-삼한-삼국으로 계승된다는 인식체계를 거부하고 그 대신 대단군조선-3조선-부여-고구려 중심의 역사 인식체계를 수립한 점, 단군조선을 온전한 국가 형태로 보면서 그 강역(疆域)을 요서(遼西) 지역까지 넓힌 점, 한사군(漢四郡)의 존재 자체를 인정하지 않는 점, 고구려의 성립 연대를 2백 년 앞당기면서 3국 중에서도 고구려 역사가 우리 민족의 주동 역사라고 설파한 점, 상대적으로 신라와 그에 의한 3국 통일을 부정적으로 기술하는 점 등이다.

이러한 신채호의 역사관은 일제강점기에 정인보 같은 민족사학자들의 역사 인식과 궤를 같이하는 것으로서 오늘날의 재야사학계에까지 연면히 이어져 오고 있다.

당시에는 우리 민족을 동북아 역사의 중심에 두는 것 자체가 국권 회복과 밀접한 연관이 있다는 당위성이 있었다. 나아가서 오늘날 우리 고대사 연구에 반성과 성찰의 과제를 던져 주었다는 긍정적 면이 없지 않았다.

물론 북한 학계에서 앞서고 우리가 뒤따른 면이 있지만, 고조선의 강역을 요서 지역에서 북경 근처의 난하(灤河) 유역까지 넓히는 학설이 일정 부분 정설로 받아들여지고 있는 현실 등이 그 예가 될 수 있다.

그럼에도 불구하고 다른 한편 신채호의 학설이 고고학의 실증적 증거를 제시하지 못한 채 교설적(敎說的) 주장에 그치고 말았다는 비판을 수반하게 된 것도 사실이다.


<옛 기록의 부루는 오월춘추(吳越春秋)의 창수사자이니, 이때 지나(주: 중국)에 큰 홍수가 있었음은 여러 가지 옛 역사가 다 같이 증명하는 바인데, 단군왕검이 그 수재를 구제해 주려고 아들 부루를 창해사자(滄海使者)에 임명하여 도산에 가서 하우(夏禹)를 보고, 삼선오제교(三神五帝敎)의 일부분인 오행설(五行說: 水火金土木)을 전하고 치수(治水)의 방법을 가르쳐 주었으므로 우(禹)는 왕이 되자 부루의 덕을 생각하여 삼신오제의 교의를 믿고 이를 지나에 전포(傳布)하였으며, 정전과 율도량형도 또한 지나의 창작이 아니라 조선의 것을 모방한 것이었다.>

<상고에 요동 반도와 산동 반도가 다 땅이 연이어져 있었고, 발해는 하나의 큰 호수였는데, 발해의 발(渤)도 음이 '불'이고, 또한 불리지(주: 주몽의 아버지)가 준 이름이니, 불리지가 산동을 정복한 뒤에 조선의 검은 원숭이, 담비, 여우, 삵 등의 털가죽 옷과 비단 등 직물을 수출하여 발해를 중심으로 하여 상업이 크게 떨쳤다.>

　　앞의 예문은 단군조선의 왕검이 하나라 우왕에게 아들을 보내 홍수 피해를 막아주고 아울러 오행설까지 전해 주었다는 내용이며 그다음 기술은 고주몽의 아버지 때에 이미 산동 반도를 점령하여 다스렸다는 것이다.
　　그러나 요동 반도와 산동 반도가 땅으로 연결돼 있던 시기는 이보다 수만 년을 더 거슬러 올라가야 한다는 과학적 근거 앞에서는 이러한 주장 역시 과장 혹은 허황한 것으로 치부될 수 있다.

　　역사 연구에 있어서 사료의 수집과 선택이 얼마나 중요한지는 신채호 스스로 잘 알고 있었다. 실증적 연구가 역사 연구의 기반이 된다는 그의 사고는 다음의 토로에서도 여실히 드러난다.

　　<집안(集安)의 환도성을 언뜻 돌아본 것이 내 일생에서 기념할 만한 장관이라 할 수 있으나, 그러나 여비가 모자라서 능묘가 모두 몇 개인지 헤아려 볼 여가도 없어서 다만 능(陵)으로 인정할 것이 수백 개이고 묘가 1만 개 내외라는 억단만 하였을 뿐이다. 조잡한 관찰이었지만 그것만으로도 고구려의 종교, 예술, 경제 등이 어떠하였는지가 눈앞에 훤히 되살아나서 '집안을 한 번 본 것이 김부식의 고려사를 만 번 읽는 것보다 낫다.'는 단안을 내리게 되었다.>

변변한 학문적 축적조차 없던 시기, 나라를 빼앗기고 무장 저항 투쟁만이 조국 해방의 유일한 방도라는 신념 하나로 동지들을 규합하기 위해 만주 땅을 유랑하던 투사 겸 학자인 그가 고구려 유적지에서 가지는 안타까운 소회가 잘 드러난 대목이 아닐 수 없다.

이렇듯 이 책은 종래의 우리나라 고대사 인식과 다른 여러 특이한 면을 제시했지만, 문제점도 포함하고 있는 것이 사실이다. 앞서 말한 교설적인 성격이 많이 나타난다는 점뿐만 아니라 지나치게 민족주의 의식이 투영되어 역사 서술과 가치 평가의 공정성을 감소시킨 점도 마찬가지다.

오늘날에도 우리나라 국사학계에서 첨예하게 벌어지고 있는 강단사학과 재야사학의 대립 문제도 실은 신채호, 정인보 등의 민족주의 사학에 뿌리를 두고 있음은 부인할 수 없다.

강단 쪽에서는 출처가 분명치 않은 위서(僞書) 등으로 대중을 현혹한다고 일방적으로 재야를 폄하(貶下)하는 일이 많고 재야에서는 그들대로 식민사관을 벗어나지 못한 학문 권력의 카르텔이라고 강단을 몰아붙이는 경우가 많은데 이렇게 상대를 인정하지 않는 무한 대치는 역사학계의 발전에도 전혀 도움이 되지 않는다.

이러한 상황을 감안하면서 우리는 [조선상고사] 또한 비판적인 안목으로 수용할 필요가 있다.


이승만이 대통령으로 선출되자 대한민국 임시정부와 결별을 선언했던 신채호는 북경과 만주 등지를 전전하다가 1928년 5월 무정부주의 선전 잡지의 발행자금을 마련하기 위해 타이완 지룽(基隆) 항구에 도착하였지만, 곧바로 경찰에 체포되어 다롄(大連)으로 이송되었다.

1930년 4월 재판에서 징역 10년형을 받고 뤼순(旅順) 감옥의 독방에 수감되었는데, 혹독한 고문보다 견디기 어려운 것이 북방의 추위였다.

이에 그는 끼니를 잇지 못하는 부인에게 "조선옷에 솜을 많이 놓아 두툼하게 하여 보내 달라."는 편지를 보내기까지 하였다.

1935년부터 건강이 급속히 악화되었고 출옥을 1년 8개월 앞둔 이듬해 1936년 2월 18일 뇌일혈로 쓰러져 의식을 잃었다. 서울에 있던 부인과 아들(16세)이 전보를 받고 장례 준비를 하여 뤼순 감옥에 도착했을 때 신채호는 의식불명인 채 차가운 시멘트 바닥에 누워 있었다.

부인과 아들이 임종을 지켜보게 해 달라고 애원하였지만, 일제 간수들은 면회 시간이 지났다면서 가족들을 쫓아냈다.

2월 21일 오후 4시 20분. 그가 마지막 숨을 거둔 시각이었다.

&lt;2023. 와인리뷰&gt;

셋째 마당
후쿠오카 역사박물관의 김밥

# 밤이면 혼자 우는 사막의 산
## --돈황(敦煌) 명사산(鳴砂山)


이렇게 햇볕이 따갑게 내리쬐고 폭폭 지열이 솟구치는 때면 어김없이 생각나는 곳이 있다. 지지난해 내가 여행했던 서역의 사막 도시 돈황(敦煌), 바로 그곳.

더위와 열기로 따지자면 그곳이 우리의 삼복 때보다 곱은 되지만, 그곳에서는 더위와 열기에 대한 인식과 수용방식 자체를 달리할 수밖에 없었다.

익숙한 내 땅에서는 이것들을 순전히 내 오감하고만 결부시켰는데 저 사막의 땅에서는 기후마저도 삽상하게 어우러지는 주변 자연과 한 데 묶어 본원의 생명 의식, 존재 의식에 맞닿게 할 수밖에 없더란 점이 그렇다.

북경, 서안을 거쳐 서역의 초입이 되며 황하의 최상류 도시의 난주(蘭州)에 도착한 것이 7월 31일이었다. 우리네 글쟁이들만 태운 40인승 경비행기가 난주 공항을 떠나 돈황을 향해 날아오른 것은 그 이틀 뒤였다.

건조하면서도 야릇한 향내마저 품은 사막 공기는 벌써 난주에서도 느낄 수 있었다. 검은빛 일색의 깡마른 대지의 끝에서 붉은 태양이 치솟아 오르고 있던 시각.

두 시간이 넘는 비행시간 내내 기창(機窓) 밖으로 내려다보이는 것은 끝 간 데 없이 펼쳐진 모래벌판이었다.

북에서 내려온 고비사막 자락과 남서 방향에서 머리를 끌어올린

타클라마칸 사막이 서로 얽히고 갈래짓는 사이로 비행기는 위태롭게 날고 있었던 것이다.

어려서부터 나 나름대로 꿈의 도시로 상정했던 돈황은 그 모래벌판 한가운데 있었다. 광막한 죽음의 땅 한가운데서 처연히 외딴 생명 하나를 버티는 녹색의 섬, 그것이 상공에서 내려다본 오아시스 도시 돈황의 모습이었다.

공항버스가 시내로 드는 때에도 가도에는 인적이 드물었다. 이른바 시에스타, 하오 한 시부터 세 시까지는 만사 제쳐놓고 낮잠을 잔다는 사막 사람들의 비릇을 좇아 우리도 여장을 풀기가 바쁘게 억지로나마 침대부터 찾아야 했다.

설핏 햇살이 기운 다음에야 1차 돈황석굴 관광을 끝내고 곧바로 사막 가운데의 영원한 호소(湖沼) 월아천(月牙泉)과 밤이면 저 혼자 울음 운다는 모래산 명사산(鳴砂山) 탐승에 나섰다.

버스가 달리는 동안, 볼품없는 모래 봉분 위에 몇 개 돌멩이만 얹어놓은 사막인들의 무덤들이 창밖으로 스쳐 지나가고 황막한 벌판 끝에서는 신기루가 지치지 않고 따라왔다.

홀연 수면에 아지랑이 피어오르는 바다가 나타나는가 하면 난데없는 숲이 지평선으로 이어진다. 신기한 신기루 녀석.

낙타를 타고 사막벌판을 건너는 때에도, 서로 예각의 능선으로 등을 잇대고 있는 사막의 구릉과 산봉들은 시시때때로 자신의 빛깔을 달리한다.

월아천 기슭을 돌아 명사산 모래 능선을 타올랐다. 황혼녘, 사막 전체를 어지러이 변화시키는 현란한 빛과 색채의 연출에 넋을 빼앗겨 지치는 줄도 숨 가쁜 줄도 모른 채 허겁지겁 산봉을 향해 올랐다. 이윽고 가쁜 숨을 내쉬며 명사산 꼭대기에 퍼질러 앉았다.

문득 허공 한가운데 든 느낌. 시공마저 초월한 허허로운 우주 가운데로 허청 나앉은 그런 느낌을 그 끝 간 데 없이 펼쳐진 사막을 불태우는 듯한 장엄한 일몰을 보면서 가졌다.

나는 티끌이요 먼지요 바람이다.

명사산 꼭대기에 서는 사람은 하나같이 적막한 제 존재 인식을 갖지 않을 수 없다. 그래서 마냥 서럽고 슬프고 안타깝다.

태양이 대지와 하늘을 태우고 또한 스스로 스러짐에 그동안 칼날 능선을 경계로 하여 이편저편의 명암과 색채를 달리하던 사막의 구릉과 봉우리들은 이내 제 창백한 형상만을 드러낸다.

메마른 해골 하나 간직하기 힘든 모래 무덤들도 마찬가지이다.

이역에서 온 나그네들이 저마다 속울음을 삼키며 그 어두운 모래 비탈을 미끄러져 내려올 즈음이면 이제 산은 저 혼자 웅웅, 소리 내어 울기 시작한다.

<1993. 우송공대신문>

※주: 중국과의 국교를 맺기 전인 1991년, 한국문인 방문단의 일원으로 백두산, 북경, 서안, 돈황 등지를 보름간 여행함.

# 천지(天池) 상봉

　백두산을 찾는 한국인들에게 있어서는 거의 어김없이 연길시(延吉市, 옌지)가 그 기착지가 된다. 연길은 인구 10만이 겨우 넘는 신도시에 불과하지만, 조선족 자치 지역의 중심도시인 까닭에 우리에게는 꽤나 진숙한 도시가 됐다.

　용정을 거쳐 백두산으로 가는 길은 대절 버스로 장장 7시간이나 걸리는 먼 길이다. 해란강, 일송정 등으로 잘 알려져 있는 옛 항일 투쟁의 본고장 용정까지는 그런 대로 포장이 되어 있지만, 그다음부터는 완전 비포장이다. 그나마 노면 상태가 좋은 것이 다행이다.

　백두산 정상은 백두산에 가야 보인다는 사전지식이 있긴 했지만, 천지를 얹은 그 산봉이 그렇듯 먼 곳에 꼭꼭 숨어 있을 줄은 몰랐다. 청산리 격전지를 거쳐 천지호텔에 이르기까지 길 양쪽은 이름 그대로 첩첩 밀림이다.

　하늘을 찌를 듯한 침엽수들 틈새로 매끈한 자작나무들이 스스로 자신의 흰 자태를 뽐내는 울창한 숲이 끝도 없이 이어지는 것이다.

　백두 영봉은 산기슭 천지호텔에서도 보이지 않는다. 호텔에서 1박, 이튿날 새벽 5시부터 팀을 나눠 백두산 등정에 나섰다. 하늘이 쾌청했지만, 천지의 장관을 볼 수 있으리라곤 아무도 장담을 못 한다. 산꼭대기의 일기가 시시때때로 변하기 때문이다.

　우리 일행 중에는 그사이 세 번이나 백두산에 오르고도 여태 천지를 보지 못한 불우한(?) 이도 있었다.

앞선 조(組)가 먼저 천지에 오른 사이, 뒷 차례의 우리는 장백폭포를 구경했다. 가마득한 벼랑에서 떨어지는 폭포가 예의 들었던 바대로 장관이다.

천지에서 쏟아지는 물줄기이다. 때 묻지 않은 주위의 풍광에 어울려 굉음을 뿜는 폭포의 원경이 한 폭 그림 같다. 폭포 옆으로 난 벼랑길로는 허름한 의복을 입고 메추리알 같은 간단한 요깃거리를 든 만주인(백두산은 이들 만주인에게도 존숭의 산이다)들이 끊임없이 올라가는 모습이 보인다.

폭포 초입에는 온천이 있고 음식점도 있지만 워낙 시설이 남루하여 들어갈 마음이 나지 않는다. 만주인들이 힘겹게 천지에 오른다면 한국인들은 주머니 사정이 낫다고 너무도 편히 손쉽게 백두 꼭대기에 오르는 셈이다. 다섯 명씩 타는 지프차가 정상까지 관광객들을 실어 나르기 때문이다.

천상에 오르듯 굽이굽이 가파른 길을 오르는 지프의 행렬, 편하긴 하지만 산을 깎아 오르는 이 길 또한 자연훼손의 한 보기가 됨도 사실이다. 승차장에서 정상까지는 12킬로, 자작나무 숲이 끝나면 아연 키 작은 관목림이 이어지고 그다음은 나무 한 그루 보이지 않는 고산지대다.

7월 한 가운데 날짜인데도 골짜기에는 군데군데 얼음덩이가 그대로 남아있음을 볼 수 있다. 정상 부근에서 내려다보면 망망한 수림의 바다가 끝 간 데 없이 펼쳐진다.

우리보다 반시간가량 먼저 올랐던 일행들이, 정상을 뒤덮은 운무로 인해 천지의 장관을 보지 못했다고 투덜대며 내려왔지만, 나는 희망을 버리지 않는다.

만사가 운수소관 아니더냐. 그 두터운 구름장도 우리가 당도하면 비켜 주리라 믿었다.

하차장에서 꼭대기까지는 50여 미터 거리밖에 되질 않는다. 앞선 사람의 등이 보이지 않을 정도로 짙은 운무가 마음을 어지럽게 한다. 천지는 끝내 나마저 허락하지 않을 것인가.

그 먼 길을 얼마나 애써 돌아왔는데….

마침내 숨을 헐떡이며 정상에 올랐다. 여기저기서 비탄의 소리가 들린다. 보이는 것이 없다. 구름 가운데, 구름에 갇힌 느낌뿐이다. 저만치 비탈 아래로 천지가 내려다보여야 할 텐데…. 시야를 가리는 구름과 안개뿐이다.

낙망의 한숨을 내쉬기 직전, 어느 편에선가 갑자기 열띤 환호성이 터졌다. 이 무슨 기이한 자연의 조화람!

어느 누가 거대한 부채라도 휘저은 듯, 구름장들이 재빠르게 움직이면서 붉은 암벽 아래로 홀연 진녹색의 수면 한 줄기가 드러나는 것이 아닌가.

천지, 그것이었다. 천지창조의 순간마냥 햇살이 수면 위로 쏟아졌다. 어느 누구도 벌어진 입을 다물지 못했다.

더 이상 탄성조차 놓지 못했다. 넋 나간 양 망연히 그 절대한 자연을 마주하고 서 있을 수밖에.

붉은 바위벽과 그에 대조를 이루는 푸르른 산정호수, 당장이라도 그 순미 장엄한 풍광을 다시 덮어 버리고 말 듯한 구름의 웅성거림….

백두 영봉은 그렇게 경이 자체로 홀연 내 앞에 나타나 수줍은 양 제 속살을 내비쳐 주었다.

<1993. 우송공대신문>

# 후쿠오카 역사박물관의 김밥
--후쿠오카(福岡)에서 덴리(天理)까지

1995년 7월, 태풍 '페이'가 남지나해로부터 북상하고 있다는 현지 보도가 있던 날, 나는 한적한 후쿠오카 역사박물관 2층 전시관에 있었다. 드넓은 잔디밭, 시원스러운 분수, 잘생긴 본관 건물, 기막힌 시청각 설비 등등 어느 것 하나 기분 나쁘지 않은 것 없는데도(우리나라 지방 도시에는 이런 것이 없는데 일본의 여덟 번째 도시인 이곳에 우리나라의 국립중앙박물관 같은 것이 서 있으니 어찌 기분이 안 나쁘랴!) 나는 마치 저급한 땅에 선진 문물을 전하러 온 도래인(渡來人) 같은 포즈를 취하고서 이것저것 그들이 차려놓은 것을 구경하고 있었다.

그리곤 이내 기분이 더 잡쳐 버렸다. 후쿠오카가 어떤 땅인가. 북 큐슈의 그곳, 현해탄을 넘어간 반도인들이 맨 처음 터를 잡아 역사를 시작했던 곳이다.

그런데도 그 드넓은 상설전시관에는 그 흔적이 거의 없다. 박물관에서 내가 확인한 한반도 관계 자료라곤, 멀티비전으로 보여 주는 벼농사 유래 그림이며 몇 점의 동검(銅劍)과 자기 파편 몇 개, 그리고 일본 역관의 조선 기행 글이 적힌 병풍, 가토(加藤淸正)의 조선 침공도, 조선통신사 행차도 등속뿐이었다.

야마토(大和倭) 시대에 견당사(遣唐使) 견신라사(遣新羅使)가 머물렀다는 홍려관(鴻臚館) 유적지의 발굴 유적을 전시하는 특별전시관도 예외는 아니었다. 산더미같이 쌓아놓은 중국 유물에 비해 신라 것이라고 표시해 놓은 것은 볼품없어 보이는 몇 점의 토기와 자기 파편뿐이었다.

월주요(越州窯) 계통의 많은 자기들이 실은 신라를 경유한 것임에도 불구하고 그녀들은 굳이 중국도 신라도 아닌 '월주요 자기'라고 생산지 표기만 해 놓고 있기가 일쑤였다.

고대사 영역에서 한국의 영향 무시하기 혹은 최소화하기- 일본의 이러한 태도는 비단 어제오늘 비롯된 것이 아니지만 거의 노골적이라는 사실을 나는 이 후쿠오카 박물관에서 새삼 확인한 셈이었다.


동행이 한 사람 있었는데 도시 역사에 관심 없는 그는 다리가 아프다고 일찌감치 휴게실 소파에 앉아 있었는데 그는 예의 나의 민족감정(?)에도 별다른 관심을 보이지 않는다.

유독 더위를 타는 그녀는 시원한 실내에 앉을 수 있다는 것만으로도 박물관에 온 보람을 가졌다.

점심은 뭘로 해? 그의 관심사다. 박물관 2층 식당에서는 바깥의 분수와 잔디밭이 한눈에 내려다보인다. 지하철 타고 버스 타면서 아낀 돈으로 한 개 1,400엔이나 하는 도시락을 먹었는데도 전혀 포만감은 없다.

대신 그 도시락에 담긴 김밥 토막이 느낌 하나를 새롭게 해준다. 김이 한국에서 일본으로 건너가 일본 김밥을 만들지만 벌써 일본의 김밥은 한국 김밥이 아니란 사실.

식민사관 청산이 우리 사학계의 당면 과제가 돼 있을 때 일본 사학계는 나름으로 이에 대한 대응 논리를 세워 온 것이 사실이다. 북한 역사학자들부터 앞서서 일본 고대사에 대한 공세적 자세를 취해 나갈 때 저들은 저들 나름의 도발적 대응을 보였다.

일본에서 벌어지고 있는 고대사에서의 한국 영향 무시하기 혹은 최소화하기 운동이 한 예라고 볼 수 있다.

그중에는 전후(戰後) 제국주의 사관을 비판해 왔던 자기네 역사가(예컨대 津田左右吉, 井上光貞, 直木孝次郎 등)에 대한 비판을 강화하면서 개작, 위작이라고 일컬어지는 자기네 사서(史書)의 기록에 철저히 입각해서 새롭게 일본 고대사를 재구성 하려는(吉田武彦 등이 대표적) 움직임이 있는가 하면, 한국인과 일본인이 다 같이 중국 남부지방에 뿌리를 뒀던 왜족의 후예라고 하는(鳥越憲三郎 같은 이) 새로운 한일동조론(韓日同祖論)을 서슴지 않는 경우도 있다. 후쿠오카 역사박물관 1층의 구내 서점에 꽂힌 숱한 고대사 논저들이 대개 이러하다.

문화란 물과 같아서 높은 데서 낮은 데로 흐른다. 그리고 갈래지어 흐르던 냇물도 일단 강을 이루고 나면 본래의 모습을 찾기 힘들게 마련이다.

일본 측의 경색된 태도를 탓하기 전에 우리부터 유연해야 한다는 생각도 이래서 가진다. 그렇지 않으면 과거 일본이 우리에게 저질렀던 잘못을 우리가 저지를 수도 있다는 이유에서다. 일본의 고대사를 무조건 우리의 역사로 편입시키려는 국수주의적 태도가 위험스러운 것도 그 때문이다.

생각은 이렇게 하지만 나 자신 일본에서 일본을 만든 확실한 '우리'를 찾아보려는 욕망은 어쩔 수 없다. 지난해 가을, 아스카(飛鳥)를 둘러볼 수 있다는 마음에 서둘러 덴리(天理)로 달려갔던 것도 그 욕망의 분출 이상이 아니라고 여긴다.

마침 덴리대학교 조선어학과에 교환교수로 가 있는 송하춘(宋

河春, 소설가. 고대 국문과 교수) 선배가 심심해 못 견디겠다며 놀러 오라고 부르질 않는가.

석 달만의 또 일본행. 큐슈에 이어 지난해 여름에도 나는 교토, 니리(奈良)를 뒤지고 있었지만, 아스카까지는 가질 못했다.

송 선배에게 전화만 해 놓은 뒤, 동행자를 위해 교토 관광 안내는 내가 자청하고 나섰는데 석 달 전 그 짙푸르던 나무들에도 어느새 가을빛이 완연했다.


## 교토(京都), 거기에 무엇이 있는가?

하루 이틀의 일정으로 교토를 찾는 우리나라 관광객들이 둘러보는 이곳의 명소는 거의 한정이 돼 있는 듯싶다.

미시마 유키오의 소설로 더욱 유명해진 금각사(金閣寺), 막부(幕府)시대 쇼오군(將軍)의 생활상을 엿볼 수 있는 이조성(二條城), 높은 데 위치해서 한결 경관이 좋은 청수사(淸水寺) 등지를 둘러본 뒤 화려한 기온(祇園) 거리에서 쇼핑을 하거나 기분 좋게 한잔을 하고 나서 청사초롱 같은 가등(街燈)이 드리워진 거리를 빠져나오며 오늘 소문난 교토는 다 구경했다고 여기는 것은 아닐까.

이는 우리나라의 경주에 들른 이가 천마총이 있는 대릉원(大陵園)을 구경한 뒤 첨성대 안압지를 일별하고 불국사 석굴암에 올랐다가 대왕암이 바라보이는 감포 바닷가 횟집에서 얼큰히 취하고 나서 경주를 온전히 구경했다고 여기는 기분과 마찬가지가 아닐까 싶다. 허나 경주가 그렇게 만만한 데가 아님은 거푸 경주를 찾는 이들만 알 법하다.

똑같은 모양새를 하고 있는 석굴암 하나만 해도 봄날과 겨울날에 보는 맛이 다르고, 햇빛 좋은 날 비 오는 날에 따라서 천양의 차이를 냄을 그들이 알기 때문이다.

처자식 인솔해 가서 쳐다보는 대불(大佛)의 모습이 다르고 참한 여자애 꼬드겨 가서 바라보는 부처님 모습이 다른데 어떻게 떼거리로 가서 건성으로 한 번 본 석굴암에 대해 석굴암을 봤다고 말할 수 있겠는가.

더더욱 석굴암, 불국사가 아무리 경주를 대표한다 해도 그것이 경주의 전부는 아니다.

깨진 석탑과 석불이 지천으로 널려있는 경주 남산의 골짝골짝을 싸돌아 다녀보고 여느 사람들에게 잘 알려지지 않은 능묘(陵墓)들 사이마저 한가하니 거닐어 보아야 어슴푸레 옛 경주의 모습이 눈 앞에 그려지는 이치는 문화의 향수(享受)에 관한 본질적인 명제다.

말은 이렇게 하면서도 나 또한 네댓 차례 교토를 찾으면서도 여느 구경꾼처럼 소문난 것들만 허겁지겁 보고 말았으니 이 무슨 수작이람. 앞에 언급한 금각사, 이조성, 청수사를 서너 번 거푸 보는가 하면 기온에서 술 마신 일까지 똑같은데 내가 교토를 말하겠다니 참 뻔뻔스럽다.

그 사이 도리아식 건물 자체가 문화재로 지정이 되어 있는 교토국립박물관이며 1001구(軀)의 등신불이 모셔져 있는 33간당(三十三間堂), 기막힌 고산수(枯山水: 지형으로만 산수를 표현한 일본식 정원)가 있는 묘심사(妙心寺), 일본 왕의 예불처이던 본원사(本願寺), 예전 임금의 거처이던 교토어원(京都御苑) 등소를 차례차례 구경거리로 끼워 넣었다고 해서 사정이 달라질 것은 없다.

그러나 볼거리 많은 교토를 들락거리면서도 '새로운 것' '또 다른 것'을 제대로 보지 못했음은 교토에 대한 내 관심사가 그렇게 하찮은 것이어서가 아니라 순전히 내 동행자의 탓이라는 나름의 변명은 있다.

내게는 세 번, 네 번째 여행임에도 불구하고 그때그때의 동행자는 늘 교토가 초행이었다.

어떻게 그 초행자에게 내가 두 번 세 번 본 금각사라고 해서 그곳을 보지 못하게 하겠는가 말이다.

지난해 가을, 전신에 금박(金箔)을 붙인 그 날렵한 금각사를 배경으로 하여 또 사진을 찍으면서 나 혼자 중얼거렸다.

나 죽을 때까지 이눔의 금각사엔 몇 번을 더 와야 할까….


## 일본 읽기, 냄새 맡기

1991년 여름, 열댓 명의 우리나라 추리소설가들이 일본의 추리소설가협회의 초청을 받아 떠날 적에 추리소설이라곤 한 편도 써보지 않은 나도 그들 틈에 끼어들었다.

나처럼 추리소설과 거리가 먼 윤후명, 박양호 같은 친구 소설가들이 먼저 거기에 끼어서 내게 손짓해준 덕분이었다. 그러니까 열다섯의 일행 중에 진짜 추리작가는 열둘뿐이었지만, 돌아올 때까지 일본 측에서는 아무도 눈치를 못 챘다.

우리나라도 이제 엇비슷 저쪽을 닮아가지만, 작가들 중에서도 가장 못 먹고 못 사는 축은 순수문예작가이고 가장 떵떵대는 이들은 베스트셀러 많이 내는 추리작가들임을 그 여행에서 나는 새삼 실감할 수 있었다. 그만큼 일본 추리작가들이 우리에게 내는 '한

턱'이 기가 막혔던 것이다. 당시 우리는 동경에서 이틀간 그들의 대접을 받은 뒤 신간선을 타고 오사카로 내려왔는데 내게도 교토 여행은 이때가 처음이었다.

하룻밤을 교토에서 자면서 이곳저곳을 구경했는데 첫 방문이었음에도 기대 밖의 감흥을 가진 기억은 지금까지 남아있다.

교토, 나라(奈良)에만 가면 당장 옛 신라와 백제를 만날 수 있다는 선입견이 내게도 그만큼 강했던 때문인지도 몰랐다.

그러나 당시 내가 만난 교토는 전혀 신라, 백제와는 거리가 먼 일본의 교토였을 뿐이다.

나라에 있는 법륭사(法隆寺)를 둘러보고 나오던 길이었다. 교토에 이은 나라 관광의 마지막 날이었다.

따가운 햇살을 피하기 위해 일부러 담 그늘 자리만 골라 걷던 도중 내가 윤후명에게 물었다.

"냄새가 나요?"

"무슨 냄새?"

"한반도 것."

"전혀."

그나마 법륭사는 가장 오래된 절인 만큼 일본식의 덧칠이 덜한 곳이다. 게다가 일본인 스스로 고구려인 담징을 말하고 백제 불상을 자랑하고 소아씨(蘇我氏)의 내력을 적고 있음에도 불구하고 내게는 그 절에서 풍기는 냄새가 왠지 기묘하기만 했다.

같은 소설쟁이 중에서도 특히 문화적 감각이 더 발달해 있다고 여겨지는 윤후명이 후딱 내 말에 동조해 주는 바람에 나 또한 그가 여간 미덥지 않았다.

예술을 한다는 이들 대개가 그러하겠지만 특히 글쟁이들은 직관을 더 중요시하는 편이다.

요모조모를 따져 본다거나 이런저런 증거들을 들추어 말하기보다는 전신에 끼쳐오는 느낌에서 사물을 변별하는 습성을 갖고 있다고 보는 것이다.

그러므로 이들은 어딜 가든 안내문 하나 꼼꼼히 읽어보는 일이 없다. 하나라도 더 보겠다고 분주히 움직이는 법도 없다. 한가하니 어슬렁거리면서 눈에 들어오는 것만 보고 마음에 잡히는 것만 붙잡아 두는 편이다.

교토에서 이미 우리 것과 일본 것을 겨주는 일로 골머리가 아팠던 나는 이 법륭사에서 마주한 일본의 국보 백제관음상(百濟觀音像)이 골칫거리였다.


## 교토에서는 일본을 봐야 한다

법륭사에 안치돼 있는 백제관음상은 그 탁월한 조형미로 해서 일본의 국보 차원이 아닌 우리 인류의 문화유산으로 일컬어지기까지 한다. 전해지길, 백제로부터 불상이 건너왔다고도 하고 또는 일본에 건너온 백제인이 조성했다고 해서 백제관음상이란 이름이 붙었다고 한다.

이런 연유에서도 한국의 관광객, 참배객들은 이 관음상 앞에 서면 별난 감회를 가지면서 차마 발길을 떼지 못하는 것이다. 이제 사찰에서는 따로 전각을 지어 이 명품을 보존하겠다고 불사를 일으키고 있는데 시주자 명부를 볼라치면 유독 우리나라 사람의 이름이 많이 눈에 띈다.

그러나 오래전 내가 이 관음상을 사진으로 대할 때부터 내게는 야릇한 느낌이 있었다.

그것은, 저게 정말 이름 그대로 백제에서 간, 혹은 백제인에 의해 만들어진 불상일까 하는 의문에서 비롯된 느낌임은 나 자신이 잘 알고 있었다.

이런 느낌은 그 후 시간이 흐르고, 또 두세 차례 직접 그 불상을 대하고서도 쉬 떨치지 못했다.

우선 불상의 체형 자체가 너무 늘씬하여 기이한 느낌마저 주는 것이 수상쩍다. 길쭉한 얼굴 모양새며 어깨에서 둔부로 흘러내린 선이 지나치게 미끈하며 길다.

서산 마애불에서 볼 수 있는 그런 오막조막 맛은 물론 천진스러운 느낌마저 전혀 주질 못하는 것이다. 윤곽을 잡고 법의(法衣)의 세선(細線)까지 살리고 있는 조각 기법도 섬세하다 못해 현란하기까지 하다.

한반도에서 볼 수 있는 예의 백제불, 신라불과는 자못 느낌이 다른 불상인데 '백제'라는 이름이 붙어 있는 것이다.

돈황의 석굴 벽화에서나 볼 수 있는 이 이국적 느낌의 불상이 과연 백제와 무슨 관련이 있는 것인가? 혹여 위(魏)나라의 불상이 백제를 거쳐 일본으로 들어간 것은 아닐까…?

백제관음상에 대한 냄새 맡기에서 비롯된 내 생각은 이렇듯 불온한(?) 데까지 비약할 수밖에 없었는데 이는 섣부른 내 직관 탓도 있지만, 교토와 나라의 '일본 것'한테서 암암리에 얻은 영향 탓도 적지 않음을 알 수 있었다.

완벽한 일본풍을 보이는 교토의 청수사, 금각사 같은 사찰은 말할 것 없고 백제인이 감독을 맡고 공사를 했다는 동대사(東大寺)마저도 그것은 백 퍼센트 일본 절간이지 우리 것과는 무관하다는 확신을 나는 진작 갖고 있었다.

통일신라시대나 고려시대에 경주며 송도 한복판에 있었던 거찰들이 그러했는지는 몰라도 동대사는 기분 나쁠 정도로 우람하다. 본당은 말할 것 없고 우리의 일주문에 해당하는 남대문마저도 외람할 정도로 장대하기만 하다. 화풍(和風)의 지붕 형식도 일본 고유의 것이지 우리 것이 아니다.

진정 반도에서 온 도래인들이 이를 지었다면 떠나온 땅에 대한 애승의 반작용에서 이런 괴물을 만들고 말았을까?

일본인들은 대체로 축소지향과 확대 지향의 상반된 두 가지 지향성을 가지는데 축소지향으로 갈 적에 일본인들은 그들 특유의 미학적 장점을 잘 살려내지만, 확대로 가면 영 그렇지 못하다는 이어령 씨의 지적도 그래서 수긍이 된다.

아무튼 교토와 나라(奈良)에서 백제 신라 찾기는 일찌감치 관두는 게 낫다는 것이 내 생각이었다. 그냥 일본 것을 일본 것대로 보고 즐기면 편하다는 생각이었다.

일본인들이 어떻게 말하든 그들의 역사 시작은 도래인들을 빼고는 말할 수 없는 것이다.

그리고 중국과 한반도 둘 중에서 어느 쪽의 영향을 더 부각시키느냐 하는 차이는 있지만, 이 점은 대부분의 양심적인 일본인들이 인정하는 바이기도 하다.

그 옛날 반도에서 넘어간 이들은 자신들의 앞선 문명으로 그곳에 살던 이들을 이끌고 섬나라의 역사를 시작한다.

그 처음의 땅은 큐슈다. 그 작은 섬에서 이런저런 나라를 세우고 서로 싸우고 또 세를 키워나간 그들은 뒤이어 해협을 건너 본(本)

섬으로 옮겨간다. 동으로, 동으로 옮겨가던 그들은 마침내 지금의 긴기(近畿) 지방에 이르러 오래 저들만의 역사를 일굴 터전을 잡는다. 그 첫 번째 땅이 아스카(飛鳥)요, 두 번째가 나라(奈良)이며 그 다음이 교토다.

이밈때쯤 그들은 더 이상 한반도의 이주민들이 아니다. 새로운 땅에서 새로운 나라를 이룬 이들인 것이다. 그 나라가 바로 일본이며 그 주민이 일본인이다.

그들은 그들 나름의 신화를 만들면서 그 옛날에 떠나온 땅에 대한 그리움을 삭이면서 또 그렇게 자신들을 떠나보낸 땅에 대한 원망도 쏟을 수가 있었다.

그 사랑과 원망은 저들이 만든 역사책에도 온전히 기록된다. 절절한 그리움으로 또는 턱없는 증오와 부정의 몸짓으로… 그 역사책이 곧 [고사기(古事記)]며 [일본서기(日本書紀)]이다.

교토가 일본의 수도가 된 것은 8세기 말이며 이로부터 4백여 년간 이 도시는 가장 번창하는데 이 시기를 일본인들은 헤이안(平安)시대라고 한다.

다시 말해 이 도시에서 일본화(日本化)의 완성을 보는 것이다.

이런 까닭에서도 우리가 교토에서 일본을 보고 또 일본을 봐야함은 마땅한 일이다.

두 번째 교토에 가던 때, 나는 내 생각을 이렇게 간명히 했다. 그리곤 그 옛날 일본인들이 긴기 지방으로 옮겨가던 때를 흉내 내기라도 하듯 부관(釜關) 페리로 바다를 건넌 다음 시모노세키에서 오사카까지, 역마다 서는 기차를 타고 세 번이나 열차를 바꿔 타면서 장장 8시간이나 걸리는 기차여행을 했다.

지난해 7월의 일. 물론 이런 완행을 타면 신간(新幹) 특급보다 4

천 엔을 절약할 수 있다는 속셈도 있었다.

백제관음상은 어떻게 할까?

이 골칫거리도 그 기차간에서 간단히 해결했다. 재작년 부여의 어느 논바닥에서 우연히 끄집어낸 청동 대향로를 떠올렸던 것. 그 향로의 기막힌 새김질을 봐라, 그 날렵한 형태를 봐라, 그 현란한 문양을 봐라… 그런 향로를 만들 줄 알았던 백제인이라면 그깟 관음상 하나 못 빚을까.

내가 그런 엄청난(?) 생각을 하고 있을 때도 옆자리의 동행은 계속 삼만 자고 있었다.

<1997. 고대대전교우회보>

# 천리대학과 칠지도(七支刀)를 보러 가는 길

    덴리(天理)에 도착했을 때는 밤 8시가 훌쩍 넘어 있었다. 하늘도 어둡고 사위도 어둑하다. 역사(驛舍) 주위의 허름한 불빛을 보아서도 지도의 표시처럼 도시의 규모가 퍽 작음을 짐작할 수 있었다. 천리교(天理敎) 하나에 의해 대학[天理大]이 들어서고 뒤이어 도시가 형성됐다니 이곳은 천리교를 떠나서는 생각해 볼 수가 없는 곳이기도 했다.

    이국의 한적한 읍 거리에 내렸으니 응당 택시를 불러 탈 수밖에 없었다. 나의 다섯 번째 일본 여행, 지난해(1996년) 시월의 일이었다. 일생은 셋. 나와 같은 대학, 같은 학과에 근무하는 강윤후(시인. 본명 강헌국. 현 고려대 국문과 교수) 교수가 그중 한 사람이요 또 문학평론가인 여류 문사 한 분이 끼어 있었다.

    강 시인은 모교의 같은 과 후배가 되지만, 우리를 이곳 덴리까지 오라고 부른 송하춘(소설가. 당시 고려대 교수) 교수한테는 가장 아끼는 제자 중의 한 사람이기도 했다.

    따지고 보면, 탁월한 학문적 역량에다 시 창작 재능을 겸비한 전도유망한 강 교수가 그 좋은 대학들을 다 놔두고 연고도 전혀 없는 이 고장의 조그만 전문대학에서 분필을 쥐게 된 사연도 실은 나와 송 교수의 남모를 수작(?)에 기인한 바가 많다.

    어쩌면 그에게 있어서는 나 같은 선배와의 연분이 적잖이 언짢을 수도 있는데 속 깊은 이답게 아무런 내색조차 하지 않으니 나

역시 무던히 고마울 따름이다.

　명색이 선후배 사이지만 나이 차가 십 년도 넘고 보니 차마 그로서도 나를 만만히 선배라고 부르지를 못하는 처지이지만 연령에 무관하게 서로가 살아가는 방식이며 생각하는 모양새가 제법 엇비슷하여 혹간은 해묵은 지기처럼 여겨지기도 하는 것이 내 편의 느낌이다. 그래서 평소에도 송 선배를 좋아했지만 이런 친구를 내게 붙여 준 인연만으로도 더욱 당신을 좋아할 수밖에 없게 돼 버렸다.

　한편 여류 문사는 지아비와 귀여운 자식들을 다 내팽개치고 우리를 따라붙었다. 가을녘 우리가 교토며 나라(奈良), 아스카(飛鳥)로 떠난다는 소리를 듣고는 한순간에 집안 잡사 다 까먹고 ‘나도 붙여 주세요.’ 하고 행장을 꾸린 이인데 평소의 술자리에서도 그랬듯이 도무지 성별이 의식되지 않는 그 무던함이 좋았던 터라 나 또한 좋다 하고 일행에 붙였다.

　실제로 오사카의 호텔 방을 잡을 적엔 으레 그것이 마땅하다는 듯이 방 한 칸만 골랐는데 그이도 그것이 당연하다는 듯 받아들였다. 다행히 침대 셋 있는 방이어서 망정이지 트윈룸밖에 없었다면 정말 어쨌을까.

　비록 3인의 행차이긴 했지만, 소설가, 시인에다 문학평론가까지 곁들이고 보니 규모는 작아도 범(凡)문단적인 일본 방문이라고 한들 누가 뭐랄까.

　게다가 공식적으로는 천리대학교 조선어문학과가 주최하는 ‘한국문학심포지움’ 참가라는 깃발을 내걸었으니 우리 셋은 절로 보무도 당당할 수밖에 없었다.

　김해 공항에서 비행기를 타기도 전에 이미 부산 포구에서 밤새워 역병이 된 탓에 막상 일본 땅에 내렸을 적엔 해골이 흔들리고 배속에서 신물이 올라오긴 했지만 말이다.

덴리역 앞에서 탄 택시, 아무리 친절한 일본 사람이라고 하지만 그이가 한국말까지 유창하게 지껄인다는 사실은 썩 기분 좋은 일만은 아니었다.

상대가 그렇다 보니 우리가 마음대로 낄낄댈 수 없지 않은가 말이다. 숱한 한국인 천리교 신도가 찾는 곳인 덕에 저절로 한국말을 깨쳤다는 그이의 설명이었다.

송 교수가 홀아비 생활을 하고 있는 아파트부터 찾아갔다. 다다미방에서 노트북을 두드리는 흉내를 내고 있었지만, 그이 또한 오매불망 우리의 도착을 기다리고 있었음이 분명했다.

서둘러 그곳을 나와서는 송 교수가 대학에 부탁해 잡아두었다는 우리의 숙소부터 들렀다. 주택가 한복판에 위치한 천리교 신도들의 숙소였다.

호텔 같은 시설은 아니었지만, 운동장만 한 다다미방이 정갈한 데다 자고, 먹고, 씻고 하는 데 아무런 불편이 없어 보였다. 우리 돈 3, 4천 원으로 자고 먹고 할 데가 여기 말고 일본 천지에 어디 있겠는가. 천리교 좋은 종교! 판단은 이곳에서 더욱 단순해졌다.

다시 송 교수의 단골 선술집으로 자리를 옮겨 술 파티. 일본 술 마시고 일본 고기 씹으면서도 지치지 않고 한국말만 쏟아냈다.

여기서 새로 느낀 것 하나. 교환교수로 온 지 6개월 만에 우리 송 교수 또한 한일고대사에 전문가가 다 돼 있더란 사실이었다. 광개토왕비가 어떻고 칠지도(七支刀)가 어떻고 소아씨(蘇我氏)가 어떻고… 현지에서 익힌 그이의 고대사 강의가 거침이 없었다.

그럴 수밖에. 교토와 나라, 아스카를 지적에 두고 심심하게 나날을 보내는 한국의 지성이 고대 양국의 관계에 관심을 두지 않는다면 그는 지성인은커녕 사람도 아니다.

그이의 열띤 연설을 들으며 나는 우리 송 교수가 언젠가 [잃어버린 왕국] 저리 가라 하는 역사소설 한 편을 펴낼 것임을 예감하지 않을 수 없었다.

이튿날, 우리는 우리를 거의 공짜로 먹여주고 재워 주는 천리대학부터 방문했다. 폼 나는 가로수가 도열한 무공해 가도를 걸어서 들어간 대학 구내, 하나의 거대한 왕국이 이곳에 들앉아 있음을 실감치 않을 수 없었다.

흰결같이 기와지붕을 이고 있는 거창한 대학 건물들이 성곽처럼 캠퍼스를 꾸미고 있었지만, 우리는 그 건물들을 일일이 둘러볼 겨를이 없었다. 이곳에 수장돼 있다는 [몽유도원도]나 되찾아 가자는 농담이나 하면서 찾아간 곳은 조선어문학과였다.

송 교수의 연구실을 둘러보고 이어 과사무실과 도서실을 구경했다. 돈 많은 나라의 대학답게 학과 하나의 설비까지도 하품나게시리 잘 돼 있다.

학과 도서실이 웬만한 우리네 대학도서관보다 더 규모가 있고 짜임새가 있다. 최근의 남북한 도서와 논저까지 다 갖춰놓은 듯싶다. 별천지 같은 이곳에서 한국말이나 가르치면서 틈날 때마다 고대 유적지를 찾아다니며 소일하는 송 교수가 참 부럽다. 그리고 월급은 고려대에서 받고 천리대에서도 받고….

칠지도가 보관돼 있다는, 유서 깊은 석상신궁(石上神宮)은 이곳 천리대에서 걸어서 20분 거리에 있다.

백제의 왕이 일본의 왕에게 하사했다 혹은 진상했다. 논란이 많은 그 수수께끼의 보물이 있다는 곳. 저들의 신궁을 찾아가는 아스팔트 길에도 붉은 낙엽이 떨어지고 있었다.

## 역사의 땅, 아스카(飛鳥)

정감 있는 어떤 일본인들은 우리의 부여 땅에서 자신들의 옛 고향을 느낀다고 말한다. 그렇다면 아스카(飛鳥)를 여행하는 한국인들은 대체로 그곳에서 어떤 정회를 품을까?

혹여 윗대 어른들이 후손들 잘 모르게 꾸려놓은 고향 밖의 고향을 찾아온 듯한 정감을 가지는 것은 아닌지.

지금의 후쿠오카가 위치한 큐슈 북단이 한반도에서 바다를 건너온 도래인(渡來人)들이 일본의 역사와 만나는 최초의 접합점이라고 한다면 아스카는 이들 도래인이 일본 역사의 주축으로 등장하는 양상을 실증적으로 드러내 보이는 곳이라고 볼 수 있다.

수많은 소규모 단위의 분산돼 있던 정치 세력들이 야마토(大和倭)로 통합되면서 본격적인 일본화(日本化)의 과정을 밟게 되는데 이 야마토의 본거지가 바로 아스카인 셈이다.

그리고 6세기 말에서 7세기에 이르는 이 야마토 정부를 사실상 좌지우지한 인사가 바로 소아씨(蘇我氏) 일족인데 이들이 도래인임을 의심하는 이는 이제 거의 없다.

소아씨의 맨 윗대 조상인 소아만지(蘇我滿智)가 다름 아닌 백제 개로왕 때의 목만치(木滿致)라는 학설도 일본 학계에서 상당한 비중을 갖고 있다.

아무튼, 소아씨 일족은 자신들이 선점(先占)한 이곳 아스카에서 앞선 농업기술로 막강한 재력을 키웠으며 일본 왕가(王家)와의 의도적인 혼척(婚戚) 성립으로 빠른 기간에 다른 씨족들을 제치고 정부의 실권을 장악할 수 있었다.

감수강(甘壽岡) 언덕 위에다 왕궁을 능가하는 저택을 짓고 호사를 부렸던 소아씨는 예전에 저들이 떠나왔던 한반도로부터 승려, 학자, 공인들을 불러들이면서 앞선 문물을 받아들이기에 온 힘을 쓰기도 했다.

아스카는 본격적인 일본 역사의 첫 장을 장식하는 역사의 땅인 동시에, 반도에서 바다를 건너간 이들이 일본이라는 신천지에서 새 역사를 여는 땅이기도 했다.

일본에 가서도 매번 일정에 쫓겨, 나라며 교토에서 걸음을 돌렸던 나는 아스카가 이렇듯 가깝고 찾기 쉬운 곳에 있는 줄은 몰랐다. 덴리에서 전동차로 3~40분 거리. 우리가 아스카를 찾아간 그날은 적당히 날이 흐리고 기온은 높았다.

역사(驛舍)에서 샌드위치 도시락까지 준비했으니 우리는 시간에 구애받음 없이 역사의 길을 걸으면서 적당히 보고 적당히 생각하고 느끼기만 하면 그만이었다. 훌륭한 안내자가 있는 데다 가도 곳곳에 안내 쪽지들이 비치돼 있어서 길을 잘못 들거나 잃을 염려도 없었다.

맨 먼저 소아씨의 사저(私邸)가 있었다는 감수강 언덕에 올라 아스카 일원을 조망한 다음 본래의 모습에서 많이 비켜나 있는 비조사(飛鳥寺)를 둘러보고 추정 판개궁(板蓋宮) 터를 거쳐 천원사(天原寺), 고송총(高松塚), 회외사(檜畏寺)로 이어지는 '역사 산책로'를 걸었다.

일본의 못된 것들은 잘도 흉내를 내더니만 일본의 이런 참한 구석은 왜 흉내 낼 시늉조차 하질 않는 것일까? 아스카의 그 정감 있는 역사 산책로를 걸으면서 나는 우리가 떠나온 곳에 대한 야속한 마음을 갖지 않을 수 없었다.

우리의 경주며 부여는 왜 이런 근사한 오솔길 하나를 갖질 못하는가 하는 마음에서다. 사원과 궁터, 고분과 석물 등등 이런저런 역사 유적지를 이어가는 이 아스카의 작은 길은 더 없는 정취를 자아낸다. 턱없이 무작정 걷게 하지도 않는다. 지칠 만하면 휴게소가 나오고 궁금하다 싶으면 전시관이 나타난다.

일부러 자동차는 제대로 다니지 못하게 만든 말 그대로의 오솔길이니 큰돈 들일 것도 없어 보인다. 그러면서도 지형 지세를 원형대로 살리면서 좁은 길 하나로 자연스럽고 아기자기하게 문화유적지와 자연을 엮은 그 자상한 배려와 공력이 예사롭지 않다.

자전거를 타고 스쳐 가는 학생도 어린아이를 데리고 나온 부부도 가볍고 즐거운 마음으로 자연과 역사를 받아들일 수 있는 곳, 이곳이 바로 아스카의 역사 산책로 아닌가 싶다.

마침내 봉분 위로 푸른 대나무 숲이 거인의 머리칼처럼 꽂혀있는 고송총에 다다랐다. 일본에서도 가장 확실하게 '우리 것'의 흔적이 남아있다는 옛 무덤.

비록 일본인들은 여태 제대로 된 조사보고서조차 내놓질 않고, 피장자(被葬者)에 대해서도 저희네 왕족이다, 황자(皇子)다 하는 설(說)을 앞세우면서 고구려 귀인(貴人)설 같은 것은 뒷전으로 돌리고 마는 또 하나 굴절의 무덤이 바로 고송총이지만 이곳의 채색 벽화 앞에 서는 한국인들이라면 저도 모르게 '세상에!'하고 탄성을 낼 수밖에 없다.

벽화의 형상미가 탁월해서가 아니다. 규모가 굉장해서도 아니다. 우연스레 도회의 역전 광장에서 고향 아저씨를 만난 것과 같은 그런 느낌 때문이다. 그만큼 이곳에서 보는 것은 우리 것을 닮았다기보다 우리 것 자체다.

고구려 것을 그대로 떼다 놓은 것 같다. 사신도(四神圖), 미인도, 수렵도 같은 고구려 고분 벽화쯤은 우리나라 사람이라면 이런저런 책을 통해 어릴 때부터 익히 보아 온 것이 아닌가. 이해하는 그림이 아닌, 우리 몸에 육화(肉化)된 그림이 이런 벽화였다.

그러한 한국인이 하도 낯익어서, 하도 친근해서 저도 모르게 '세상에!' 소리 내고 마는 이 무덤 벽화들 두고 갑론을박하는 섬사람들이 되레 딱하다.

그러나 놀람과 반가움 뒤에는 당혹이 남는다. 바다를 격해 있는 남의 땅 남의 나라에서 우리 것을 대하는 감정이 순전히 반갑고 자랑스럽지만 않다는 것이다.

그 옛날 그들은 왜 이 먼 데까지 와서 새로운 나라를 만들지 않으면 안 되었을까? 우리는 그들이 일으킨 문명을 어떤 눈으로 바라봐야 하는가? 일본에서 한국을 찾는 일은 도대체 무슨 의미가 있는가? 이러한 궁금증은 후대로 갈수록, 두 나라가 만들어 가는 관계사를 천착해 보면 더욱 커진다.

우호와 협력으로 상호 발전을 추구하기보다 일방의 정복과 침탈로 이어지는 적대적 관계의 원인(遠因)이 혹여 이러한 감추어진 고대사에 있지나 않은지…….

현재 고송총은 관광객들이 일절 무덤 안을 볼 수가 없게끔 폐쇄돼 있으며 전시관의 벽화들도 전부 모작(模作)들이다.

&lt;1999. 고대대전교우회보&gt;

# 미덕과 악덕
--지나치다 싶은 일본인의 친절

흔히 외국인들이 꼽는 일본인의 미덕 가운데 으뜸으로 치는 것은 그들의 친절이다. 일본에 가서 보면 이것이 전혀 허사가 아님을, 그리고 조금도 과장된 것이 아님을 실감할 수 있다.

오사카역의 관광안내센터에서 호텔을 소개받았다. 전문 관광안내회사인 TIS에 가면 더 편리하게 호텔을 소개받을 수 있고 거기서 호텔 값까지 치를 수 있다는 것을 알지만 그곳에서는 소위 '싸구려' 호텔을 취급하지 않는다는 것이 흠이다.

안내원이 전해 준 '싸고 깨끗한' 호텔의 약도 하나를 쥐고 중앙통로를 나서는데, 한 청년이 말을 붙여왔다. 자기도 좀 전에 안내센터 앞에 있었다면서 자기가 그 호텔 위치를 일러 주겠다고 했다. 고맙다고 하고 그를 뒤따랐는데 금세 그는 미로 같은 지하통로를 복잡하게 쑤시고 나갔다.

마침내 그도 방향을 잃었음인가, 지나가는 50대 부부를 붙잡고 길을 묻는다. 50대 부부가 그와 뭔가를 속닥이더니 오던 길을 되짚어 나간다. 한참 만에 간신히 지상으로 올라와 주위를 살펴보니 이리저리 고가도로가 얽혀있는 어둑한 거리다.

이 음산한 곳에 내가 가고자 하는 호텔이 있을 것 같지 않다. 더럭 의심이 들면서 무섬증이 덮쳐왔다. 아항, 이 자들은 허술한 외국인을 노리는 전문 패거리들이구나. 서로 처음 만난 듯이 수작은 했지만, 젊은이 늙은이가 모두 한 패거리다! 모국에서 익힌 나의 조심성이 그제야 발동을 했다.

그래서 사내를 붙잡고 정중히 말했다. 이제 내 갈 길은 내가 알아서 갈 테니 그대는 그대대로 가라고. 그리곤 뒤도 돌아보지 않고 큰길을 건넜지만, 사내와 부부가 악착같이 내 뒤를 따라붙었다.

여차하면 삼십육계 달음박질을 할 셈을 하는데 뜻밖에 변화가 나타났다. 50대 부부가 먼저 사내에게 골목 안쪽을 손짓해 보이곤 걸음을 돌렸다. 사내가 그들 부부에게 허리 숙여 인사를 했지만, 나는 그런 인사조차 치를 정신이 아니었다. 허튼수작들 마….

내가 앞서 골목으로 들어섰다. 코앞에 바로 내가 들고자 하는 호텔의 간판이 번쩍거리고 있었다. 호텔 현관까지 따라온 젊은이가 여기가 바로 그 호텔이라면서 한껏 머리를 숙여 내게 인사를 한다. 그리곤 좋은 여행이 되라나, 어쩌구 하곤 곧바로 발길을 돌려 제 갈 길로 휑하니 가버리고 만다.

제대로 감사 인사도 하지 못한 나는 호텔 현관에 선 채 인파 속으로 섞이는 그의 뒷모습만 멍하니 바라보았다.


동행 때문이긴 했지만, 구마모토(熊本)에서는 평소 하지 않던 짓을 했다. 이곳저곳 시내를 기웃거리다가 해질녘쯤 술집이나 찾아가면 좋을 것을 촌스럽게도(?) 왕복 여섯 시간의 버스 투어를 신청했던 것. 원시림에 덮인 키쿠치(菊地) 계곡을 거쳐 아소산(阿山) 분화구를 구경하고 오는 코스인데, 사실 이편을 구경할라치면 이런 버스 투어가 가장 싸게 먹히기도 했다.

그런데 출발 시각에 버스를 타고 보니 이게 뭔가, 관광객이 우리 한국인 둘에다 니카타(新潟)에서 왔다는 일본인 한 사람. 으레 투어는 취소되겠구나 싶었는데 그게 아니었다. 일 분도 지체 없이 버스가 출발했는데 운전사며 안내양한테 미안해할 겨를조차 없었다. 먹을 것 마실 것을 갖다준 안내양이 곧장 마이크를 쥐고선 오른쪽을 보세요, 왼쪽을 보세요, 하며 온몸으로 가이드를 시작했기 때문이다. 그녀의 재빠른 말을 알아들을 사람은 니카타 아저씨밖에 없건만 그녀는 30분, 한 시간을 쉼 없이 떠들어댔다.

잠시 쉬는 시간에 내가 그녀에게 말했다.

우린 아예 알아듣지도 못하니 니카타 아저씨한테만 양해를 구하곤 앉아서 편히 가도록 하라고. 그랬더니 그녀가 큰일 날 소리 한다는 식으로 고개를 저었다. 그리곤 버스가 움직이는 시간 내내 마이크를 놓지 않았다. 미소 한 번 잃지 않은 채 말이다. 이건 친절이 아니라 차라리 고문이었다.

다시 어느 해의 오사카다. 호텔을 얻기 위해 TIS 창구 앞에 줄을 섰다가 본의 아니게 새치기를 했다. 다들 기차표나 끊고 하길래 호텔 예약은 다른 창구에서 하나 보다 해서 슬쩍 줄에서 빠져나와 창구 앞으로 가 봤던 것이다.

그랬더니 맨 앞에 섰던 아줌마가 나를 향해 살짝 웃으며 '스미마셍' 하는 것이 아닌가. 저 아줌마가 나한테 왜 미안하다는 거지, 멋모르고 그녀를 쳐다봤더니 이번엔 그녀 뒤편에 섰던 할머니가 또 웃으며 '스미마셍' 한다. '줄 좀 똑바로 섭시다.' '새치기하지 마세욧!' 하는 말만 들어봤던 한국인 중의 하나인 나는 저절로 얼굴을 붉히지 않을 수 없었다.

일본인들의 이런 친절 혹은 예의 바름에 대해서는 얼마든지 더 나열할 수 있다. 그것이 속에서부터 우러나오는 것이 아닌, 판에 박힌 것이라고 해도 칭찬거리는 될지언정 비난할 일은 절대 아니다. 그러지 못하는 우리 스스로를 나무라야 할 것이다. 그리고 그들의 친절, 예의 바름의 이면에 있는 진정성 같은 것은 상황에 따라 새롭게 새겨 볼 일일 뿐이다.

직업의식이 투철한 일본의 택시 기사들은 손님이 말을 시키기 전에 결코 손님에게 먼저 말을 거는 법이 없지만, 개중에는 더러 건방지기 짝이 없는 기사도 없지 않다. 손님이 한국인임을 알고 나서는 보란 듯이 '도요토미 히데요시(豊臣秀吉) 넘버원'이라거나 일본어가 영어, 독일어 다음가는 세계어라고 자랑해 마지않는 위인들이 그 예다. 겉으로 보이는 친절과 무관하게 드러내는 저들의 뿌리 깊은 한국인에 대한 우월감이다.

이는 저들의 책방 서가를 장식하고 있는 그 숱한 한반도 무대의 가상소설들이며 선정적인 논픽션들에서도 그대로 나타난다. 불고기를 구우면서 김치를 반찬으로 내놓고, 분명 두꺼비 진로 딱지가 붙은 소주를 갖다 팔면서도 굳이 간판에는 중국식 식당이라고 표기하는 저들의 속 좁은 근성을 트집 잡을 필요는 없다. 저들의 훌륭함과 저들의 못남을 제대로 이해하는 자리에서 우리는 우리의 자리매김을 바르게 할 수 있다고 여기기 때문이다.

<1997. 고대대전교우회보>

# 톈바오동(天宝洞) 동굴에서 맡는 술 향기

굴에 드는 행위는 여전히 신화적 체험이 된다. 어둡고 습하며 끝 모를 그곳. 그리하여 두려움과 설렘, 기꺼움이 함께 하는 신비로운 공간이 굴이다. 굴에서 술이 익어간다?

10여 년 전, 중국 땅에서 처음 백주에 관심을 가질 때부터 나는 그 술의 마지막 공정이 굴에서 이루어진다는 사실에 기묘한 연상들을 발동시켰으며 나아가 술의 체험을 나의 것으로 확장하고 싶다는 욕망을 가졌다.

2008년 겨울, 한 달간 일정으로 너른 대륙을 돌며 곳곳에 산재한 명주 양조장을 찾아가던 때도 나는 그곳의 숙성저장고에 들어가 보는 일을 빠트리지 않았다. 대개는 인공의 구조물이긴 해도 굴의 형태인 것만은 분명했다. 어둡고 습하다. 긴긴 시간 소리 없이 먼지만 내려앉는 동굴 속에 술독 혹은 주해(酒海, 나뭇가지나 판자를 엮어 만든 용기)들이 줄지어 앉아서 시간을 죽이며 제 몸속의 액체를 정화시키고 있는 장엄(?)한 모습을 목도할 수 있었다.

열반에 든 고승의 육신을 일정 기간 큰 독에 안치하는 절간 의식과 다를 바 없다면 지나친 말이 될까. 허나 티끌세상의 육체가 부처로 환골탈태하는 그것이나 낱알의 곡식이 모이고 으깨져서 술이 되는 과정은 섭리에 있어 크게 다를 바가 없다.

당시의 내 여정은 쓰촨성 이빈(宜賓)시에 있는 <우량예(五粮液)> 술 공장에서 끝이 났다. 시간도 돈도 떨어진 데다 기력마저 소진된 터라 장강(양자강) 아래편의 <노주노교(瀘酒老窖)> 술 회사며 강 너머의 <낭주(郎酒)> <마오타이주(茅台酒)>의 근거지를 남겨두고도 청두(成都)로 걸음을 돌리지 않을 수 없었다.

큰 아쉬움은 없었다. 좋은 음식을 한꺼번에 다 먹고 나면 무슨 낙이 있을 것인가.

10년 가까이 시간을 흘려보낸 뒤 나는 다시 그 강가에 섰다. 노주노교의 생산지 루저우(瀘州)를 기점으로 해서 1천 킬로 츠수이하(赤水河)를 거슬러 오르기로 한 것이다. 중국 명주의 또 다른 산지들이 이 강을 따라 퍼져 있다.

낭주, <습주(習酒)>, 마오타이… 여정의 끝은 구이저우성(貴州省) 준이(遵義)시의 <동주(董酒)>로 예정돼 있었다.

그러나 무엇보다 내 열망 하나는 낭주 회사의 술 숙성저장고 천보동(天寶洞) 동굴에 들어가는 것. 굴과 술을 운위할 때마다 이 동굴은 나한테 있어 우리네 먼 조상 곰 할머니가 들어갔던 그 동굴이나 다를 바 없었다.

루저우에서 낭주 회사가 있는 얼랑탄(二浪灘)으로 가는 길은 멀고 험하다. 깎아지른 협곡 사이로 황토물이 흐르고 산골 버스는 그 절벽 길을 거침없이 내달린다.

차라리 벼랑 쪽으론 시선을 돌리지 않는 게 좋다. 자전거도 타고 가축도 타는 버스 안에서 크고 작은 짐 보따리에 끼어 앉아 있으면 그걸로 편안하다.

세 번 버스를 바꿔 탄 뒤, 마침내 구린현(古藺縣)의 산간마을 얼랑탄에 도착했다. 행정구역상 여기는 아직 쓰촨성 루저우 관내다. 여기서 마오타이까지는 70여 킬로밖에 되지 않는다.

츠수이하가 쓰촨과 구이저우의 경계가 되는데 마오타이는 강 오른쪽에 있어서 귀주(貴州)성에 속한다.

장강의 한 지류인 츠수이하는 예로부터 '중국미주하(中國美酒河)'로 불렸다. 강 양쪽 연안에서 빼어난 술들이 빚어졌기 때문이다. 특히 얼랑탄 주위는 온통 높고 험한 산들뿐이다.

이 깊은 산골에서 흘러내리는 골물은 유독 맑고 차며 이 중에는 물맛이 단 계류가 있는데 사람들이 이를 낭천(郎川)이라고 불렀다. 이 물로 빚은 술이 곧 낭주다.

'산중에서 얻은 낭천수, 구름 사이에서 신선의 술로 빚어진다네(山中借得郎泉水 雲間釀出琼漿美).'라든가 '적수 물결에 달빛 비치고 낭천의 옥 같은 물 기이한 향을 뿜는다(赤水波澄明月光 , 郎泉玉露發奇香).' 등의 시구에서 보듯이 낭주는 이곳의 좋은 물과 수수 그리고 천혜의 자연조건이 어우러져 빚은 결정이다.

그리고 여기에는 낭주가 술의 숙성저장고로 이용하는 두 개의 천연동굴이 빠질 수 없다. 이들 동굴은 공장 오른쪽 약 2킬로 지점의 와불산 오공(蜈蚣, 지네) 벼랑에 있다. 이는 허공에 걸린 듯한 자연의 술 창고인데 위편에 있는 것을 천보동이고 아래편이 지보동(地宝洞)이다.

두 동굴의 너비를 합하면 8천 평방미터나 된다. 주라기 시대에 형성된 이 동굴들은 예전에는 군사용으로 사용됐으며 70년대부터 낭주의 숙성저장고로 사용했다. 동굴 안에 무수한 술 항아리들이 도열해 있는 장관은 진시황의 병마용(兵馬俑)을 연상케 한다고 하여 '백주 병마용'으로 불리기도 한다.

일반 배갈의 저장기간은 보통 1년 정도이다. 그러나 낭주는 3년 이상의 저장 숙성을 원칙으로 한다. 기간이 길어질수록 술에 포함된 유해 물질은 줄어들고 향이 좋아지는 것으로 알려져 있다.

　동굴 안은 겨울에 따뜻하고 여름에 서늘하다. 평균 19도의 온도를 유지한다. 이곳에 술을 저장하면 숙성이 빨라지며 술의 순도와 향기가 향상된다. '산의 샘물이 술을 만들고 깊은 동굴이 그것을 익힌다(山泉釀造 深洞貯藏).'는 말도 여기서 비롯됐다.


　아직 해가 남아있는 때여서 서둘러 술 회사부터 찾아가기로 했는데 택시가 없다.

　오토바이 뒤에 리어커를 붙이고 지붕을 덮은 3륜 진동차를 이용할 수밖에 없다. 중국인들이 흔히 '마쯔다(馬自達)'라고 부르는 것이다. (일제 마쯔다 SUV를 닮아서 그렇게 부른다.)

　용을 쓰면서 차를 달려 본사 정문에 이르렀지만, 이미 퇴근 시간이 지났단다. 다음날 다시 오겠다고 하고선 돌아설 수밖에 없다. 남은 시간 마쯔다를 타고 마을 구경에 나섰는데 마음씨 좋은 청년 운전사가 전망 좋은 곳곳을 안내해 준다. 협곡을 건너 산꼭대기도 올라갔다. 계류를 사이에 두고 낭주, 습주 두 술 회사가 진을 치고 있는 이 산간마을은 두 술 회사를 근거로 일상을 지탱해 간다.

　장정(長征) 시절, 준의 정치회의에서 실권을 장악한 모택동은 휘하 홍군을 거느리고 두 차례나 이 강을 건넜다.

　이튿날, 정문 경비실에서 설왕설래한 끝에 간신히 홍보실과 연락이 닿았다. 미리 연락도 없이 찾아온 외국인이 엄격히 출입이 제한돼 있는 천보동 동굴을 구경하겠다고 하니 그들도 당황했으리라. 본관 3층 홍보실. 천나(陳娜) 과장에게도 내밀 것이라곤 명함한 장밖에 없다. 그런데도 참 친절하다.

　여기저기 전화를 해 보던 그녀가 차 한 대를 마련했다고 일러주었다. 때마침 청두에서 온 손님 다섯이 천보동으로 떠났으니 대기한 차를 타고 뒤따라가라는 것이었다. 이런 횡재라니!

귀빈용 승용차를 얻어 타고 가파른 산길을 올랐다. 산 아래는 온통 운무. 20여 분을 달렸을까. 산 중턱 어느 철문 앞에 차가 섰고 닫혔던 철문이 열렸다.

경비실 앞에 차를 세운 기사가 올라가 보라고 또 산길을 가리켰다. 5분여 비탈길을 오르자 절벽 아래 공터가 나타났다. 바위벽에 적힌 '天寶洞' 붉은 글자를 쳐다보고서야 나는 비로소 참 먼 길을 와서 또 하나 신비로운 굴 앞에 섰음을 알았다.

동굴 입구도 철문으로 가려져 있었다. 잠시 후 안내를 맡은 여직원이 등장했다. 그녀가 동굴 안에서 지켜야 할 사항들을 일러준다. 구경꾼은 청두 손님 다섯에 객으로 붙은 나까지 모두 여섯이다. 청두 사내들은 한 달 전에 방문 예약을 한 이들.

마침내, 알리바바를 가로막던 바위문 같은 철문이 열렸다. 단번에 술내가 코를 찔러온다. 전혀 역하지 않다. 되레 향기롭다. 제주 만장굴 같은 너비와 높이를 가진 큰 동굴. 은은한 조명 아래 백주 병마용의 장관이 펼쳐진다.

아래에서 위쪽으로 끝이 보이지 않게 도열해 있는 고만고만한 술독들. 그것들이 저마다 화장인 양 뽀얀 이끼를 덮어쓰고 있다. 안내인의 설명이 없었다면 먼지인 줄 알았을 것이다. 손으로 만져 보면 스펀지 같은 신축감이 있다.

술독 사이를 걸어 안으로 걸어 들어간다. 마시지 않아도 절로 취하는 느낌. 까닭 모를 흥취마저 치밀어 오른다. 진시황 병마용에서도 이런 감개를 가진 바 없다.

헌데 아무런 표정 없이, 적막과 어둠 속에서 온전히 시간만 삭히고 있는 그들 술독의 자태는 엄숙하고 진중하며 유현하기만 하다. 그들 모두 억겁의 정적에서 도를 얻은 철인(哲人)들 같다. 술이 단지 술이 아님을 이곳에서 새로 절감할 수밖에 없다.

이윽고 독들의 행렬이 끝난 곳에 멈춰 섰다. 뒤편은 암흑이다. 누군가 물었다. 여기서 굴이 끝나느냐고. 안내인이 빙긋 웃는다. 아니, 끝을 모른단다. 다행이다. 오히려 내가 안도한다. 끝이 빤히 보이는 동굴은 동굴이 아니다. 신비와 영성을 품으려면 동굴은 끝간 데 모르는 어둠을 거느려야 한다.

안내인이 말한다. 굴의 길이기 얼마나 되는지 알아보기 위해 딤사꾼 셋에게 양식을 지워서 안으로 들여보냈다고 한다. 그런데 그들이 사흘 만에 돌아왔다. 그렇게 길었어요? 구경꾼 하나가 놀라워했다. 안내를 맡은 여자가 또 고개를 저었다. 아녜요, 양식이 떨어져서 돌아왔어요… 순간 나는 그녀의 미소가 천상의 날개 달린 여자들이 짓는다는 미소보다 어여쁘게 보였다.

자고로 술 이야기는 이래야 하는 법이다.

관람을 마치고 굴 밖에 나오면 시음용 술이 차려져 있다.

안개 자욱한 벼랑을 내려다보면서 다시 들이켜 보는 낭주 한 잔. 빈속을 훑고 내려가는 그것들이 암흑의 바위벽에서 똑똑 떨어지는 감로수 같다.

&lt;2019. 백주저널&gt;

# 난징(南京), 맑은 인심의 도시

　봄날의 토요일 하오 외국인 교수와 함께 한강 둔치에서 연을 날리는 우리나라 여대생들의 모습을 그려보는 일이 가능할까? 세 명의 중국인 여학생들이 저마다 등 가방에 색채 화려한 연을 꽂고 가는 뒷모습을 보며 나도 모르게 웃음을 삼켰던 기억은 아직도 생생하다. 석두성(石頭城) 성벽 옆에서 그 연들을 남경의 하늘 높이 띄워 올리며 지르던 그들의 환호성도 그대로 귓전에 남아있다.

　전국시대, 와신상담의 고사로 우리에게도 잘 알려진 월 임금 구천은 오나라를 멸망시킨 후 신하 범려를 지금의 남경 땅으로 보내 월성(越城)을 쌓게 했는데, 석두성에서도 그 흔적을 찾을 수 있다.

　그러나 지금의 석두성은 삼국시대 손권에 의해 축조된 것이다. 이중으로 된 석두성은 오나라 수도를 지키는 방어용 성벽이었다. 당시에는 양자강의 한 줄기가 이쪽으로 크게 휘돈 탓에 강폭이 지금보다 두 배 이상 넓었다고 한다. 손권을 만나기 위해 왔던 제갈공명은 석두성에 올라 주위를 둘러보곤 천하에 이처럼 요긴하고 험한 성은 없다면서 탄식을 놓았다고 한다.

　남경의 지세를 가리킬 때 자주 쓰는 '호랑이가 버텨 앉아 있고 용이 서린 듯하다(호거용반, 虎踞龍蟠).'란 말도 그의 입에서 나온 것이었다. 하지만 오늘날 석두성 유지에서 볼 수 있는 거대한 벽돌 성벽은 명나라 때 것이다. 건국과 함께 이곳에 도읍을 정한 주원장(명 태조)이 토성 자리에다 전석을 쌓아 올려 난공불락의 궁성을 만들었던 것이다. 따라서 석두성에 서면 2천 년의 세월이 눈에 잡히며 피부에 느껴진다.

6개 왕조의 수도였다고 해서 '육조고도(六朝古都)'로 불리는 남경은 역사와 문화의 고장이다. 인구 8백만의 거대 도시임에도 인심은 순박하고 물산이 풍부하다. 근대의 저명한 역사학자인 주설(朱偰)은 일찍이 장안과 낙양, 금릉(金陵, 남경), 연경(燕京, 북경) 4대 고도를 비교하면서 '문학이 번창하고 인물이 걸출하며 산천이 빼어나고 기상이 웅위'하기로 남경이 으뜸이라고 하였다.

남경 시민과 외지에서 온 관광객들이 가장 즐겨 찾는 총통부(總統府)와 부자묘(夫子廟)에만 가봐도 남경의 지리적 역사적 특수성을 잘 느낄 수 있다. 신해혁명으로 청 왕조가 무너지고 중화민국 임시정부가 남경에 수립되었을 때 대총통으로 추대된 손문(孫文)이 집무하던 곳이 바로 총통부다. 임칙서, 이홍장, 장개석 등도 한때 이곳의 주인이기도 했다.

숱한 전각들이 회랑과 회랑으로 이어지는 이곳은 1853년 태평천국의 난을 일으킨 홍수전이 11년 권세를 부리던 장소이기도 하며 청조(淸朝)의 강희, 건륭 황제가 강남을 순시할 때 행궁으로 사용하기도 했다. 지금은 대부분 공간이 전시실로 꾸며져 있는데 총통 집무실 등을 구경하고 후원을 돌아 나오면 전형적인 강남의 정원 후원(煦园)을 만나게 된다. 수면으로 가지를 늘어뜨린 버드나무 그늘에 서서 연못의 황금빛 잉어들을 놀리다 보면 한순간 별세계에 든 것 같은 감상도 지닐 수 있다.

번화가에 위치한 부자묘는 이름 그대로 공자를 배향하고 유학을 공부하던 교육 공간이지만 지금은 그 이름이 무색하다. 선비들이 거닐었을 골목은 온통 기념품 가게와 음식점들이 점령했으며 사당

앞 진회하(秦淮河)에는 밤낮으로 유람선이 떠다닌다.

　장강을 끼고 있는 평원에서 남경이 홀로 승지(勝地)가 될 수 있었던 것은 자금산(紫金山)이 있었기 때문이리라. 해발 5백 미터가 되지 않지만, 평지에 돌올한 산이라 나름으로 위용이 있고 기품까지 거느린다.

　이 산기슭에 주원장과 손문의 거대한 능침(陵寢)이 있다. 명 태조 주원장과 황후 마씨의 합장 능묘인 명효릉(明曉陵)은 명 왕조 초기 건축과 조각 예술의 최고 성취로 일컬어질 뿐만 아니라 명청(明淸) 양대에 걸친 5백여 년 동안 제왕의 능침 건축의 표준이 되었다. 2003년 유네스코 세계문화유산으로 등재되었다.

　갖가지 짐승의 모습을 딴 석수(石獸)들이 도열한 참도(參道)를 지나 성벽을 연상케 하는 금문(金門)에 이르기까지, 길고 드넓은 포석(鋪石) 길을 걷다 보면 25년에 걸쳐 10만의 인력을 동원해 이룩한 왕묘의 위엄은 물론 그 허무까지 같이 느낄 수 있다.

　명효릉과 이웃한 중산릉(中山陵)에서는 그 규모의 거창함에 놀라움을 가지면서 아울러 한편의 기이함마저 가지게 된다. 제왕의 봉건 왕조를 무너뜨린 한 혁명가의 무덤이 어떻게 제왕의 그것과 흡사할 수 있는가 해서다.

　중산은 손문의 호다. 손중산은 1925년 북경에서 세상을 떠났는데 죽기 전 그는 자신의 장례 의식에 대해서도 자세한 당부를 했다. 즉 레닌처럼 사체를 유리관(棺)에 안치하여 오래도록 국민들이 자신의 얼굴을 볼 수 있도록 하라는 것이었다.

　그러나 막상 그가 죽었을 때 소련에서 오기로 된 유리 강관이 제때 오지 않았다. 뒤늦게 관이 왔지만, 사체는 이미 더 이상의 방부 조치도 소용없게 되었다. 땅에 묻을 수밖에 없었다.

4년 뒤, 유골이 수습되어 새로 조성된 남경 중산릉으로 옮겨졌다. 수백 개의 계단을 힘겹게 올라 잠시 그의 석조 와상(臥像)을 보다가 나오는 참배객들의 발걸음은 오늘도 그치지 않는다.

　명효릉 한쪽에 매화산이 있다. 이른 봄 한철, 야트막한 산 하나가 온통 매화꽃으로 뒤덮이는 남경의 명소다. 석두성에서 연을 날리던 그 여학생들이 이듬해 봄날에는 매화산 꽃놀이를 갔다가 교대로 문자 메시지를 보내주었다.

　"여기, 꽃이 너무너무 예뻐요."

　"꽃이 더 예뻐요? 제기 더 예뻐요?"

　꽃보다 더 화사한 그들의 웃음소리가 들리는 듯하다.

　<2012. 대한항공 사보>

# 인걸의 족적으로 더욱 높고 큰 산, 여산(廬山)

## --산기슭에서 만난 도연명 백주, 타오링(陶令)

여산(루산)은 강서성 구강(九江, 주장)시 남쪽에 인접해 있다. 구강은 장강(長江, 양자강)과 중국 최대의 내륙 담수호 파양호(鄱陽湖)를 끼고 있는 수륙의 요지. 하(夏), 상(商) 때부터 도시가 형성됐으며 중국을 통일한 진시황이 전국을 36군으로 구분할 적에도 당당히 하나의 군이 됐던 유서 깊은 도시다.

전날, 안휘성 천주산(天柱山. 톈주산)을 올랐던 나는 거푸 버스를 바꿔 타며 어렵게 이곳에 이르렀다. 미루나무들이 도열한 들판을 달린 버스가 천공에 걸린 거대한 장강대교를 타 넘을 무렵에야 나는 마침내 여산에 가까이 다가왔음을 느꼈다.

뿌연 연무 속으로 바다같이 넓은 장강이 내려다보인다. 크고 작은 배들이 쉼 없이 강을 오르내린다. 여느 도시처럼 번잡한 구강시는 강 너머에 펼쳐져 있다.

구강에서 여산까지는 버스로 4~50분 거리. 버스를 찾기도 전에 또 결사적인 호객꾼에게 붙잡혀 택시에 올라탔다. 운전기사는 시동을 걸기가 무섭게 여산 관광은 대절 택시를 이용하지 않고는 불가능하다며 엄포를 놓기 시작한다. 큰 산에 볼만한 명소들이 광범위하게 퍼져 있어서 보행은 절대 가능하지 않으며 따로 노선버스가 있는 것도 아니란 설명이었다.

우선 요기부터 한다고 외곽의 농가식당에 들어갔다. 음식에 곁들여 배갈 한 병을 청했는데 [타오링(陶令)]이란 상표를 붙인 양증

맞은 술병에서도 벌써 도연명(陶淵明)의 냄새가 났다.

사전에 제법 여산을 연구했건만 내가 몰랐던 것이 있었다. 상가며 호텔, 국제회의장까지 있는 여산의 관광집단촌(구링 마을)이 나는 산 아래에 있는 줄 알았는데 지도를 펴놓고 하는 기사의 설명을 듣고 보니 그것은 해발 1천 미터 고지쯤에 있는 산중 마을이었다. 등고선이 없는 지도가 이런 착각을 불러일으켰다.

여산의 여러 봉우리와 골들은 이 마을을 가운데 두고 사방으로 퍼져 있는 셈이었다. 그러니까 여산은 단일 산이라기보다는 여러 봉우리기 넓은 지역에 펼쳐져 있는 신군(山群)으로 봄이 타딩하다. 노고단과 천왕봉이 다 지리산이지만 그 거리가 몇 백 리인가. 여산도 이와 같다. 450원(우리 돈 8만 원쯤)만 내면 이틀간 여산의 볼만한 데는 다 안내하겠다는 기사의 말에 울며 겨자 먹기로 승낙한 것도 그 때문이었다.

택시는 이내 잘 닦인 산중 도로를 타고 올랐다. 골을 돌고 봉우리를 타 넘으며 고도를 높여간다. 지리산 성삼재를 오르는 기분 같다. 비안개와 구름 때문에 먼 데 경치를 보지 못함이 아쉬울 따름이다. 돈이 들어서 그렇지 이렇게 편한 산행이 있을 수 없다.


여산은 장강 대평야에 돌올(突兀)한 산인지라 다른 산들과 산맥으로 이어지지 아니한다. 산의 동쪽에는 파양호를, 그리고 북으로는 장강을 둔 탓에 일 년 내내 구름과 안개가 가시지 않는다고 한다. 일 년 중 2백 일 이상 구름에 갇히는 탓에 산의 온전한 모습을 보기 힘든 것으로 소문이 나 있다. '진면목(眞面目)'이란 말이 여산을 읊은 소동파의 시 구절에서 유래되는바, 이 또한 여산의 자연과 무관하지 않다.

구링 마을에 닿았다. 운무도 많이 벗겨졌다. 상가와 호텔들이 즐비한 이 마을은 당대(唐代)에도 있었던 것으로 기록돼 있다. 경관이 좋은데다 천하의 피서지로 소문난 탓에 예부터 많은 사람들이 이곳에 들어와 살았다.

숙소를 정한 뒤 잠시 휴식을 가졌다. 호텔 로비도 관광객들로 붐비지만, 외국인은 눈에 뜨이지 않는다.

호텔을 나오니 택시 기사는 가이드 아줌마까지 대동시켜 놓았다. 손님이 가이드를 좇아 관광하는 동안, 저는 저대로 틈틈이 택시 영업을 하는 것임을 나중에 알았다. 차 안에서부터 가이드가 뭐라고 떠들어대지만, 내가 알아들을 수 있는 것이 없다. 가까운 '비에수'부터 간다는데 소 군을 통해도 도무지 알 수 없는 말이다.

입장료를 내고 들어간 다음에야 비로소 '비에수'가 '별서(別墅, 별장)'임을 알고 자조했다. 쯧쯧, 서양인들의 별장 구경 가는 줄 알았으면 진작 마다하는 건데, 말 한마디 못 알아들어 1인당 30원 또 60원을 앗겼다.

열강들이 종이호랑이 중국을 등심, 안심 등 부위 별로 뜯어먹을 당시부터 서양인들은 이곳에다 근사한 별장들을 짓고 살았다. 가장 많을 때는 8백여 채가 있었다는데 지금은 5백여 채 남아있다. 중국 측에서 보면 굴욕의 현장일 수도 있지만, 지금은 되레 관광자원으로 잘 써먹고 있다. 이곳 별장 군에는 미국 작가 펄 벅이 머물며 [대지(大地)]를 썼던 집도 있다는 사정은 알았지만, 굳이 찾아볼 마음은 아니다.

별장을 나온 뒤부터 나는 관광지 선택을 내가 직접 간섭하기로 한다. 실각한 모택동이 머물렀던 집이며 장개석의 거처, 중국 공산당의 여산회의 현장 등은 모두 제외한다.

도연명, 이태백, 백거이, 소동파의 옛 자취들만 찾아보자. 그리하여 노림호(蘆林湖)에서 산길을 내려서서 삼보수(三寶樹), 황룡담을 거쳐 석문간(石門澗)으로 가는 길을 걷는다. 인공호수 노림호에서 그리고 손오공이 놀았다는 황룡담을 거치는 동안 가이드가 연신 내게 '정말 아름답지요?' 동의를 구했지만, 매양 내가 시큰둥해 있으니 그녀도 맥이 빠지는 모양이다.

  속으로 내가 투덜댔다.

  나 이래 뵈도 조선 팔도의 좋은 구경은 다 한 사람이다. 수량도 믾지 잃고 물도 깨끗지 잃은 호수 가운데 정자 하나만 지어 놓으면 다냐. 분명 별장촌이며 모택동 집으로 연결됐을 그 하수도 구멍들은 왜 가리지도 못하느냐. 너희들, 속리산 삼가 저수지에만 가봐라. 그 어여쁨에 눈물이 다 날 것이다. 나, 그런 데서 지는 해 뜨는 달 보면서 몇 날 며칠 낚시를 하는 사람이다….

  남의 나라 산천 구경에서 '내 것'을 비교하는 것이 좋은 태도는 못 되지만, 나는 벌써 여산에 대해 많이 심심해져 있었다.

  별것 아닌 걸 갖고 호들갑 떠는 중국 구경꾼들의 소요 때문에 더욱 그런지도 모른다.

  금강산 정양사 진헐대에 오른 정철(鄭徹)이 '여산 진면목이 여기서 다 보이는구나.' 하였으며, 또 마하연 너머 불정대에 올라서는 '이적선(李謫仙, 이백)이 이제 있어 의논하게 되면 여산이 여기보다 낫다는 말 못 하려니' 하고 읊었지만, 송강에게는 내것에 대한 찬탄과 함께 가보지 못한 중국에 대한 흠모의 정이 있다. 송강과 달리 나는 내 땅의 금강산은 가보지 못한 채 여산부터 왔지만 내 것을 앞세우는 내심은 다를 바가 없는 것 같다.

# 석문간(石門澗) 돌층계에 새겨진 선인들의 자취

석문간으로 가기 위해 리프트를 탔다. 손님을 태운 리프트가 골짜기를 따라 산 아래로 내려간다. 희한한 여산 구경이다. 예사의 산은 아래에서 위로 올라가며 구경을 하건만 이 산에서는 모두 내려가며 구경하게 돼 있다. 관광의 시발지가 해발 천 미터의 구릉이기 때문에 이런 기현상이 벌어진다. 올라가면서 보는 풍광과 내려가며 보는 경치에 대한 미감은 전혀 이질적이다. '전도된 미감', 이런 느낌을 떨칠 수 없다.

리프트를 내린 다음 가파른 층계 길을 내려가다 보면 이윽고 반대편 벼랑과 연결된 구름다리에 이른다. 깊은 골에 갇힌 느낌. 사방이 깎아지른 절벽인데 아래쪽은 얼마나 더 내려가야 바닥에 닿을지 모르겠다.

건너편으로 바라보이는 철선봉(鐵船峰)의 위용이 당당하다. 거대한 철갑선의 꼴을 하고 있다고 해서 이런 이름을 붙인 것 같다.

석문간은 여기서도 한참을 더 내려가야 한다. 골짜기 구경 한 번 하는데 35원의 입장료를 따로 내야 하지만, 여기까지 와서 이곳을 보지 않을 수 없다. 전체 입장료는 그것대로 받고 곳곳의 명소에서는 별도의 관람료를 받는 중국의 사정을 알면, 국립공원 입장료에 문화재 관람료를 얹어 받은 우리나라는 너무도 양반이다.

한없이 골짜기를 내려간다. 비싼 입장료 탓인지 그 많던 중국 관광객도 이곳에선 흔적을 찾아볼 수 없다. 적막과 안온까지 돈으로 얻은 셈이다. 아치형의 석교에 이르러 아래를 내려다봤는데 단번에 간담이 서늘하다. 천 길 낭떠러지란 말이 실감 난다. 우물처럼 깊게 팬 골짝, 바닥이 아득하니 먼 데 사방에서 떨어지는 물줄기가 깊은 골 한 가운데로 집중한다. 가물거리는 골짝 바닥. 그곳이 석문간이다. 물가 정자의 지붕이 나뭇잎 같다.

가이드를 놔둔 채 나는 소 군을 앞세우고 벼랑에서 벼랑으로 이어지는 돌층계를 조심스레 디딘다. 점차 심연 속으로 잦아져 들어가는 느낌. 폭포 소리가 더욱 커진다. 이런 벼랑에 돌길을 낸 이들의 공력이 놀랍다. 정자에서 잠시 땀을 식힌 뒤, 마침내 물소리 요란한 석문간 바닥에 내려섰다.

폭포 소리 우렁차고 못 물이 출렁인다. 붉은 글씨의 각자(刻字)기 있는 큰 바위들이 못물을 어르고 있다. 검은 바위벽이 사방을 압도한다. 고개를 뒤로 젖혀야 겨우 하늘을 떠받드는 산봉들을 쳐다볼 수 있다. 바위틈에서 뿜어 나오는 냉기에 금세 온몸이 써늘하다. 골을 틀어막고 치솟은 철선봉 꼭대기가 아득하다. 바위벽에 영산홍이 폈다. 산봉을 휘감고 노는 구름의 동작이 요란하다. 설악에도 이런 골은 없다. …비로소 내가 탄식을 놓는다.

일찍이 낙천 백거이가 이곳이 이르러 읊었다.

석문에 옛 돌길이 없어~
풀덤불 헤치며 옛 자취 찾아왔네,
산과 물이 온통 가을을 만났지만
푸른 산 푸른 물은 예와 다름이 없네
일찍이 혜원(慧遠) 같은 중의 무리가 놀러 와서는
시를 지어 이 암벽에 새겼다 하지만,
구름이 덮고 딸기 넝쿨 돌이끼에 가려서
창연히 찾아볼 데가 없구나.
산죽은 소소히 바람에 흔들리고

허물어진 돌들이 세월을 말하는데
동진(東晉)시대 이후로 다시 찾아오는 이 없구나.
가을 골 물소리만 홀로 있어
허무한 나날을 쉼도 없이 흘러내리는구나.


시에 나오는 혜원은 진(晉) 때의 고승(高僧). 백거이는 혜원이 쓴 [여산제도인석문시서(廬山諸道人石門詩序)]를 먼저 읽었음이 분명하다. 그 글을 보면 서기 401년 봄, 혜원은 서른이 넘는 동반 승려들과 함께 이곳에 놀러 왔다. 하도 골이 깊고 길이 험해 칡넝쿨로 사다리를 엮어 서로들 원숭이처럼 의지하며 간신히 이곳에 이르렀다. 그리곤 비로소 이곳이 여산 일곱 봉우리가 만든 아름다움을 온전히 지닌 곳임을 알았다.

둘레의 폭포 물들이 한 곳의 맑은 샘으로 쏟아지는데 거울 같은 푸른 연못은 하늘의 호수처럼 맑으며, 경치를 즐기는 때에도 날씨는 수시로 바뀌어 구름이 휘몰아치고 이어 햇살이 쏟아지며 절벽들의 그림자가 호수에 거꾸러지곤 했다.

1천 6백 년의 세월이 흘렀건만 혜원이 적어놓은 골짜기의 모습이 지금과 크게 다르지 않다. 그가 이곳에서 소풍하던 때는 우리의 광개토대왕이 만주 땅을 넓혀가고 있던 가마득한 옛날이다.

그 무렵, 근처 고향 땅에 은거했던 도연명이 수시로 이 산에 와서 놀았으니 혜원과는 같은 날 같은 산에 놀면서도 서로 인사 없이 지나쳤을 수도 있다. 그리고 4백 년 뒤, 이태백이 이 산에서 여러 해 보지 못했던 아내를 만나 노년의 쓸쓸함을 달랬으며, 도연명을 흠모하던 백거이 또한 이 산에 초옥을 짓고 거닐면서 흘러간 세월을 아쉬워했다.

이백과 백거이가 죽은 지 2백 년이 지나 소동파가 또 이곳에 와서 술을 마시며 앞선 선배 문인들을 그리워했으며, 그로부터 또 백년 뒤에는 주희가 이 산에다 서원(白鹿洞書院)을 짓고 제자들을 길렀다.

한국의 한 이름 없는 소설쟁이가 철선봉 발치에 쪼그려 앉아 폭포수를 쳐다보며 담배를 피우는 것은 혜원과 도연명이 놀았던 때로부터 1,600년 뒷날이 되며 주자가 강의하던 때로 치면 800년 뒤가 된다. 아서라! 내가 무슨 셈 놀이를 하고 있단 말인가.

장구한 세월 동안 수천수만의 명류늘이 석문에 와서 탄식을 놓았고 그들이 남긴 시문과 화폭이 곳간을 채우고 남을 지경이지만 뒷날의 인구에 회자(膾炙)되는 이름은 한 줌 분량도 되질 않는다. 무심할 손 자연뿐이다.

백거이는 당 대종(代宗) 7년(서기 772년) 하남 땅에서 태어났다. 이백이 죽은 지 10년 뒤요, 두보가 세상 떠난 지 2년 후였다. 스물아홉에 과거에 급제했으며 서른여섯에는 황제에게 직언을 할 수 있는 좌습유가 되었다. 명작 [장한가(長恨歌)]는 그의 나이 서른다섯 때의 작품이다. 현실을 꼬집는 시를 많이 쓴 탓에 권신들의 미움을 사 강주(江州)로 좌천되기도 했지만, 그는 수명과 관운을 아울러 누렸다. 만년에 형부상서에 올랐으며 당시로는 극히 어려운 75세의 천명을 누렸기 때문이다.

모름지기 '군자는 편안히 머무는 데서 천명을 기다린다(君子居易以俟命).'는 중용(中庸)의 구절에서 이름을 얻었고 '천명을 알아 즐기면 근심이 없다(樂天知命故不憂).'는 주역의 구절에서 자(字)를 얻었는데 생애는 뜻한 바로 되었다. 평생 가슴속에는 첫사랑의 여인네를 품고 있었으며 두 애첩도 있었지만, 나이 들고 병이 생기자 그들도 떠나보냈다.

산중 호수 여금호(如琴湖) 근처에 '화경(花徑)'이란 곳이 있는데 이곳에 백거이가 머물던 초당이 있다. 물론 근대에 새로 지은 초옥이지만 번잡한 구링 지역이니 별장지대에 비하면 지극히 고요하고 아름답다.

벌써 호수 정자에 색등이 켜진 저녁 무렵, 잡힐 물고기도 없을 성싶은데 물가엔 낚시꾼도 서넛 앉아 있다. 숲길을 걸어 들어가면 먼저 각자석(刻字石)을 지키는 보호각을 만난다. 백낙천이 직접 썼다는 '花徑'이란 글자가 또렷하다. 천 년 동안 땅속에 묻혀 있었는데 근대에 이르러 어떤 은자가 찾아냈다고 한다. 이어 잔디밭을 돌아들면 초옥을 둘러싼 운치 있는 대밭을 만난다. 뜰 앞과 대밭 사이에 마련된 연못 또한 초당과 썩 잘 어울린다. 연못가에는 백낙천의 석상이 수줍게 서 있다.

백거이가 이곳에 초옥은 지은 것은 그가 강주 사마(司馬)로 좌천돼 왔던 40대 초반쯤이다. 앞서 말했듯이, 백낙천이 도연명을 그리워한 정은 예사로운 것이 아니었다. 그는 도연명을 본 딴 시를 16수나 지었으며 여산에서 가까운 도연명의 옛집을 찾아가 이런 시도 남겼다.


오늘 공(公)의 옛집을 찾아와
숙연한 마음으로 공 앞에 섰습니다.
저는 공의 집 단지에 있는 술이 그리운 것도 아니고
줄 없는 공의 거문고 소리가 그리운 것도 아닙니다.
공께서 명예며 이득을 모두 버리고

이 산야에서 거닌 평생이 그리울 따름입니다.

　따지고 보면, 나 또한 머나먼 여산까지 오기로 마음먹은 데는 도연명이 있었다. 대학 시절, [귀거래사(歸去來辭)] 한 편 만큼은 원문 그대로 왼다고 암송하며 다닌 때가 있었는데 그 무렵부터 나는 이 산언저리에 있는 '마당 샛길에는 잡풀이 무성하지만, 울타리 근처의 소나무와 국화가 여전한' 그 집이며 무연히 그가 바라본 '남산(여산)'은 내 심중에도 깊이 박혀 있었다. 읽으면 읽을수록 더 좋은 귀거래사. 뜻도 좋지만, 소리 내어 읽으면 소리의 가락이 절로 명랑하고 처량해서 더 좋았다. 왜 나는 그때부터 애 늙은이 흉내는 다 내고 다녔는지 모르겠다.
　귀거래사는 도연명 41세 때 작품이다.
　요새로 치면 시골 읍장 같은, 현령 벼슬을 때려치우고 고향 집으로 돌아와 쓴 작품으로 알려져 있다.
　태어나면서부터 가난했던 그는 관직을 떠난 뒤에도 여느 농부와 다름없는 생활을 했다. 소동파의 말처럼 '나가서 벼슬하고 싶으면 벼슬했고, 또 은퇴하고 싶으면 은퇴했다. 그렇다고 스스로 고결하다고 하지도 않았다. 배가 고프면 남의 대문을 두드리고, 살림이 넉넉해지면 닭이나 잡고 술을 빚어 손님을 청했다.'
　그는 안빈낙천(安貧樂賤)의 자유인으로서 그리고 청고한 기개인(氣槪人)으로 생애를 일관했다. 여산은 도연명에게 있어서 시를 포함한 생애의 모체(母體)일 수밖에 없었다. 여산을 말하면서 도연명을 말하지 않을 수 없고 도연명을 말하면서 여산을 운위하지 않을 수 없는 까닭이 여기 있다.
　62세에 세상을 하직한 도연명은 여산 기슭 마회령(馬回嶺)에 묻

힘으로써 여산에서 태어나 살다가 여산에 묻힌 영원한 여산인이 됐다. 죽기 전 그는 스스로 자신의 제문을 지어 이르기를, 무덤에는 봉분을 만들지 말고 나무도 심지 말라고 했다. 이 유언은 그대로 지켜졌다는데 가난한 시인의 무덤에 무슨 부장품이 있다고 도굴까지 당했을까. 학자들은 지금 있는 도연명의 묘는 가묘(假墓)일 것으로 추정한다.

내일은 다른 구경은 하지 않고 도연명의 무덤이나 둘러보겠다고 내가 말했는데 택시 기사며 가이드가 전혀 내 말을 알아듣지 못한다. 결국 필담까지 나눴지만, 그는 한사코 무덤이 없다고 말한다. 하는 수 없어, 내가 도굴이며 가묘 운운을 적어놓은 중국 책자를 보여줬지만, 그는 믿을 수 없다는 듯 고개를 갸우뚱한다. 이곳 택시 기사조차 모르는 무덤을 내가 어떻게 갈 수 있는가. 그곳까지 80킬로미터가 넘는다며 울상을 하는 기사의 낯짝을 보며 나는 다시 마음씨 좋은 한국인이 될 수밖에 없다. 그래, 또 이상한 기와집 하나 지어 놓고 입장료나 받고 있을 텐데, 그만두자.


## 금수곡(錦繡谷) 벼랑길과 여산 일출(日出)

금세라도 빗방울이 떨어질 듯하던 하늘이 석문간을 떠날 때부터 환히 개기 시작했다.

화경에서 멀지 않은 곳에서 다시 산길로 내려섰다. 금수곡이며 선인동을 둘러보는 코스다. 흐드러지게 핀 산 벚꽃들이 석양 아래서 더욱 화사하다. 얼마 가지 않아 금세 천 길 벼랑을 거느린 암반을 만났다. 바위 끝에 서고 보니 차마 아래를 내려다볼 수 없다. 거대한 산중 협곡이다.

건너편 단애가 햇살을 받아 형형색색으로 빛난다. 유네스코에서 산 전체를 세계지질공원으로 지정한 까닭도 알 만하다.

산책로 같은 평탄한 산길은 벼랑에서 벼랑으로 끝없이 이어진다. 황산의 벼랑길에 비하면 자극(刺戟)은 덜하지만, 소박한 자연미는 이편이 더 낫다.

이제 이 산길에도 가이드를 포함한 우리 세 사람밖에 없다. 예상밖의 한유(閒遊)에 절로 발걸음이 가볍다. 하늘에 조촐한 놀 빛이 퍼지고 숲에는 들고양이의 울음소리까지 난다.

곳곳이 기암절벽이요 역사의 명소다. 산에 살던 도연명이며 백거이가 날마다 걸었고, 왕안석과 주희가 제자들과 더불어 거닐었으며, 이태백과 소동파가 술병을 들고 찾았던 곳, 장개석이 아내 송미령과 산보를 하고, 손문과 모택동이 나라 걱정을 하며 나란히 걸었던 길이 바로 이 산길인 것이다. 인걸이 가면서 인적도 지워졌지만, 산은 산대로 역사의 옷까지 겹쳐 입고 의구하다.

날이 쾌청하면 수백 리 들판이 내려다보인다지만 내가 그 복까지 바랄 수는 없다.

선인동 도교 사당에 이르렀을 때는 벌써 어둠이 내렸다. 상제를 모신 동굴 안에서 깜빡이는 촛불들이 애처롭다. 산길이 끝나는 궁륭문을 나서자 택시가 우리를 기다리고 있었다.


여산 일출의 장관은 중국 4대 일출의 하나로 이름이 높다. 여산에서도 함파대에서 맞이하는 일출이 가장 멋지다는 이야기도 진즉 들었다. 일출을 보려면 아침 5시 반까지는 호텔 로비에 나와 있어야 한다는 가이드의 말을 듣고 그러마 했다.

오랜만에 산길을 걸은 탓일까. 허기가 밀려왔다. 호텔 식당에서 저녁을 먹었다. 돼지고기며 버섯요리 등을 놓고 낮에 여분으로 사온 배갈 타오링을 땄다. 술 이름을 '우리 사또님, 도연명'쯤으로 새겨 보니 술맛 한층 정답다.

새벽, 함파대로 달리며 마시는 산 공기가 여간 상쾌하지 않다. 봉우리의 정자가 함파정이다. 아직 동녘 하늘은 은은한 붉은 빛이다. 서쪽으로는 여산 최고봉 구기봉(九奇峰. 1,474미터)이 듬직하게 솟아 있다. 정자 한쪽에는 모택동이 구기봉을 배경으로 사진을 찍었다는 자리가 있는데 돈 받는 사진사가 관광객들에게 기념사진을 찍어 주기 바쁘다.

이윽고 일출이 시작된다. 산봉에서 치솟은 태양이 구름 사이를 파고들며 하늘 가득 붉은 너울을 퍼뜨린다. 멋지긴 하나 소문처럼 장관은 아니다. 내 땅 소백산 비로봉에서 대했던 일출과도 비견되지 않는다. 그래도 이게 보통 일이랴. 중국 여산에서 맞는 해돋이, 내 생애에 다시없는 한순간이다. 천 년 뒤, 이 자리에서 나처럼 해돋이를 보고 있을 한 사내의 얼굴을 그리며 나는 내 카메라에다 2005년 4월 18일의 일출 그림을 저장한다.

<2006. 서정시학>

# 중국 땅에서 만나는 고운(孤雲) 최치원(崔致遠)

## 최치원의 최초 임지(任地), 리수이(溧水)

요즘으로 치면 고운(孤雲) 최치원(崔致遠: 857~?)은 조기 유학생이다. 열두 살 어린 나이에 중국 유학을 떠났기 때문이다. 이 어린아이를 비행기도 아닌 돛배에 태워 바다 너머로 보낸 아버지를 단지 욕심 많은 '기러기 아빠'쯤으로 치부해도 될까. 골품제(骨品制)의 한계를 실감하여 아들의 조기 유학을 선택한 그 아버지는 "유학 10년 안에 과거에 급제하지 않으면 내 자식이 아니다."며 자식의 등을 떠밀었다고 한다.

가을날, 어린 고운은 또래의 수재들과 함께 전라도 영암에서 당나라로 가는 배를 탔다. 10월부터 이듬해 2월까지가 중국 가는 항로가 열리는 기간이었다. 뱃사람들에게도 쉽지 않은 바닷길을 어린 고운이 이렇게 건넜다.

짐작컨대, 이 아이들은 요즘의 국비 유학생쯤 될 성싶다. 중국 유학비 전액 무료, 기숙사 무료 제공… 이런 달콤한 소리에 공부 잘하는 아이들이 구름처럼 몰렸을 터이다.

당시에는 지금의 미국, 캐나다 유학처럼 당 유학이 붐이었다. 너도나도 장안(長安)으로 몰려가 어학연수를 하고 학위를 따는 것을 출세의 첩경으로 여겼다. 837년 한 해만 216명의 신라 학생이 당에 유학했다는 기록이 그 한 예다.

이들 유학생이 현지에서 공부한 곳은 국자감(國子監)이었다. 신라 유학생 최치원은 이곳에서 죽어라 공부만 했다. 다른 애들이 컴퓨터 게임에 미치고, 호프집이며 노래방에서 시간을 죽이는 때에도 그는 책만 붙잡고 있었다. 그리고 마침내 18세 나이에 빈공과(賓貢科, 외국인을 대상으로 한 과거시험)에 합격했다. 아버지가 정해준 커트라인보다 2년 앞선 '성공'이었다.

고시에 패스했으니 최치원도 공무원이 될 수 있었다.

하여 최초로 얻은 벼슬자리가 율수현위(溧水縣尉)라는 지방 말단직이었다. 종9품, 요즘의 9급 공무원과 다를 바 없지만 옛날엔 제법 위세가 등등했다.

율수현(리수이)이 어디인가?

예전에도 책을 읽는 사이에 더러 나는 최치원과 함께 이 지명을 대한 적이 있지만, 크게 관심을 두지는 않았다.

남경에서 한 학기를 보낸 때였다. 그날 아침도 여느 때 마냥 텔레비전을 켜놓은 채 주방에서 쌀을 씻고 있었다. 그런데 문득 알아듣지 못하는 중국말 가운데 '한궈(한국)' '한궈' 하는 소리만 용케 귓전을 파고들었다. 얼른 거실로 가 봤다. 영정(影幀) 하나가 후딱 화면을 지나갔고 한 무리의 사람들이 비석을 둘러싸고 있는 장면이 나왔다. 자막을 보니, 몇 해 전 율수 현지에 건립된 쌍녀분(雙女墳) 비(碑)라는 것이었다. 최치원에 대한 간단한 소개가 뒤를 이었다. 율수현의 문화 유적을 소개하는 남경방송 프로였다.

그렇다면 율수가 남경 땅에 있단 말인가?

한 대 얻어맞은 기분이었다. 해당 방송은 이내 끝났지만 나는 거실을 떠나지 못했다. 얼른 남경 지도를 폈다. 그리곤 마침내 찾았다. 남경 도심과는 상당히 떨어진 시골, 뤼커우(綠口) 국제공항에서도 남쪽으로 훨씬 더 간 지점에 '율수현'이 있었다. 남경시 관할의 여러 현(縣)과 진(鎭) 가운데 하나였다. 어림잡아 시내에서 버스로 두 시간쯤 걸릴 거리. 남경에서 율수를 만난 느낌을 뭐라고 할까. 놀랍고 신기하고 반갑고 설렘….

이어 인터넷을 뒤졌다. 율수 지역을 배경으로 해서 최치원의 [쌍녀분]을 추적하는 '역사스페셜'이 방영됐음을 알았으며 이전에 벌써 적잖은 국내 학자들이 현지를 다녀갔음도 알게 되었다. 남경에 살면서도 되레 나만 여태 모르고 있었다는 부끄러움이 생겼다. 젊은 날 잠깐 읽었던 쌍녀분에 대한 이야기는 여전히 '이생규장전' 등과 같은 옛 괴담 등과 뒤섞여 있었다.


율수를 찾아가기로 한 전날 밤, 천둥소리에 몇 차례 잠을 깨기도 했다. 빗소리마저 요란했다. 며칠째 이렇듯 봄 치레가 요란했다. 새벽이 되자 다행스레 비가 그쳤다. 구화산 때와 마찬가지로 중국인 학생 샤오빙옌 군이 동행이 돼주었다. 중화문 터미널에서 버스를 탈 무렵, 또 빗줄기가 드리워졌다. 버스는 이내 우중의 공항 도로를 질주했다. 차 속에서 소 군에게 간단히 최치원 선생에 대해 소개를 했더니, 그가 퍽 놀라워했다. 그래 인마, 너희는 스무 살이 돼서 비행기 타고 한국으로 유학 가지만, 그분은 열두 살 때 배 타고 중국에 건너왔어. 너의 엄마 아버지가 뼈 빠지게 벌어서 유학까지 보내는데 공부 잘해야지, 그지?

한 시간 반을 달려 율수에 도착했다. 평야 지대의 작은 도시다. 잠시 비는 그쳤는데 바람이 흙먼지를 날렸다. 영수사(永壽寺) 탑부터 가보자. 인력거를 탔다. 아니다, 사람이 직접 끌지 않으니 인력거일 수는 없었다. 오토바이 뒤에다 리어커를 달고 거기다 포장을 친 것. 이게 지방 도시의 택시다. 처음 타면 퍽 재미있지만, 10여 분 이상만 타면 사람 잡는다.

영수사 터에 닿을 때부터 또 빗방울이 떨어졌다. 명대(明代)까지도 큰절이었다는데 지금은 탑만 남아있다. 탑 주위로 현대식 건물의 박물관을 지어 놓았지만, 볼만한 것은 없다. 찾아오는 이가 참 없는 모양이었다.

오토바이 소리를 듣고 관리인이 정문까지 나왔으며 우리가 입장권을 사는 걸 보곤 한 아낙네가 탑 앞에 향불부터 지폈다.

고대의 토기며 자기들이 질서 없이 진열돼 있고 게다가 현대의 서예 그림까지 걸어놓은 박물관을 대충 둘러보곤 탑으로 갔다. '역사스페셜' 자료에 의하면 이 탑의 2층에 특별히 최치원 기념실이 마련돼 있다고 했다. 아낙에게 확인해 봤지만, 그녀는 최치원의 이름조차 알지 못했다. 아무튼 가파른 내부 층계를 타고 2층으로 올라가 봤다. 어둑한 실내에서 맨 먼저 눈에 띄는 것이 있다. 부드러운 눈빛에 두 볼이 두툼한 노인네의 초상화 하나. 안내문 하나 없이 흙벽에 걸린 최치원 상(像)이었다. 먼지 자옥이 쌓인 어두운 탑에서 나는 또 그렇게 옛 조상 한 분을 만났다.

생각컨대, 한중(韓中) 학자들이 몰려와 쌍녀분을 발굴하고 기념비를 세울 때만 해도 이곳 사람들은 내일이라도 당장 한국인들이 관광버스 타고 몰려올 줄 알았던 모양이다. 그래서 친선단체도 만들고 최치원 기념관까지 세웠는데 누가 찾아와야 말이지…. 그래서 이제 초상화 한 장만 달랑 남은 것은 아닐까. 세상사가 원래 이 지경이니 탓할 뭣이 없다. 계속 위로 올라가 보자, 내친김에 나는 가파른 탑 속 층계 끝까지 올라가 보기로 한다.

층계 끝의 구멍 하나를 통과하면 새로운 층이다. 위로 오를수록 층계의 폭과 층의 공간은 더욱 좁아진다. 온몸에 먼지를 묻히며 힘들게 오르지만 나는 문득 봔 루운이 기록한 [인류사화(人類史話)]의 서문을 떠올린다. 어린 시절 그는 날마다 교외 성당의 종탑에 올랐다고 했다. 천년 탑 속의 먼지와 어둠이 한없이 정답고 영원에서 일 초 일 초를 뜯어내는 종소리가 환장하게 좋았다고 했던가. 그리고 마침내 탑의 꼭대기 창에서 아득한 들판을 내려다보면 인간이 거느려온 역사가 보였다!

이윽고 두 사람이 마주 서면 서로의 몸이 맞닿는 꼭대기까지 올랐다. 기록에 의하면 영수탑은 풍수탑(風水塔)이다. 땅의 결함을 보완하는 보비탑(補備塔)인 것이다. 탑에 오르면 아름다운 율수현의 풍광이 한눈에 잡힌다고도 했는데 내 눈에 들어오는 것은 칙칙한 건물과 황량한 공터뿐이다. 스무 살 고운 선생이 관원으로 머물던 때만 해도 들판과 사람이 한 몸이었을 터. 오호라, 그 적막과 어여쁨이 혈기 넘치는 이국의 젊은이를 얼마나 미치게 했을까.


## 가오춘(高淳)에서 만난 두 여자 귀신

절터를 나오니 인력거꾼이 우리를 기다리고 있었다. 그래, 여긴 다 봤다. 고순(高淳. 가오춘)으로 떠나자. 인력거를 타고 도심을 가로질렀다. 시내는 그런대로 반듯했으며 가로수 무성한 가도도 잘 정비돼 있었다. 빗방울이 굵어지면서 리어커의 요동도 심해졌다. 인력거에서 내린 뒤에는 시외버스로 바꿔 탔다. 버스는 또 짐짝처럼 사람을 태운다. 무슨 기운이 저렇게 넘쳐날까. 승객마다 제 목청껏 떠들어댄다. 넌 저 소리들 알아들을 수 있어? 소 군에게 물었더니 녀석, 저 또한 한 마디도 알아들을 수 없단다.

유채화 흐드러지게 핀 들판 길을 달리며 버스는 계속 사람을 내리고 태운다. 어느새 통로에는 젖은 자전거까지 올라탔다. 피우세요… 문득 소 군이 내게 담배를 권한다. 인마, 차 안에서? 괜찮아요, 여긴 중국인데 뭐… 만원 버스에서 담배 피우기, 6~70년대 우리나라에서 그래보고 몇 년 만에 해 보나. 참 재미있다. 조금도 미안하지 않다. 왜냐하면 통로에 선 사내들마저 줄담배를 피우고 있었기 때문이다.

율수에서 고순까지는 백 리 길이 넘는다. 칠교진(漆橋鎭)에서 버스를 바꿔 탔다. 큰 나라 중국에서는 한 고을의 두 동네가 이렇게 멀다. 지금은 율수와 고순이 두 개의 현(縣)으로 나뉘어 있지만, 예전엔 이것이 다 한 고을이었다. 즉 고운 선생이 있던 때의 율수 관아는 지금의 고순 경내에 있었다. 따라서 그 무렵 고운 선생이 머물렀던 초현관(招賢館)이며 꿈속에서 만난 처녀 귀신들이 있던 쌍녀분(雙女墳)이 모두 이곳 고순에 있는 것이다.

쌍녀분에 대한 현지 조사와 발굴은 1996년 한중문화관계연구회장인 위욱승(韋旭升. 북경대) 교수의 주도로 이루어졌다. 그 전에 교환교수로 서울대학교에 왔던 위 교수는 한국 학자들로부터 현지 조사를 부탁받은 바 있었다.

고순에 도착하니 빗줄기가 더욱 드세졌다. 그사이 기온도 뚝 떨어져 한기가 밀려들었다. 우선 요기나 하고 다음 일정을 생각해 보자는 심사로 또 오토바이 택시를 잡아탔다. 좋은 음식점에 가자고 해라… 소 군한테 미리 부탁했는데도 인력거 택시는 웬 변두리 허름한 골목으로 들어간다. 이윽고 다다른 곳이 장터 골목의 선술집. 소 군이 어쩔 줄 몰라 했지만, 내가 앞장을 섰다. 젊은 내외가 운영

하는 음식점인데 보아하니 리어커 운전수와 내통이 있는 듯싶었다.

수건인지 걸레인지가 음식 진열대에 걸려 있고 진열대 위엔 언제 만든 것인지 모른 음식 견본(?)들이 가득 차려져 있다. 대부분 물 가신 생선들이다. 나도 이젠 훈련이 많이 됐다. 아마존에 가면 애벌레도 날것으로 먹는다던데 익힌 음식이면 뭘들 못 먹으랴. 나는 배낭에서 배갈 병부터 꺼낸다. 병어조림과 익힌 미나리가 나왔는데 그런대로 먹을 만했다. 몇 차례 소 군과 잔을 부딪치고 나니 금세 몸이 훈훈해졌다.

인력거 기사는 그때까지도 홀을 왔다 갔다 하면서 연신 내게 이곳 관광지들을 소개해댔다. 참다못해 내가 이가촌(李家村) 쌍녀분은 어떠냐고 하니 녀석이 금세 시무룩해졌다. 여기서 20킬로가 넘는데, 길도 안 좋단다. 볼 것도 없는데 거긴 왜 가느냐는 투였다. 콜택시 같은 것을 부를 수 없느냐고 했더니 이곳엔 리어커 택시밖에 없단다. 낭패. 고운 선생마냥, 내가 가서 그 처녀 귀신들을 만날 수 있고 꿈속에서나마 그들과 운우지정을 나눌 수 있다면 난들 찬비 맞으며 그곳까지 가지 못하랴.

허나 사정은 그렇지 못했다. 굳이 쌍녀분을 고집했다간 오늘 중에 남경으로 돌아갈 수 없음은 물론이요 애꿎게 중국 아이를 상하게 할 수도 있었다. 이내 나는 쌍녀분 가는 것을 포기했다. 흥으로 나선 걸음 흥이 따르지 않으면 그만이었다. 고운 선생인들 어찌 나를 나무라실까. 예까지 온 김에 우리 가까운 노가(老街)나 한 번 둘러보고 가자…. 이어 나는 아이를 부추겨 명청 시대의 옛 거리를 걸었다. 집집마다 조잡한 기념품이나 팔고 있는 고가촌(古家村).

그런데 또 걸음을 멈추게 하는 주막집이 있다. 2층 누각까지 붙인 옛집. 길가에 내놓은 안줏감들이 특히 매력적이었다. 어릴 적

내 촌 동리에서 흔히 보았던 동사리류의 민물고기들이 함지박에 가득 담겨 있는가 하면 민물 가재들까지 싱싱하게 움직이고 있었던 것. 주인을 불러, 소금만 쳐서 잘 익혀 달란 부탁을 하곤 비 내리는 골목을 내려다보며 2층 누각에 앉았다. 술과 안주가 나왔다. 맘씨 좋은 주인 노인이 나를 실망시키지 않았다.

"교수님, 먼저 한 잔 드시지요."

소 군도 이 정도 한국말은 할 줄 안다.

그 옛날 고운 선생도 이 어디쯤에서 술잔을 들지 않았겠는가. 나는 문득 천년 시간의 간극조차 잊을 수 있다. 비록 당시 지역 경찰 책임자쯤 됐다고 해도 나이는 고작 지금의 소 군 정도밖에 되지 않은 고운 선생이었다. 그 젊은 나이에 이 적막한 땅에서 3년을 지냈다. 글의 곳곳에서도 드러나지만, 어찌 외롭고 고단하지 않았으랴. 남의 시선도 받아야 하고 점잖은 학사님이니 함부로 술주정도 못 하고, 속에 숨긴 야망은 큰데 앞날은 확실치 못하고… 그 스산한 심정은 쉬 짐작할 수 있다.

꿈은 현실 욕망의 대리 표현이라고 했던가. 하여 마침내 외로운 이국 총각은 꿈속에서 선녀 같은 중국 처녀들을 만나 하룻밤 회포를 푼다. 욕심도 많아 두 처녀와 한 이불을 덮어쓰는 것이다.

귀신 된 처지인지라 처녀들도 부끄럼 없이 사내와 음한 소리를 주고받으며 운우지정을 나눈다. 그게 바로 고대 산문 [최치원]이며 중국에서도 오래전부터 전해져 온 [쌍녀분기(雙女墳記)]의 주된 스토리다.

율수현위(溧水縣尉)로 있던 최치원은 일찍이 현 남쪽에 있는 초현관에 놀러 간 적이 있었다. 관(館) 앞 언덕에 오래된 무덤이 있어 쌍녀분이라 일컬었는데 고금의 명현들이 유람하던 곳이었다. 최치원이 무덤 앞 석문에다 시를 썼는데 귀신들에게 일러 '외로운 객관에서 하룻밤 같이 자며 즐길 수 있었으면 좋겠다(孤館若逢雲雨會).'는 구절도 있었다.

그 후 숙소에 돌아와 뜰을 거닐고 있는데 홀연히 한 여자가 나타났다. 그녀는 곧 무덤 속 주인공의 하녀였다. 치원이 시를 지어 그녀에게 주었는데 시에는 '오늘 밤, 선녀 같은 그대들을 만나지 못한다면/ 남은 인생 땅속으로 들어가 구하리(今宵若不逢仙質 判却殘生入地求).'라는 비장한 각오도 담겨 있었다.

한참 후, 두 여자가 나란히 나타났으니 정녕 한 쌍의 구슬 같았다. 최치원은 혹여 임자가 있는 여인네들인가 걱정했지만, 여자가 공을 안심시켰다.

"저와 동생은 율수현 장씨의 두 딸입니다. 돌아가신 아버지는 동산(銅山)처럼 부를 누렸습니다. 저의 나이 18세, 아우의 나이 16세 되자 아버지가 혼처를 정했는데 저는 소금 장사와 정혼하고 아우는 차(茶) 장사에게 주었습니다. 저희는 마음이 차지 않아 매번 남편감을 바꿔 달라고 하였지만 들어주지 않았습니다. 하여 저희는 맺힌 마음 풀기 어렵게 되고 급기야 요절하게 되었습니다."

세 사람이 얼큰히 취한 뒤, 최치원이 두 여자에게 함께 자기를 청했으며 그녀들이 순순히 응하였다. 곧 세 사람이 한 이불 아래 누우니 그 곡진한 사연을 이루 다 말할 수 없었다. 잠시 후 달이 지고 닭이 울자 두 여자가 놀라며 공에게 말했다.

"즐거움이 다하면 슬픔이 오고 이별이 길면 만날 날이 가깝지요. 하룻밤의 즐거움을 누리다 이제 천년의 길고 긴 한을 품게 되었군요. 기약 없는 이별을 탄식합니다. 혹시라도 다른 날 이곳을 다시 지나신다면 황폐한 저희 무덤이나 다듬어 주십시오."

다음 날 아침, 최치원은 무덤가를 거닐며 깊이 탄식하고 시를 지어 자신을 위로하였다.


## 천 년 시간의 거리

산문 [최치원]의 작자가 최치원일 수 없다는 주장도 있지만, 그 반대의 주장도 만만치 않다. 다시 한 번 [최치원]을 읽어보는 내 느낌은 후자 쪽이다. 지명과 거리 등 현지 경험이 없이는 불가능하다는 주장은 뒷전에 두고 글 속에 배어있는 '고적감'과 '오만함'으로 나타나는 선생의 몸 냄새 때문이다. 비록 나중 시대 다른 이들에 의해 많이 보태지고 고쳐졌다 해도 귀신들과 작별하면서 읊는 헌사로운 시에는 특히 스무 살 수재의 '끼'가 많이 남아있다.

아무튼, 최치원은 3년 만에 지긋지긋한(?) 율수를 떠나 양주 땅으로 임지를 옮겼으며 양주 주둔 권력가 고변의 막하에 들어가 황소(黃巢)의 난(亂)을 진정시키는 데 공을 세움으로써 일약 출세의 계기를 얻었다.

취기를 안은 채 내가 남경으로 되돌아오는 때에도 빗줄기는 그치지 않았다. 그리고 뤼커우 공항에서 어두운 하늘로 날아오르는 항공기를 차창 밖으로 쳐다보았다. 어쩌면 서울로 가는 비행기일지도 모른다는 생각도 그 순간 잠깐 가졌다.

<2006. 서정시학>

# 구화산(九華山)과 김교각(金喬覺) 스님

## 남경(南京, 난징)에서 구화산 가기

벌써 10년쯤 된 듯싶다. 불교 신도인 한 지인으로부터 [김교각 스님과 지장사상(地藏思想)]이란 책 한 권을 건네받았다. 훑어보니, 스님은 신라의 왕자로서 출가, 중국에 건너가 정진 끝에 생불(生佛)이 되었다는 신이(神異)한 이야기가 태반이었다. 절에 가면 부처님께 절하고, 교회에 가면 하느님께 절하는 정처 없는 무신론자가 등신불 이야기며 지장보살 이야기를 읽는다고 별다른 감흥을 가질까. 아, 이런 분의 이런 이야기도 있구나, 그리곤 책을 덮었다.

그 후로 더러 스님의 이름을 대하는 때가 있었지만, 그때마다 떠오르는 것은 전날에 읽은 책의 앞뒷면에 그려진 고졸(古拙)한 삽화뿐이었다. 벼랑 위에 얹힌 제비집 같은 암자, 제자들에게 둘러싸인 노승, 열반 후에도 변하지 않은 육신을 보고 놀라는 대중들…. 중국에 가면 아직도 이런 고승이며 신선들이 사는 아득한 산들이 있을지 몰라. 예나 지금이나 내게는 산 자체가 더 관심을 끄는 것은 매일반이다.

지지난해 중국으로 떠날 준비를 하던 무렵, 우연히 구화산이 내가 머물 남경(한국어교육을 위해 교환교수로 1년간 체류)에서 멀지 않은 거리에 있다는 사실을 알았다. 하여 기회 닿으면 구화산을 찾아보리라고 마음먹었다. 그런데 막상 중국에 와서 보니 제 머무는 도시 바깥으로 나가는 일이 지극히 어려운 일임을 알았다. 열악한 교통 환경과 언어소통 문제가 가장 골칫거리였다.

다행히 남경에는 구화산행 직행버스가 하루 한 차례 있음을 알았다. 산까지 두세 시간이 걸린다는 정보도 얻었다. 봄날의 어느 주말, 내 강의를 듣는 중국 학생 샤오빙옌에게 동행을 청했다.

새벽, 행장을 꾸려 교문을 나섰는데 소 군이 우유며 만두를 사들고 교문 앞에서 기다리고 있었다. 중앙 문 버스터미널. 나로서도 처음 대하는 중국의 시외버스 터미널인데 말 안 통하는 외국인은 도저히 손써 볼 수도 없게 돼 있다. 표 파는 창구는 있지만, 행선지며 시간, 요금 등을 적어놓은 안내판 하나가 없다. 창구에다 머리를 대고 가고자 하는 장소를 말하고 달라는 요금을 주는 식이다. 승차장은 또 전혀 엉뚱한 곳이다. 승차장에도 안내판 하나 없기는 마찬가지다. 여직원이 출구에 지켜 서 있다가 어디 어디 갈 손님 나오세요, 소리를 치면 우르르 몰려가는 형국이었다. 그 말소리를 알아들으려면 몇 년을 이곳에서 살아야 할까.

20인승쯤 되는 미니버스가 정시에 출발하는 것이 신통했다. 그런데 앞 의자 덮개 자락에 적혀있는 남경-구화산의 소요 시간을 보곤 기가 막혔다. 7시 20분 남경 출발, 오후 1시 10분 구화산 도착이란다. 장장 6시간이 아닌가! 중국 아이조차 믿을 수 없다는 듯 '왕복 시간이 아닐까요?' 했지만, 내가 보기엔 분명 편도 시간이었다. 넉넉잡아 3시간이면 된다고 한 여행사 사람들은 도대체 뭐란 말인가. 250킬로미터, 서울서 김천 가는 거리밖에 안 되는데 이렇게 한없이 가야 한단다. 아찔한 느낌이지만 차를 탔으니 달리 방도가 없다. 죽으라고 가보자, 정말 그 심정이었다.

마안산(馬鞍山) 시를 지나면서부터 시골 풍경이다. 들판마다 유채꽃이 흐드러지게 피어있다. 세 시간을 달려 무호(蕪湖) 외곽에서 잠시 차에서 내릴 수 있었다. 주유소 화장실을 이용하기 위해서다.

또 남릉(南陵)을 지났다. 벌써 네 시간을 달렸는데 사방 어느 쪽으로도 낮은 산 하나를 구경하지 못한다. 양자강이 만들어낸 대평야가 이렇게 광활하다. 지칠 대로 지쳤다. 여태껏 나는 이렇듯 불편한 버스를 이렇게 오래 타본 일이 없다. 어찌 사지가 뒤틀리고 머릿속이 하얗게 바래지 않겠는가. 대망의 산을 구경한다는 기대보다는 내일 다시 이 길을 되돌아올 것을 생각하면 끔찍하기만 하다. 칭양(靑陽) 시에 가까워지면시 비로소 신들이 나타닌다. 냇물을 감으며 자락마다 마을을 앉힌 적당한 높이의 산들. 내 땅의 산야를 보는듯한 반가움이 있다.

이제 다 왔다! 나름의 요량을 하며 반대편 차창 밖으로 시선을 돌렸다. 홀연, 희붐한 연무 속, 천상에 걸린 기이한 산봉들의 형자(形姿)가 눈에 잡힌다. 구화산이다! 속으로 부르짖었다.


## 오랜 수도 정진 끝에 생불(生佛)이 되다

중국에서는 흔히 4대 불교 성지(聖地)의 산이 운위되는데 그것이 곧 오대산(五台山), 아미산(蛾眉山), 보타산(普陀山), 그리고 구화산(九華山)이다. 이들 산은 보살 사상을 일으키고 심화 발전시킨 근원지다. 이 불산(佛山)들마다 추앙하는 보살이 다른데 구화산은 지장보살 사상의 근원지이며 그 확대 보급처이다. 지장보살은 지옥에서 고통받는 중생을 구원하기 위해 스스로 지옥에 들어간, '지옥 세계의 부처님'으로 신앙이 되는 보살이다.

빼어난 산인지라 구화산은 일찌감치 숱한 명류들을 끌어들였다. 그전까지 구자산(九子山)으로 불리던 산 이름을 구화산으로 고친 이가 이백(李白)으로 전해지며, 두목(杜牧)과 왕안석은 인근 고을에서 벼슬살이하는 동안 여러 차례 이 산을 찾아 다수의 즉흥시를 남겼다. 왕양명은 구화산에 대한 시작(詩作)만도 55수에 달하는 것으로 알려져 있다.

강원도 산간마을처럼 한적한 구화산 시외버스 정류장에 내린다. 구화산 산봉들은 이곳에서도 손에 잡힐 듯 빤히 쳐다보인다. 봉우리들은 크게 두 무리를 지어 있는데 이편에서 보이는 산들이 전산(前山)이다. 우람하기보다 기이함이 많다. 훨씬 덩치가 큰 영암 월출산을 보는듯한데 조밀함은 월출산보다 덜하다.

호객꾼에게 이끌려 길가의 한 작은 식당에 들어간다. 홀에 테이블이 둘뿐인 주막. 그나마 깔끔한 것이 다행이다. 요리를 시키고 배갈 한 병을 소 군과 함께 마신다. 피곤을 잊는 데는 이런 묘약도 없다. 이어 승합버스를 타고 굽이굽이 산길을 오른다. 비로소 장쾌한 산야의 조망을 얻을 수 있다. 해발 7~8백 미터는 올랐을까. 갑자기 산중 번화가가 나타난다. 사찰들이 이마를 맞대있고 규모 있는 호텔이며 상점들도 즐비하다. 관광객들의 내왕도 많다. 예부터 산중불국(山中佛國)이라 일컬었던 구화가(九華街)가 이곳이다.

차를 내려, 기원사(祇園寺)며 화성사(化城寺)를 일별하곤 곧장 육신전(肉身殿)을 찾아간다. 교각 스님의 육신을 그대로 보존하고 있다는 전각이다. 한 뭉치의 향을 소 군에게 들리고 층계를 오르니 전면이 탁 트인 전각 마당에 분향 기원하는 불자들이 가득하다.

육신전은 스님의 육신을 모신 전각이지만, 하나의 거대한 사찰과 다름없다. 이곳은 원래 신광령이라 부르던 벼랑 꼭대기다. 즉

교각 스님의 만년 수행처이며 입적(入寂)했던 그 자리다. 처음엔 육신을 모시는 탑 하나를 세웠지만, 그 후 탑을 보호하는 전각을 세우고 그 규모를 키워 오늘에 이르렀다. 스님의 육신탑은 전각 가운데 위치한다. 사각형의 탑에는 여러 좌의 금불이 모셔져 있는데 모두 스님의 등신불 형상이다. 스님의 진체(眞體)는 지하에 모셔져 있어 누구도 볼 수 없다.

나와 소군도 향 뭉치를 사른 뒤 한 바퀴 탑을 돌았다. 스님이야 날마다 찾아오는 한국 사람들 탓에 별다른 감흥이 없으시겠지만, 여섯 시간 지옥 버스를 타고 온 나의 감회는 남다를 수밖에 없다.

교각스님에 대한 연구는 중국에서 먼저 이루어졌으며 그 후 우리나라에서도 큰 성과가 있었다.

그 사이 교각스님의 실존설에 대한 회의도 없지 않았지만, 근래 스님이 생전에 이미 지장보살의 화신으로 추앙받았음을 입증하는 금인(金印. 757년 당 숙종이 하사한 것)이 공개됨으로써 스님의 실존 여부를 둘러싼 논란도 종지부를 찍었다.

그동안 스님은 신라 성덕왕 소생 왕자라는 것이 한중 양쪽의 통설이었다. 그러나 스님의 생몰연대가 밝혀짐에 따라 이에 대한 비판이 제기되었다. 최대로 높이 잡아도 스님의 탄생 때 성덕왕의 나이가 10세를 넘지 못했기 때문이다. 그래서 국내 학자들 사이에 새롭게 제기된 것이 태종 무열왕 소생이라는 학설이다.

스님은 24세 나이에 구법도해(求法渡海) 하여 당나라의 들었으며 이후 구화산에서 정진하다가 99세에 입적했다. 기록에 의하면 스님은 입적하던 그해 고령임에도 불구하고 기운이 넘치고 정신이 맑아 날마다 산에 올라 경전을 읽곤 하였다. 794년 7월, 스님은 홀연 제자들을 불러 모아 이승의 마지막 말을 남기고 앉은 자세 그대로 입적했다. 입적 후 스님의 육신은 커다란 항아리에 모셔졌다. 3년 후, 부도(浮屠)를 만들고 그곳에 안장(安葬)하기 위해 항아리를 열었는데 놀랍게도 항아리 가운데 단정히 앉은 스님의 육신은 조금도 변함이 없었다.

승도들은 불경에 있는 지장보살의 '단상(端像)'을 떠올리면서 스님이 곧 지장보살의 화신임을 깨달았다.

생전의 스님은 산중 과일로 끼니를 잇고, 조잡한 베옷을 입는 등 지극히 청고(淸高)한 수행 생활을 한 것으로 소문났지만, 정감 넘치는 시승(詩僧)의 면모를 아울러 갖추고 있었다.

어느 날, 나이 어린 동자승 하나가 스님을 찾아와 수련 생활의 고단함을 말하면서 고향 집으로 돌아가기를 원했다.

어머니가 보고 싶고 동무들과 놀던 때가 그리워 못 견디겠다는 말이었다. 스님은 어린 제자를 나무라기는커녕 그 마음을 쓰다듬으며 시 한 수를 남긴다.


부처님 모시는 적막한 곳에서도 너는 고향 집 생각뿐이지?~
예를 차려 이별을 아뢰는 구름 방 아래로 구화산 산봉들뿐
죽마를 타고 놀던 그곳을 향한 마음뿐인데
어찌 금지(金池)에서 금싸라기를 모을 수 있으랴.
석간수 바닥에 떡을 붙이고도 달을 손에 쥘 수 있으며
바루 씻은 물에서도 꽃송이를 희롱할 수 있거늘, 어쩌겠는가.
그렇게 번번이 눈물만 짓지 말고 돌아가거라
이 늙은 중은 산중 구름이나 짝하면서 지낼 터이니.

# 산을 두고 떠나오는 길

천태봉 천태사로 오르는 6인승 케이블카를 탔다. 올라감에 따라 시야에 잡히는 산 모습도 달라지는데 전체적으로 가파르면서도 부드러운 느낌이다. 해발 1,300미터가 넘는 높은 산이지만 날카로움이 전혀 없다. 내려다보이는 골짜기는 물론 산마루며 바위 꼭대기에도 크고 작은 절집들이 앉아 있다. 어느 때는 이 산중에 4백이 넘는 절간에 4천이 넘는 승려가 있었다지만 그 시절에는 이렇게 외림스런 규모는 아니었을 터. 절집이 산을 이기고 산을 누르는 형국은 과시 손에 쥔 것 없는 절 사람들 스스로도 원하지 않았을 것인데 시세가 바뀌었다.

케이블카 하차장에서 천태봉 정상까지는 가파른 층계길 2백여 미터를 더 올라야 한다. 행로의 안내판은 모두 한자와 한글 겸용이다. 길 양편에는 돈 달라는 이들밖에 없다.

장사꾼은 그렇다 치고 육신이 성치 못한 이며 노인네들 사이에서 승복 입는 이조차 손을 내밀고 있다.

내 몸 고단한데다 억지로 술 힘을 빌렸으니 정상 오르기가 만만치 않다. 마침내 '비인간(非人間)'이 새겨진 통천문을 지나 정상에 섰다. 옅은 운무로 인해 선명치는 않지만, 일렬로 도열한 산봉들이 한눈에 들어온다. 이곳에서 보는 전산, 후산의 산봉들은 기이하지도 우람하지도 않다. 넉넉하면서 부드럽고 부족한듯하며 빼어나다. 황산에서 가졌던 그런 탄성이 나오는 산이 아니다.

사진 몇 장을 찍고 산에서 내려온다. 문득 교각 스님이 머물던 때의 그 적막이 아쉬워지는 구화산이다. 사람이 산을 찾으면서도 사람이 산을 버리는 예는 구화산에서도 마찬가지다. 구화가 아래

편의 골물, 그것은 차라리 눈으로 안 본 것만 못하다.

저녁 무렵, 적막한 한촌 주막에서 또 독주를 마신다. 우리 식의 미꾸라지 숙회가 있어서 한결 술맛도 괜찮다. 그리고 인근 여관에서 중국 제자 아이와 한방에서 잔다. 화장실 물조차 제대로 내려가지 않는 방이지만, 80원짜리 여관 경험을 내가 언제 해 보겠는가.

취기가 덜 가신 이른 아침, 버스 주차장에서 쳐다보는 운무 속의 구화산 연봉이 기이롭다.

때마침 일출. 자못 신묘한 느낌마저 갖게 하는 그 일출의 감흥도 차 소리와 중국인들의 왁자한 소음에 이내 지워진다

<2006. 서정시학>